经典回眸：
20世纪中国现当代文学的分期探索

赵彩燕——著

中国书籍出版社
China Book Press

图书在版编目（CIP）数据

经典回眸：20世纪中国现当代文学的分期探索 / 赵彩燕著 . -- 北京：中国书籍出版社，2020.11
　ISBN 978-7-5068-8131-9

　Ⅰ . ①经… Ⅱ . ①赵… Ⅲ . ①中国文学－现代文学－文学研究②中国文学－当代文学－文学研究 Ⅳ . ① I206.6

中国版本图书馆 CIP 数据核字（2020）第 226635 号

经典回眸：20 世纪中国现当代文学的分期探索

赵彩燕　著

图书策划	武　斌
责任编辑	吴化强
责任印制	孙马飞　马　芝
封面设计	王　斌
出版发行	中国书籍出版社
地　　址	北京市丰台区三路居路 97 号（邮编：100073）
电　　话	（010）52257143（总编室）　（010）52257140（发行部）
电子邮箱	eo@chinabp.com.cn
经　　销	全国新华书店
印　　刷	三河市明华印务有限公司
开　　本	710 毫米 ×1000 毫米　1/16
字　　数	225 千字
印　　张	14.5
版　　次	2020 年 11 月第 1 版
印　　次	2021 年 10 月第 1 次印刷
书　　号	ISBN 978-7-5068-8131-9
定　　价	68.00 元

版权所有　侵权必究

前　言

20世纪的中国文学，经历了巨变，从延续了几千年的古典文学，转变为崭新的现代文学，经过作家、艺术家们百年的共同努力，在光辉灿烂、源远流长的民族文化传统的基础上，以人类史上少见的规模，广泛吸纳世界先进的、新鲜的文化和文学的养料，创造了一批优秀的新文学作品，它们描绘时代的风云，反映历史的大变迁，展现一个世纪里中国人民的精神历程，已经成为中华民族文化宝库中新增的精神宝藏。深入研究20世纪中国现当代文学对认识文学、创造文学有重要意义。

鉴于此，作者撰写了《经典回眸：20世纪中国现当代文学的分期探索》一书，全书在内容编排上共设六章，第一章是1917—1927年间的新文学运动，内容涉及现代小说的文学解析、现代话剧与散文的新貌、白话新诗的创立与发展、新文学奠基人——鲁迅；第二章分析了1927—1937年间的革命文学，包括革命文学史的意义新识、革命时代的小说文学、革命时代的话剧文学；第三章从战争时期的小说文学、战争时期的诗歌文学、战争时期的散文文学以及战争时期的话剧文学四个方面探讨1937—1949年间的战争文学；第四章是1949—1966年间的"十七年"文学，内容涵盖小说题材及其创作类型化、戏剧创作及其制度化、散文叙事及其多元化；第五章论述了新启蒙时代的小说文学、新启蒙时代的诗歌文学、新启蒙时代的话剧文学、新启蒙时代的散文文学以及新启蒙时代的报告文学；第六章通过对文学事件与新现象、文学创作的兴起、小说的文学繁复状态、诗歌文学的分歧与喧闹、散文与话剧创作的市场化的解读，诠释 1989—2000 年间的新世纪文学。

本书结构体系合理，且强调"时段"性，把 20 世纪近百年中国文学分为六个"时段"，层次分明，以时间轴为主线，详细探索我国现当代文学的发展规律，对深入研究 20 世纪现当代文学有重要参考作用。

笔者在撰写本书的过程中，得到了许多专家学者的帮助和指导，在此表示诚挚的谢意。由于笔者水平有限，加之时间仓促，书中所涉及的内容难免有疏漏之处，希望各位读者多提宝贵意见，以便笔者进一步修改，使之更加完善。

作者
2020 年 10 月

目 录

第一章 1917—1927年间的新文学运动 ·················· 1
 第一节 现代小说的文学解析·························· 1
 第二节 现代话剧与散文的新貌························ 10
 第三节 白话新诗的创立与发展························ 25
 第四节 新文学奠基人——鲁迅························ 31

第二章 1927—1937年间的革命文学 ······················ 37
 第一节 革命文学史的意义新识························ 37
 第二节 革命时代的小说文学·························· 40
 第三节 革命时代的话剧文学·························· 56

第三章 1937—1949年间的战争文学 ······················ 62
 第一节 战争时期的小说文学·························· 62
 第二节 战争时期的诗歌文学·························· 80
 第三节 战争时期的散文文学·························· 93
 第四节 战争时期的话剧文学·························· 102

第四章 1949—1966年间的"十七年"文学 ················ 121
 第一节 小说题材及其创作类型化······················ 121
 第二节 戏剧创作及其制度化·························· 124
 第三节 散文叙事及其多元化·························· 129

第五章 1977—1989 年间的新启蒙文学 …… 133
第一节 新启蒙时代的小说文学 …… 133
第二节 新启蒙时代的诗歌文学 …… 150
第三节 新启蒙时代的话剧文学 …… 164
第四节 新启蒙时代的散文文学 …… 173
第五节 新启蒙时代的报告文学 …… 180

第六章 1989—2000 年间的新世纪文学 …… 186
第一节 文学事件与新现象 …… 186
第二节 文学创作的新起 …… 196
第三节 小说的文学繁复状态 …… 205
第四节 诗歌文学的分歧与喧闹 …… 209
第五节 散文与话剧创作的市场化 …… 211

结束语 …… 221

参考文献 …… 222

第一章 1917—1927年间的新文学运动

1917—1927年是中国新文学运动兴起与迅速发展的十年，这期间发生的文学革命，在中国文学史上具有划时代的重要意义，它标志着古典文学的结束，现代文学的起始。本章主要围绕现代小说的文学、现代话剧与散文的新貌、白话新诗的创立与发展以及新文学奠基人——鲁迅展开论述。

第一节 现代小说的文学解析

清末民初，梁启超发起小说界革命，提出小说是文学之最上乘，这一观点促进了中国小说地位的变化。1917年，鲁迅的《狂人日记》开启了中国现代小说的先河。20世纪20年代，我国的近现代写作家对现代小说研究和探索有了进一步发展。关于现代小说作为探寻人生价值与社会意义及精神层面诉求方面，引出了两条重要的发展路线：

第一，"社会问题小说"，以及描写农村落后文化的乡土小说，此类小说立足于反映社会现实问题，用现实主义创作方法，关注民生疾苦，针砭社会痼弊。这一派作家多为文学研究会成员。

第二，浪漫抒情小说，尤其以"自叙传抒情小说"最具为代表，此类小说和"社会问题小说"相反，它们不注重描写客观现实，而强调主人公"内心的要求"，重视自我情绪的抒发和表现，作品有浓郁的浪漫抒情色彩。这一派作家主要是前期创造社成员，以及与之宗旨相近的其他社团的一些小说家。

一、社会问题小说

社会问题小说是"五四"时期兴起的一种小说类型，这类小说多以知识青年生活为题材，研究各类社会人生观、价值观，家庭冲突与矛盾，以及婚姻问题、医疗、教育、事业、青少年、风俗习惯、礼仪礼教、战争与军人、国民性等。它的繁荣既是五四思想启蒙运动的需要和结果，也深受外来文化思潮，特别是易卜生密切关心社会现实问题的进步倾向的影响。

社会问题小说分前后两个时期：前期在1919年上半年《新潮》作家的作品中已露端倪，例如罗家伦的《是爱情还是苦痛》，叶圣陶的《这也是一个人》，胡适的《一个问题》等。社会问题题材小说的风起是由1919年下半年作家冰心出版的《两个家庭》和《斯人独憔悴》引发的。随后，在1921年成立了文学研究会，此类小说由此走向高潮。

社会问题小说的代表作家有冰心、叶绍钧、庐隐、许地山等。

冰心（1900—1999），原名谢婉莹，福建长乐人。冰心是新文学史上最早的女作家之一，她的作品深受西方人道主义观念影响，母爱、童心和大自然是其作品的重要主题。冰心在现代文学史上最有影响的是她的散文和小诗，但是，她最早却以"社会问题小说"步入文坛并成名。阿英（钱杏邨）在《〈谢冰心小品〉序》中写道："青年的读者，有不受鲁迅影响的，可是，不受冰心影响的，那是很少。虽然从创作的伟大性与成功方面看，鲁迅远超过冰心。"可见冰心社会问题小说的影响力。

在"社会问题小说"作家中，冰心的创作时间最长，从1919年的《两个家庭》，到1925年的《往事》集，她的小说创作几乎贯穿了"社会问题小说"发展的全过程。另外，冰心问题小说的创作数量最多：《去国》《超人》《往事》三集，共计三十多篇。冰心的问题小说创作题材也很广泛：包括国难问题、青年问题、人才问题、妇女问题、家庭问题等，这些问题小说都与当时的社会密切相关，所以在当时引起了广泛反响。

冰心的第一篇社会问题小说是《两个家庭》，最早刊载在北京《晨报》上，刊发这篇小说时，作者第一次使用"冰心"这个笔名。然而，她真正产生影响的社会问题小说，是从本书选登的这篇《斯人独憔悴》开始的。小说描写了颖铭、颖石这一对兄弟在学校的爱国行为被父亲化卿得知后，受到斥骂、关闭而无奈苦闷的故事。小说中的父亲，是一个思想顽固的封建家长，作者塑造这样的一个形象，具有典型意义。相对于专横的父亲化卿，小说中将两个正面人物的无能为力表现得淋漓尽致。尽管他们内心中尚存一腔爱国热血，但是底气中缺乏抗争的勇气，如果对方表现出异常强大，那么他们自身的自卑便暴露无遗。

该小说内容虽然极为精简、故事线路也较为单一，没有多角度、多层面反映出颖铭兄弟的个人脾性，但还是比较真实地展现出"五四"运动时期相当一部分青年人的精神品性。也正是由于该小说充分地展现了有志青年的抱负和理想，才引发了当时社会极大的共鸣。小说发表三个月，很快就被改编成话剧上演。在整本小说中，作家仅仅通过人物对白，并没有像常规写作手法一样运用起伏的故事情节，因此在对父亲化卿的描述中感受不到父亲专横的一面。直到小说的最后，作者也没有在解决方式上给这对兄弟明示，只是给了最后的一叹。这种写作方式成为当时写作手法的一种特征和象征。

叶绍钧的《潘先生在难中》是其早期社会问题小说的代表作。这篇小说塑造了一个带有浓郁小市民习气的底层知识分子形象。

庐隐最早的创作也是社会问题小说，她的《灵魂可以卖吗》《一封信》《两个小学生》等作品展现了一幅幅充满血泪的社会悲剧，有强烈的社会意义。她的代表作《海滨故人》，反映的也是社会问题，但在创作风格上更接近浪漫主义抒情小说。

许地山的社会问题小说有比较浓郁的浪漫异域色彩。《命命鸟》写仰光一对青年男女相爱因受父母反对，而双双牵手走入湖中自尽的悲剧。这篇小说强烈地控诉了封建门第观念和婚姻制度对青年的迫害。

社会问题小说作家，虽然从书写的方式与文字的表达上各有不同，在身处的环境及社会中遇见各种问题时，都是以"看人生、品人生"为目的，但是它们的核心思想是同步的。

综上所述，社会问题小说有如下特点：

（1）问题意识。"借小说发表自己的思想"是对于"社会问题"小说的一种普遍认知。小说家通过对思维、品性、理性、伦理等方面的多视角解读与分析来展现出人性中的悲欢离合，最终达到抵抗和反对封建思想、解放民众认知的目的。尤其是五四运动时期的思想，不仅仅出现在上述揭露社会问题的小说中，此外在其他体裁的作品中也有体现，如诗歌、散文、戏曲、杂文等。这种问题小说在当时的社会背景中受俄国文学作品影响颇大，此外，也受国内周作人与胡适的文学理论影响较深。

（2）"只问病源，不开药方"是这个时期大多数社会问题小说最鲜明的特点，实际上也是这类小说的力量所在，它及时地反映了社会现实，并启发读者去积极思考，自己寻找解答。但也有一些作家，在小说中为社会问题寻找答案，像冰心和许地山的某些作品中都表现出对"美"与"爱"这样较为哲学和抽象的思想的追求。

二、自叙传抒情小说

自序、自传类小说是中国现代小说的一种专有特色形式。它的表述风格和写作手法重点在于自我坦白与自我展现，突出地表现在私人生活与自我心理表达上。该类小说主要是受西方的浪漫主义文学以及日本"私人小说"的影响，也常常被称为"浪漫主义抒情小说"。其中，以创造社为主的自序、自传类小说是浪漫主义小说的一个分支，这股创作潮流是从郁达夫1921年上海泰东书局出版的文学系列《沉沦》开启的。我国现代文学历史上的第一部白话文短篇小说就是《沉沦》。

自序、自传类小说作家基本上都是出自创造社，具有代表性的作品主要有郁达夫的《沉沦》《茑萝行》《迟桂花》，以及张资平的《约檀河之水》等。此外，还有非创造社的相关作品，如冯沅君的《卷葹》。

庐隐是与冰心齐名的女作家，代表作《海滨故人》，写露莎和几位同窗女友的聚首言欢到风流云散的过程，表现出新旧文化更替时代，青年女性既渴望个性自由，又无法摆脱封建道德束缚的精神焦虑。其中主人公露

第一章 1917—1927年间的新文学运动

莎内心的矛盾与孤独,基本上是作者的自我写照。作品的抒情笔调与郁达夫的风格相近。

冯沅君的《卷葹》,由鲁迅编入"乌合丛书",包括四个短篇:《旅行》《隔绝》《隔绝之后》《慈母》。虽然每篇的主人公名字各异,但故事却互相衔接。小说讲述的是一位在京城读书的女主人公,不愿服从家庭包办婚姻,与一位男同学自由恋爱,一起出行,并试图出逃,但最终在慈母亲情和包办婚姻的压力下,双双殉情的故事。小说文笔优美,在强调表现"内心要求"上,和郁达夫的风格相近。

张资平的处女作《约檀河之水》描写了"他"与日本房东女儿的恋爱悲剧,带有自传性质。1922年,他的长篇小说《冲积期化石》,也是以自传笔调抒写了对往事和故人的缅怀。

下面以《沉沦》(节选)为例具体探讨:

沉沦(节选)
郁达夫

一醉醒来,他看看自家睡在一条红绸的被里,被上有一种奇怪的香气。这一间房间也不很大,但已不是白天的那一间房间了。房中挂着一盏十烛光的电灯,枕头边上摆着了一壶茶,两只杯子。他倒了二三杯茶,喝了之后,就踉踉跄跄的走到房外去。他开了门,却好白天的那侍女也跑过来了。她问他说:

"你!你醒了么?"

他点了一点头,笑微微的回答说:

"醒了。便所是在什么地方的?"

"我领你去罢。"

他就跟了她去。他走过日间的那条夹道的时间,电灯点得明亮得很。远近有许多歌唱的声音,三弦的声音,大笑的声音传到他耳朵里来。白天的情节,他都想出来了。一想到酒醉之后,他对那侍女说的那些话的时候,他觉得面上又发起烧来。

从厕所回到房里之后,他问那侍女说:

"这被是你的么?"

侍女笑着说:

"是的。"

"现在是什么时候了?"

"大约是八点四五十分的样子。"

"你去开了账来罢!"

他付清了账,又拿了一张纸币给那侍女,他的手不觉微颤起来。那侍女说:"我是不要的。"

他知道她是嫌少了。他的面色又涨红了,袋里摸来摸去,只有一张纸币了,他就拿了出来给她说:"你别嫌少了,请你收了罢。"

他的手震动得更加厉害,他的话声也颤动起来了。那侍女对他看了一眼,就低声地说:

"谢谢!"

他直的跑下了楼,套上了皮鞋,就走到外面来。

外面冷得非常,这一天大约是旧历的初八九的样子。半轮寒月,高挂在天空的左半边。淡青的圆形盖里,也有几点疏星,散在那里。

他在海边上走了一回,看看远岸的渔灯,同鬼火似的在那里招引他。细浪中间,映着了银色的月光,好像是山鬼的眼波,在那里开闭的样子。不知是什么道理,他忽想跳入海里去死了。

他摸摸身边看,乘电车的钱也没有了。想想白天的事情看,他又不得不痛骂自己。"我怎么会走上那样的地方去的?我已经变了一个最下等的人了。悔也无及,悔也无及。我就在这里死了罢。我所求的爱情,大约是求不到的了。没有爱情的生涯,岂不同死灰一样么?唉,这干燥的生涯,这干燥的生涯,世上的人又都在那里仇

第一章　1917—1927年间的新文学运动

视我，欺侮我，连我自家的亲弟兄，自家的手足，都在那里排挤我到这世界外去。我将何以为生，我又何必生存在这多苦的世界里呢！"

想到这里，他的眼泪就连连续续地滴了下来。他那灰白的面色，竟同死人没有分别了。他也不举起手来揩揩眼泪，月光射到他的面上，两条泪线，倒变了叶上的朝露一样放起光来。他回转头来看看他自家的又瘦又长的影子，就觉得心痛起来……

著名作家郁达夫先生（1896—1945），出生于浙江富阳县，原名郁文。早年于日本留学，学成后回国。当时著名的创造社便是由郁达夫与郭沫若一同创建，期间两人的代表刊物有《创造季刊》《洪水》等。1982年，郁达夫与鲁迅先生合作共建了《奔流》杂志。郁达夫先生一生所创作品共计五十多篇，其作品类别主要以短篇为主，在后期创作了三篇中篇小说。

《沉沦》这篇小说极具代表性与时代性，文中描述一个在日本留学的青年人身处国外，时常感到自己身心的双重压力，到最后无法抗拒而走向大海的沉沦经历。文章一共由八个分节构成，每一个小节讲述一件事情或者一种心态，其中有主人公愤世嫉俗的心里以及对家乡的苦苦思念，还有其自身精神和思想的苦楚，展现出一种人物心里扭曲的写作思路。在文章的最后一节中，主人公以一种绝望的状态悲惨地走向大海。

散文形式的书写方式加入了叙事的过程，这种自传性与心里表达异常突出。小说的每一节都充满了抒情、感伤的意味。比如第一节，小说从阅读英国诗人华兹华斯诗歌《孤寂的高原刈稻者》开始，借诗中的"孤寂"情绪抒发主人公的孤独。故事的第二节，小说又改变气氛，渲染主人公内心的"忧郁症"和颓废情绪。在最后一节写主人公走向大海前的种种神秘幻觉，抒情中融入了某种象征意味。

从主人公的身心历程来看，《沉沦》这部作品实质上就是作者个人在生活上与心理上的现实写真，一方面是自身精神与心理上抑郁和孤独的表现，进一步展现了对个人思想的解放和对爱情、友情的期望；另一方面，身处异国的自己受到歧视和侮辱的无助与绝望，导致内心崩溃。该著作是作者通过自身的经历而塑造的现实写照，或者说是生活的一种镜像。

通过《沉沦》这篇小说的阅读，可以了解自叙传抒情小说的以下特点：

（1）侧重自我表现，"自叙传"色彩浓郁。作家多把小说作为自己的"自叙传"来写，带有作者个人生活的投影。现实中的郁达夫在日本留过学，《沉沦》中的主人公的思想和情感，是他在异国他乡真实的情感体验。自叙传抒情小说强调一种写真式的自我。很多作品中的主人公都会带上作者自己的精神气质。比如，郁达夫的其他作品《银灰色的死》中的Y君，《茫茫夜》和《秋柳》中的于质夫，《茑萝行》《迷羊》《春风沉醉的晚上》中的"我"等，在生活经历和精神气质上都和作者本人有着相似之处。张资平和庐隐的小说也都有自己的心灵写照。

"自传性小说"的自传或自述与日本的"私人小说"关系极大。日本大时代诞生了以自我为中心、自我为题材、自我为主人公的自传性小说，这就是日本当时最具代表的"私人小说"。小说本身取材于作者自身的经历和自身的心境。郁达夫的《沉沦》恰恰迎合了"私人小说"的各种特征。

（2）自传性、自述性小说的主要特点并不是以叙述为主要核心，"心理描述、个性展现"的诗情化与散文化才是此类小说的重点。"情节小说"向"情绪小说"转变，突破了以事件情节为结构中心的传统小说模式。"自叙传"并不是作家的自传，作家着力要表现的是一种心境。所以"自叙传"小说，并不注重作品的情节曲折，也不着重小说结构的构思，通常任笔所至，以主人公情绪跌宕起伏为主线。

（3）浪漫主义的感伤抒情色彩。自叙传抒情小说作家都本着表现"内心"的要求，而不注重对客观现实的摹写，在创作风格上表现出浪漫主义色彩。这种浪漫主义的潮流具体到每部作品，每个作家又表现出自己的风格。

三、乡土小说

乡土小说是在我国20世纪20年代产生的一种以作家自己故乡的风土人情为背景，来揭露当时乡村中存在的封建、落后和无知的小说。

乡土小说作家大部分隶属于研究会，也包含语丝社和未名社的一些青年作家。他们大部分都是出生于农村,后来到北京完成学业的大学生,代表作家主要有许杰、许钦文、彭家煌等。

乡土文学体裁与主题最早由鲁迅开创,但是"乡土文学"这个定义是在《<中国新文学大系·小说二集>导言》一文中,鲁迅用这个术语来命名这批作家回忆故乡、抒写乡愁的小说,称他们把"乡间的生死,泥土的气息,移在纸上"。这批乡土小说作家大部分都受到鲁迅先生的深刻影响,并且慢慢地接受此类批判性与民族性。乡土小说集中的特点主要表现在作品常用批判的写作手法,通过写实的技巧,充分地融入乡愁情怀,全方位展现了中国当时落后的农村文化。

乡土小说佳表甚多:台静农的小说集《地之子》(结集于1928年)多取材于乡间贫苦农民的生活。其中的《拜堂》写汪二与其寡嫂的成亲,笔调低沉灰暗,充满寒气。《新坟》写四太太家破人亡后发疯,最终在儿子的棺材边自焚而死,小说承继了鲁迅的"安德莱夫式的阴冷"。许钦文的《鼻涕阿二》《疯妇》,许杰的《惨雾》和《赌徒吉顺》,以及蹇先艾的代表作《水葬》,彭家煌的《怂恿》等,都从不同视角展现了农民的困苦及乡间文化的蒙昧。

乡土小说有以下基本特点:

(1)大多数作家都是用批判审视的视角来展现故乡的风俗习气,尤其是对故乡低俗、愚昧的文化给予批判和讥讽。尤其在许杰的《惨雾》中两个村为小事进行械斗,伤亡惨重。作家们正是通过沉重的笔调,表现出他们的同情与批判的复杂情感。

(2)乡土文学作品风格中最典型的特征就是写作内容具有一定辩证性,如有幸与不幸、讥讽与怜悯、同情与批判、喜悦与悲愤,以上便形成了以喜剧化与悲剧化共融的带有乡土气息的美学特征。当时有很多乡土作品,内容上都或多或少带有一定的悲喜情节,例如台静农的《拜堂》中,尤其是在汪二与寡嫂成亲拜堂的故事情节,将乡土文化展现得淋漓尽致。

(3)中国20世纪20年代的乡土小说在很大程度上受到鲁迅先生的深刻影响。例如,在鲁彦的作品集《柚子》中就有一篇类似于鲁迅先生的《狂人日记》;台静农先生的写作风格无论是在写作内容和写作形式上都与鲁迅类似;许钦文也肯定地表明,自己作品大多皆受教于鲁迅先生;同期还有蹇先艾的短篇小说，从写作一开始就受到了鲁迅先生作品的极大影响。其他作家如许杰、彭家煌、黎锦明等也都或多或少汲取了鲁迅先生作品的精神与精华。杨义在《中国现代小说史》中提出，在20世纪30年代"鲁迅风"主导了当时文学时代的主潮流。

第二节 现代话剧与散文的新貌

一、现代话剧新貌

现代话剧是西方的舶来品，但它在中国出现也有深刻的社会根源。鸦片战争后，中国传统戏曲在题材和表现形式上都难以满足观众的要求，一些表现新题材或融入艺术新元素的"文明新戏"应运而生。文明新戏是中国传统戏曲向现代话剧过渡的中间产物，它具有现代话剧的某些特征，但或多或少没有走出传统戏曲的窠臼。1907年，春柳社编演《黑奴吁天录》，标志着中国现代话剧的诞生，从此之后，这种新型的艺术形式在中国不断发展壮大。"五四"时期的话剧，在题材上以"社会问题剧"为主，在风格上出现了写实与抒情两种走向，在形式上出现了喜剧、诗剧、历史剧等多方面探索。"五四"时期的话剧探索为现代话剧的发展奠定了坚实的基础。

（一）社会问题话剧

中国现代话剧的起源最早可以追溯到19世纪末出现的"文明新戏"，这种类型的话剧或戏曲是以宣扬新潮思想与新式生活和人物为核心的新型文学。新是指突破传统戏曲规制的限制，以纪实与写实为主要写作手段，是与传统戏曲有明显区别的一种戏剧形式。根据文明新戏的发展程度，文学史一般认为1907年春柳社编演的《黑奴吁天录》是中国现代话剧的开端。"五四"运动的爆发给予中国现代话剧发展的机遇，受易卜生社会剧的影响，结合中国社会变革时期的种种问题，社会问题剧在"五四"时期大量涌现。社会问题剧一般偏于写实，所反映的社会问题都有深厚的现实基础，演员

第一章 1917—1927年间的新文学运动

表演也要求符合角色身份，这固然是现代话剧的文体要求，但也开创了中国现代写实话剧的先河。

下面以欧阳予倩《泼妇》（节选）和丁西林《压迫》（节选）为例具体探讨：

泼妇（节选）
欧阳予倩

（故事梗概：慎之和素心是一对自由恋爱结婚的现代夫妻，虽然他们的生活方式并不能得到外界的认同，但他们还是坚持自己理想。然而好景不长，慎之经受不了旧传统的诱惑，准备偷偷纳妾，因为害怕素心的责问，他还特意请来姑母和妹妹作为说客。纳妾的礼仪悄悄的进行，一切风平浪静。就在大家正准备长吁一口气的时候，素心意外的来了。从姑母的口中，素心知道了慎之纳妾的事实，她当即要求丈夫放弃这一计划，并给买来的小妾一定的盘缠……素心的主张并没有得到大家的认可，为了坚持自己的理想，她拿出刀子，以杀死儿子相威胁。素心的举动让所有人惊慌失措，慎之被迫同意素心的决定，让素心带走孩子和王氏。素心在斗争中取得了胜利，但在公婆的眼中，她是个不折不扣的"泼妇"。本剧为独幕剧，本节所选为素心杀子抗争的部分。）

素心：你放心，没人难为你！（向慎之）你从前对我是怎么说的？你向来对我是怎么说的？你方才对我是怎么说的？你不是反对一夫多妻制吗？你不是主张神圣恋爱的吗？你不是自命为主张女子解放的中坚分子吗？你不是绝对以真实不欺为信条的吗？你不是主张废娼说不忍拿金钱去压迫那无辜的女子吗？你始终不能不取掉你那正义人道的假面，到了今天，你自己证明你自己从头到尾全是诈伪！（慎之笑）你不要得意，笑，哭，都不能掩饰你的诈伪了。我一生受到你的骗，也只怪我自己以前跟你相交的时候，没有看出你的弱点。你骗人骗得得意了，所以丢了我又去骗别人，现在也没有别的多话，第一步，你先把她退了，把卖身纸还她，使她自由，再另外送她两千块钱让她自活。（大家无话半晌，慎之只是装笑）

以礼：（大怒）这还了得！那里有大老婆逼丈夫退小老婆的道理？就是吃醋争风，也不能当着大众，今天就算父母做了主，也没什么了不得！

素心：我的主意已定，不是加我些龌龊罪名，就吓得住我的，你们要不听我，我就杀了这儿子。（取出小刀放在小孩子的颈上，大家要抢）你们要抢，我的刀就下去了。是，否，一句话！（大家做神气挤眉挤眼的意思是要慎之暂时敷衍）

慎之：（不得已取出王氏卖身字及汇票两纸交与王氏）好，好，好，依你！（对王氏）这个交给你罢，你爱怎么自由，你就去自由罢！（又对素心）这下好了罢？（对王氏）你后头歇歇去罢！

大家：这样也好！这样也好。

素心：慢着！（对王氏）你把卖身字撕了！（王氏取了字，素心将卖身字抢过来撕了，王氏很怕）你且别忙后头去，我今天的抱不平要打到底，我是负责任的！（大家很奇怪，以礼只是叹气，吴氏只是糊里糊涂说了"好了""好了"，素心又对王氏说）你无论如何，也出不了他的手，你就是出去，也一定没有结果，如今你还是跟我，让我叫你受些相当的教育，可以自立。我把你当亲妹妹看待，以后决不再教男人来骗你！现在你的事，有我担保；我还要了我自己的事呢！（向慎之）我们就此告别罢，请你写两张离婚书，一张你签字给我，一张我签字给你，（慎之迟疑）不必假惺惺了，痛快些写吧！

姑母：夫妻还是好夫妻，说完就好了，何必这样呢？

慎之：你要离开我，我也没法，写罢！（取纸写着）

芷祥：哥哥，何必呢？大家都是一时之气，就都认了真，这样叫爹妈怎么受呢？（想去阻止）

以礼：唔！让你们去！反正现在父母都是讨厌的，都是废物！（下）

吴氏：我是更管不着！（哭，芷祥去劝）

（慎之将离婚书写好，交给娘姨送过去，素心签字，各持一张）

素心：好了！谢谢你！（对王氏）你放心！我不会待错你！我是始终帮助你的，你跟我去。我一定叫你做一个有用的人。（王氏很为难的样子却是无可如何）儿子，我也带你走！

慎之：那可不行！

吴氏：那怎么成呢？

以礼：（从内赶出）儿子带去！笑话！儿子是陈家的子孙，你在这里，你是他的母亲；你既离了婚，你就是外人，你怎么能够带他去？不行，万不行！

素心：（指儿子）他不是你们私有的，他是国家世界公有的，我决不忍拿将来有用的国民，放在这种家庭里，在这种欺骗的父权之下，受那种欺骗的教育，使他被养成一个罪恶的青年！要知道让一个清洁无瑕的儿童，去受罪恶的熏染，是做母亲的罪恶，与其让他将来不好，不如让他就在目前干干净净的死在他母亲的手里！（持刀欲刺，大家大惊）（素心说）我那里忍心就杀了他？宝贝！我也没有闲功夫说费话了。（向王氏）妹妹！我们去吧！（拉着王氏下，素心把颈饰掷向慎之说）爱情的保证品啊！（王氏做无奈状随下）

大家：（面面相觑）真好泼妇啊！

《泼妇》反映的社会问题是：在新文化运动落潮之后，一部分追求新生活的青年开始走回头路，危害到其他人的权利时，那些受害者是抗争还是妥协。如果把这一问题更具体一些：当妇女的婚姻完整权受到挑战的时候，她们该抗争还是妥协，这在新旧交替的时代是个很普遍的问题。戏剧给出的答案是坚决的抗争。

从"戏"的角度来说，《泼妇》是个可以让观众看完的戏。戏剧从慎之密谋娶妾的事情写起，用以礼和吴氏的谈话、姑母和芷祥的到来烘托秘密紧张的气氛，让观众期待这场密谋的纳妾会不会成功；素心会不会接受这个事实；素心到底是个什么样的人；素心的突然到来是全剧的一个转折点，它让铺垫已久的高潮终于可以到来。然而，素心并不知道慎之已经背叛了自己，她的到来虽然让秘密娶妾的礼仪有些紧张，但毕竟有惊无险——转入高潮的剧情又落于平淡。就在大家期待素心会不会从蒙在鼓里醒过来时，姑母试探性的语言，让素心了解了实情，戏剧再次走向高潮。素心对慎之的痛斥，让人们恍然有杜十娘痛斥负心郎的印象，素心刚烈反叛的性格特征跃然纸上，而杀子维权的情节，更是将戏剧的高潮和杜十娘似的这种性格特征都推向了极点，慎之"伪君子"的形象也深入人心。

《泼妇》是一部有强烈写实特征的戏剧，但在一些具体细节上也存在不切实际的问题。譬如，慎之怎样从一个新青年变回一个庸俗乡绅，戏剧没有交代清楚。这些问题，正是现代话剧还没有走向成熟的表现。

丁西林的《压迫》是一出喜剧，这个作品反映出丁西林对待生活的态度——从容豁达，也反映出丁西林喜剧的特色——自然智慧。老房东太太一方面放不下自己打牌的爱好，另一方面不允许女儿与单身房客谈恋爱。但是女儿的叛逆性格，非要将房子租给单身男士。这本身就充满了喜剧性，是一个腐朽、专制社会荒诞性的具体表现。作为这种荒诞租房制度的直接受害者，单身男客吴先生企图与房东太太进行理论，当两人在荒诞不经的逻辑中进行争执时，戏剧的"笑"果和讽刺性同时实现了。但有国家机器维持的荒诞并不因不合情理而在争执中落于下风，它反而借助国家机器直接对受害人进行压迫，在巡警即将参与的困境下，吴先生只能选择退让。好在女客的突然到来给了吴先生反败为胜的机会，他利用女客急于租房的心理，巧妙地让女客提出假扮成自己的家眷，从而满足了房东太太的要求，也缓解了自己的危机。当社会中正常的要求被迫以荒诞的形式得到满足时，戏剧的喜剧性再一次呈现了出来。

《压迫》结构的设置也非常精巧，它用三个主要人物、一个场景就完成了整个戏剧架构，非常符合话剧的文体特征。在喜剧效果的营造上，《压迫》步步推进，从容不迫，非常自然地引出了波澜起伏、妙趣横生的喜剧效果。其语言也非常具有特色，俏皮、幽默、机智，既符合人物的身份，又能够最大限度地制造喜剧效果。

通过《泼妇》和《压迫》，可以看到社会问题剧以下特色：

（1）戏剧的思想内涵受"五四"新文化影响很大，所表现的社会问题常常有婚姻、家庭、恋爱等，所解决的方式多半是主角儿离家出走（所以这些戏剧也有人称为"出走剧"），具有鲜明的时代特色。

（2）社会问题剧的"写实"是相对传统戏曲的抒情性而言，它强调戏剧所反映社会问题的现实性，也强调表演者的言行符合角色身份，从而使戏剧不仅具有娱乐性，同时也成为改造社会的工具。

（3）早期写实话剧的"写实"具有鲜明的倾向性，它受到"五四"新文化的影响很大，这既是社会问题剧蓬勃发展的动力，也决定了它们在艺术上的限度。

（二）创造社话剧

"创造社话剧"是个含混的概念，因田汉、郭沫若等早期剧作家与创造社联系紧密，且他们的话剧与创造社的艺术主张有相通和相似的地方——强化了剧作家自我情感的张扬，因此为了方便了解这一段历史，故有此称谓。

在话剧史上，田汉是20世纪20年代影响最大的戏剧团体——南国社的创办者。南国社的产生，要追溯到1924年田汉、易漱瑜这对夫妇共创了半月刊《南国》。两年后的1926年，田汉又创建了南国的电影剧社。次年1927年，田汉作为私立上海艺术大学的文科主持人，不久就被提名为校长，南国电影剧社也由此变革，涵盖的内容和形式加入了各种文学、戏剧、艺术、音乐等，名字也被改为南国社。南国社在话剧史上的影响力超过了创造社，本章根据话剧风格的区分采用"创造社话剧"的称谓，在此补充说明南国社,以体现这个社团在话剧史上的重要性[1]。

例如,《获虎之夜》是中国话剧诞生期难得的佳作。剧本注重了"戏"的提炼和选择,具有强烈的戏剧性。戏剧冲突安排在"获虎之夜"这个特定的时间段上,这是莲姑出嫁的前夜,也是父女冲突最可能激化的时段。因此,戏剧一开场就留给观众两大悬念:获虎之夜是否能够捕猎到老虎,从而使莲姑的嫁妆更加体面;父女的矛盾究竟以什么样的方式得到解决。然而,当捕虎的铳枪响起之后,受到重伤的却是莲姑的爱人黄大傻,这使得戏剧的冲突陡然升级。黄大傻的痴心让莲姑对爱情的坚持更加坚决,误伤黄大傻的事实让魏福生恼羞成怒,本来被掩盖的父女矛盾必然在针锋相对中得到解决,这正是戏剧的看点,也使戏剧的悲剧性得到了充分放大。

《获虎之夜》对剧中人物的塑造也比较成功。具有浪漫主义气质的田汉在此前的剧本创作中比较强调情感的宣泄,往往忽略了抒情性和现实性的统一。在这个剧本中,黄大傻台词的抒情化倾向也十分明显,这本不符合一个流浪少年的现实身份,但由于剧本设置的情景是在他对爱情最绝望的时期,因此情感的宣泄又较能符合人物的特定心理感受,而且还能够最大程度获得观众的同情。作为一个久居在深山中猎户的女儿,莲姑的语言没有华丽的辞藻,但她的一言一行都表现出山里人独有的执拗和刚烈,这既符合了莲姑的身份,又推动了戏剧高潮的到来。此外,《获虎之夜》浓郁的乡土气息,给予都市观众一种异域的体验,譬如魏福生讲述易四聋子打虎的故事,具有强烈的传奇色彩,增强了戏剧的可观赏性。

郭沫若的《卓文君》也是中国话剧的佳作。

卓文君(节选)
郭沫若

(故事梗概:《卓文君》是郭沫若《三个叛逆的女性》的第一篇,始发表于 1923 年 5 月上海《创造》季刊第 2 卷第 1 期。卓文君与司马相如的爱情是中国历史上的千

---

[1] 袁行霈. 中国文学史[M]. 北京:高等教育出版社,2003.

古佳话，郭沫若在这一传奇爱情故事中发掘出个性解放、女性解放的主题。为了更好地揭露封建宗法制度的反动性，剧作家在原有故事的基础上增加程郑、秦二等人物，从而使个性解放更加深入人心。）

卓文君：你们一个说我有伤风教，一个叫我寻死，这是你们应该对着你们自己说的话。

卓王孙：造反了，造反了！（欲脱程郑手）

（程郑挽愈力）

卓文君：我自认我的行为是为天下后世提倡风教的。你们男子们制下的旧礼教，你们老人们维持着的旧礼制，是范围我们觉悟了的青年不得，范围我们觉悟了的女子不得！

卓王孙：（极力欲脱去）啊啊，这样挽着我做什么！你这想爬灰的老忘八！

卓文君：（指程郑）你程家的翁翁，我且问你，为什么你娶了无数妻妾，你还四处如蝇逐膻，你还能在人面前道人长短？风教不已被你伤尽了吗？家庭不已被你腐败尽了吗？你骂人浅薄无聊，你的深厚在哪里？你的有聊在哪里？我对你直说吧！你时常迷恋着我的身体，所以你要把我留在你家中。那回你黉夜来叩我的房门，到底是什么意思呀？

程郑：没有那样的事！没有那样的事！你莫冤枉我！

卓王孙：奇耻大辱！奇耻大辱！这娼妇要把我气死了！（又欲扑打卓文君）

（程郑急挽制之）

卓文君：我不相信男子可以重婚，女子便不能再嫁！我的行为我自己问心无愧。（向卓王孙）爹爹。

卓王孙：啊，谁是你的爹爹！啊，气死我了！气死我了！

卓文君：你要叫我死，但你也没有这种权利！以前你生我的只是一块肉，但这也不是你生的，只是造化的一次儿戏罢了！我如今新生了，不怕你就咒我死，但我要朝生的路上走去！（向红箫）红箫妹妹哟！你与我同向生的路上走去吧！不怕那儿就是荆棘满途，我与你是永远要向生的路上走去！这把宝剑，我就借用了，借用来作为我们开除荆棘的利器吧！（拾剑起，牵红箫）

（红箫不动）

卓王孙：啊，气死我了！气死我了！秦二，周大，你们快把那泼妇束缚了吧！气死我了！气死我了！（晕倒在程郑怀里）

（周大欲动，秦二畏缩而股栗）

卓文君：你们这些污秽的肉块，谁敢靠近我们的身来！（挺剑作势）

程郑：文君，你太过分了。你有话可以细说，何必那样性急，扬刀动武，你还有妹子，还有兄弟，也要做个榜样呀！

卓文君：我就是好榜样！

程郑：你就忍丢下你的弟妹吗？他们醒来的时候要哭着找你呢！

卓文君：他们醒来的时候，你对他们说，教他们到都亭来。我在那儿替他们结识了一个新的姐夫。

程郑：你做女儿的责任呢？

卓文君：便是我自己做人的责任！盲从你们老人，绝不是甚么孝道！

程郑：你就不怕世人议论了吗？

卓文君：我的行为，我相信，后代的人会来讴歌我。

程郑：你守着现成的富贵也不要了吗？

卓文君：不要说那些话来污秽我！——红箫，走吧！我们走吧！

第一章　1917—1927年间的新文学运动

红箫：（始终低头木立，至此始抬头向秦二）秦二，你来！你来！

秦二瑟缩而前。

这一段落的精彩之处是卓文君痛快淋漓地揭露出程郑和卓王孙的思想本质。对于程郑，卓文君直接撕开了他伪君子的假面：这个满口礼仪道德的人，不过是心胸狭隘的苟且之人。对于卓王孙这个顽固保守分子，卓文君从人的独立性出发，指出人应该具有个性独立和自由发展的权利。卓文君的语言不仅具有批判性，也使人物形象变得更加丰满。

郭沫若的历史剧之所以受人瞩目，原因就在于它具有鲜明的时代性。他的《三个叛逆的女性》，包括之后在抗战期间创作的《屈原》《虎符》等剧作，都给予历史人物现代思想和现代行为，让他们在历史事件中体现现代精神，从而符合现代人的审美需求。在表现历史人物的现代精神上，郭沫若的诗人气质，不断体现在剧情和戏剧人物的身上，剧烈的矛盾冲突、鲜明的人物性格和痛快淋漓的戏剧语言，会不断触发观众的热情和共鸣，从而成为时代不可磨灭的经典。

但值得注意的是，将历史人物现代化，虽然有利于剧作家传递自己的情感，但也会造成历史失实的感觉。当然，一切历史都是当代史，都是一种叙事，但历史的当代叙事也必须不能太过偏离人们的历史常识。这也是郭沫若历史剧引起争议的地方。

创造社话剧在写实的基础上，开创了中国现代话剧的抒情传统，从中可以感知到以下特色：

（1）在戏剧情节安排上，比较注重整体情感的渲染和铺垫，如黄大傻与莲姑的爱情悲剧、卓文君的反叛之途，剧作家都采用层层铺垫的方式，从而使他们的感情得到集中地爆发。

（2）戏剧中的人物个性鲜明，情感丰富，在戏剧的高潮处，他们的个性特征得到集中展示，同时大量积蓄的情感也得到宣泄，从而获得巨大的艺术张力。

（3）戏剧具有诗性的精神，这既表现在情节安排上，也表现在人物性格塑造和语言形式上，剧与诗的结合，是这种戏剧的最大特色。

二、现代散文新貌

中国现代散文在质地上与中国古代散文有着极大的不同，具体反映在以下方面：

第一，文本形态：古代散文通常是文言文，甚至某些僵化的行文有着严重的八股文的气息。而现代散文倡导白话文写作，即口语化、大众化，"我手写我口。""言文一致。"力求做到听、写、读三位一体，融会贯通。

第二，现代散文倡导真实的心声表达，自由的思想与情怀，本着"活的文学"与"人的文学"精神，深入表现民众的生活以及作者个性的见地。这与古代散文多从属"遵命文学"，要求"文以载道"并一味"歌功颂德""粉饰太平"等清规戒律有天壤之别。所以有人形容现代散文是"解放了的普罗米修斯"。

第三，现代散文重视抒情与叙事等文艺美学特征，同时也承担着传播知识、促进社会文明进步的义务。散文作者是文学家，同时往往也是思想家、革命家、哲学家、教育家，总之是有着社会责任感的现代知识分子。这与古代散文、士大夫或隐士风的散文大为不同。

第四，现代散文是走向并融入世界大文学潮流的体裁，不仅吸收了国外散文的合理成分，增强文章表现力，也在知识信息方面，传递着人类进步与审美追求的共同理想志趣，有着文化交流的特点。

综上所述，现代散文的新貌即为站在世界风云交汇处，追求知识进步与社会文明、个性解放、思想自由并抒发心声、表达真情实感的新文学、新语文体。

（一）《新青年》作家的散文

在我国20世纪20年代诞生了一个当时具有重大影响力的杂志就是《新青年》，其在"五四"运动期间起到重要的导向作用。从1915年9月15日创刊至1922年7月停刊，后恢复至1926年终刊。该期刊杂志由陈独秀先生在上海创建，由群益书社发行出版。《新青年》杂志编辑主要有钱玄同、陈独秀、高一涵、李大钊、胡适、沈尹默等。此外，新文化运动的发起也是从《新青年》开始的，他们的主导思想就是"德先生"与"赛先生"。《新

第一章　1917—1927年间的新文学运动

青年》杂志刊载了很多散文随笔、杂文，是中国现代散文的先驱、吹鼓手，为现代散文的出炉、成长、繁荣起到了创建之功。

下面以鲁迅《风筝》和周作人《初恋》为例具体探讨：

《风筝》出自鲁迅《野草》集，是早期白话散文的精品。在思想上，表现了鲁迅反封建、反压制，反对传统家长制扭曲儿童天性的进化论思想。在艺术上，采用纯粹的语体散文，写景、叙事、抒情、象征熔为一炉，在自然中见深刻，在深刻峭拔中流泻人性、表现手足亲情；同时，这篇散文也体现了作者自己勇于反省与批判的现代忏悔精神。

过去有学者专家分析该文是大革命失败后鲁迅以悲观主义思想寻找出路的流露，甚至说是对反目的胞弟周作人的一种示好，这显然都是错误的，是不切实际的。鲁迅的这篇散文没有什么功利的目的，它就是一篇抒发与流露真情至性的美文。对于小弟弟，作为长兄的鲁迅小时候也曾本着传统家规压制过他的天性，而成人后，他发出"救救孩子"的呼声，特别反对"少年老成""冬烘"封建教育习尚，对自己过去的行为检讨，同时更是对社会风气的警示。鲁迅在小说和杂文中都触及这一主题，即倡导体智健全、刚健清新、活泼开明的教育思想与方法，反映了《新青年》"推倒铁屋子"放青年到宽阔光明的处所去这一努力。本篇散文正是鲁迅作为战士的审美情怀的精彩结晶，不同于《野草》中多篇象征意味较为浓厚的散文诗，这篇散文写得清新明白，并不晦涩。

周作人在新文学革命初期以《新青年》等杂志为阵营发表了多篇重要的议论文，如《人的文学》《平民的文学》《美文》等，同时他在散文方面，也有精深的造诣，如《乌篷船》《故乡的野菜》等，成为白话散文初期的成功范例。这篇《初恋》也是一篇代表作，表现了对旧时下层女性不幸命运的深刻同情，寄寓了人人平等的现代理想追求。"阿三"是一个天真未凿的花季少女，她甚至是"我的初恋"，作者颇有诗意地烘托了与之相处的心跳时光。但贫贱的身份与不可能幸福的命运，让"三姑娘"即便不是病死，也有可能是其他。在无情的社会，广大妇女特别是下层妇女的命运是悲惨的。文章流露了淡淡的惆怅与悲伤，看似平静的结尾，其实蕴藏着波澜。周作人散文没有鲁迅散文深刻激扬，但他的散文有种苦涩隽永的气息，如同品嚼橄榄，令人回味。

《新青年》时代的散文，多为战斗的檄文，像鼓点惊雷与投枪匕首似的随感录、宣言，遍布文坛。但像周氏兄弟这样冷静抒情、娓娓叙事，搅动一腔热血的抒情与叙事相结合的散文也是不少见的。《新青年》时代的散文是文学革命的排头兵，同时也是新样式的拓荒者、尝试者，是一种新的文本建构。在此方面，作家多借鉴了国外的特别是欧美文学中的成功要素与构件，如英国随笔、法国随想体散文、德国哲学思辨充分饱满的激情散文以及俄国带有民粹思想的无政府主义散文等，但关键还在于《新青年》作者当时立足本国现实，坚定地举起反封建、反专制、反复辟的思想大旗，执着地追求民主与科学，信仰自由，甚至不畏牺牲捍卫真理的果敢精神。他们努力寻求贴近生活、合乎中国现代审美理想观念的文章新样式与新风范，在作为文学闯将的《新青年》诸位作家身上，应该说是表现得既激进又成功且具有代表性。

鲁迅是《新青年》时代最具有代表性的作家。他写作的目的，是要重铸国民精神，要让愚弱已久的民众从精神上"醒过来"，发出"真声音"。他的前期散文集《野草》《朝花夕拾》等代表了一个新的园地的奋力开拓与收获，为以后中国新散文的繁荣发展铺好了路，架好了桥，作出了表率，指出了光明的去向。

（二）"文研会"作家的散文

"文研会"全称文学研讨会，诞生于1921年的1月4日，诞生地为北京。"文研会"的共同发起人主要有瞿世英、郑振铎、孙伏园、沈雁冰（茅盾）、周作人、叶绍钧（叶圣陶）、耿济之、许地山、王统照、郭绍虞、朱希祖、蒋百里。后面加入者除了冰心、朱自清以外还有庐隐、王鲁彦、彭家煌、夏丏尊、老舍、刘半农、胡愈之、丰子恺、刘大白等，人数共计一百七十余人。"文研会"的会址设置在北京，追捧或者奉行的基本原则是："反对把文学作为消遣品，也反对把文学作为个人发泄牢骚的工具，主张文学为人生。"（沈雁冰《关于文学研究会》）从"为人生"出发，他们主张"文学应该反映社会的现象，表现并且讨论一些有关人生一般的问题"，他们一致反对亲美派的纯粹脱离人生以及世俗的"纯文学艺术"观点。重视人生问题、揭露人生理论是他们写作的出发点，由此催生出了"问题小说"。

第一章　1917—1927年间的新文学运动

在散文方面,他们也坚决反对封建旧文学,主张吸收外国文学,弘扬先进思潮,尝试新文体。文研会作家虽然比《新青年》阵营作家看上去要平和一些,但实为同路人,特别在散文创作方面,有着共同的志趣,即建立一种平民的、个性化的、知识性的文体。文研会的散文作家,如周作人、叶圣陶、冰心、王统照、许地山、朱自清、老舍等,都是开时代风气之人,至今其散文作品仍是新文学运动的经典之作。

作为著名作家,冰心的散文哺育了一代又一代的小读者,开启了童心,传递了知识、温情与诗意。海德格尔创作的《在通向语言的途中》提到:"散文并不是人们通常所理解的与诗歌相对立的文体,并不是平淡与无味,其实和诗歌一样具有艺术性和创造性。"冰心的散文即一种有着使命感的主题散文,她纯净、包容、清新。简要从以下方面看待其意义:

第一,实现了中国女性作家的理想。中国文学史上女作家寥寥可数,走向世界的就更绝无仅有。冰心散文广为传布,本身说明了一件伟大的事体,即女性文学的问世,表现了新文学现代性的构质。

第二,旅游见闻散文,过去只有外国人游历中国的记录,中国人游历世界的前例少之又少。冰心将家门口的路一直走到欧洲、北美,所见所闻所感构织成一幅绚丽的知识长卷。

第三,优秀的儿童文学是老少咸宜的。冰心的热心"小读者"中就有少年时代的巴金,"小读者"其实包括犹有童心的成年人。

第四,冰心散文以书信为体裁,亲切、平易近人,敞开心扉,如春天细雨,如夏季丝丝凉风,予人清爽与智慧,表现了新文学的平民情怀与纯粹性。作品看似浅显,其实有如平湖深涵,仪态万方。

朱自清是"文研会"最具实力的散文作家之一,多年来,他的散文几乎成为中国现代散文水平的一个标杆,是家喻户晓的里程碑式的作家。朱自清擅长两种笔墨:一是风格华丽的、象喻抒情的美文,如《绿》《荷塘月色》《桨声灯影里的秦淮河》等,这种风格恰如郁达夫在《新文学大系》的《现代散文导论》中指出:"朱自清虽则是一个诗人,可是他的散文仍能够贮满着那一种诗意,文学研究会的散文作家中,除冰心外,文章之美,要算他了。"二是说平常话、叙平常事而蕴含深情、感伤或是人文幽默的散文,如《背影》《儿女》《给亡妇》《冬天》《我所见到的叶圣陶》《怀魏握青君》等篇。杨振声在《朱自清先生与现代散文》一文里，对此有这样的评语："他文如其人，风华从朴素出来，幽默从忠厚出来，腴厚从平淡出来。"《择偶记》即后一种风格，是朱自清幽默风格的散文中特别精彩的一篇。看似着笔轻松，其实有着深刻严肃的主题，即对封建时代婚姻的不由自主以及荒诞不经的命运安排予以揭示与自嘲，同时也表达了对女性所处不幸的社会地位与悲剧命运的同情与惋惜。

文学研究会是新文学运动初期以大专院校、文化单位知识分子为主体的文学社团，之所以称文学研究会，一则表明破旧立新、探索与研究新样式的意图；二则寄托他们"为人生而艺术"、努力改良社会的理想。"文研会"的散文同小说一样，都较有使命感、责任心，体现了新文化知识分子的良心勇气与审美情怀。他们的散文，往往夹叙夹议，抒情与暴露问题相结合，表现出作者的多重身份话语特征，即：既是文学家，又是教育家、美术家、研究者、翻译工作者，他们的行文，生活气息与人文气息并重，有时由于书斋局限，失之空洞或平直，但文学新意的尝试在他们笔下尤显充分，就好比《朱自清先生与散文》中，"文研会"的核心支柱杨振声所述："近代的散文已经远远的脱离过去，假的蒙面逐步剥离，虚幻的假发也缓缓卸掉，怪异的长袍也慢慢脱去，暴露出来的是直接与坦然，在问题的表述上讲究一针见血、直捣黄龙。总之，一句话概述，它仅是作为个人情感宣泄表达的一种方式。"

于今来看，"文研会"作家散文虽不尽成熟，留有探索与模仿的痕迹，但时代特色与个性的充分展露，仍是可圈可点的，尤其是立意改良社会的努力值得肯定。正是：旧时代的终结者，新时代的开启者。

（三）创造社作家的散文

"五四运动"时期最具代表的文学社团组织就是在新文化运动起步时期的"创造社"，它是我国现代文学体系中的一个重要组成部分。"创造社"由郭沫若、郑伯奇、成仿吾、郁达夫、张资平、田汉等众多学者在1921年7月于日本东京宣告成立。他们归国后在上海有了进一步发展。"创造社"的表现张力更多以浪漫、唯美为主。创造社的散文体裁同小说体裁没有严格的界线，大多以第一人称为主，叙事与抒情相结合，篇幅一般较长，情节波澜起伏，有深刻的自我反省意识与忏悔精神，同时也有着社会批判的锋芒。郭沫若与郁达夫，是创造社两位最具有代表性的作家。

创造社的代表刊物《创造》《创造周报》《洪水》等都登载有大量散文作品，极一时之盛。

由于众多创造社作家都有日本留学经历，因此在他们留学时期保留了很浓厚的浪漫主义气息。创造社创始人之一郭沫若早期的大量作品都是在日本完成的，因此，在他的早期文章中能找到带有伤感的浪漫主义情怀和唯美主义画面。客观的历史影响了一群有梦想的青年，那个时期的日本留学作家作品中大多是以凸显家乡情怀和自我叙述为主题的散文，这也是当时特定时期的一种特色风格或者风向。

创造社作家的散文同小说有异曲同工之妙，即都颇有情节特征，联系自己非常紧密。他们结合自身状况、切身体会，在抒发自我的同时，透射与暴露社会的矛盾与悲剧。在世界现代文坛，这是一种潮流，特别是欧洲文艺复兴以来。因为留学日本，创造社作家受到西化严重的日本文学与转介的西方文学潮流影响十分明显，特别是当时日本兴起的"私小说"流派，唯美主义与自由主义风格都深刻影响了他们。故而行文善于夸张，表现十分敏感，文调既忧郁又奔放、激越，表现出更多的"时代病"与"零余者"的悲哀。创造社作家身上所体现出来的现代文学特征是相当明显的。勇于暴露，勇于批判，这正是一个自由文明社会对人的思想道德意识的重塑与净化的基本要求。而封闭与伪善的我国封建时代或欧洲中世纪教会时期，丧失的正是这一人性的光辉与亮点。

第三节　白话新诗的创立与发展

白话文诗歌是在一定历史条件下产生的，具有一定的必然性，是我国文化历史发展和变革的最终结果。我国古代传统的诗歌是与封建社会长期伴存的一种文化意识形态，具有时代风格和固定的规制与法则。古派的诗歌在形式上、技巧上和艺术风格上都受制于历史的牵绊，随着社会的大发展，在那特定的历史时期，古诗的发展之路更是难以行通。"以旧风格含新意境"或"熔铸新理想以入旧风格"。很多文人墨客对旧体诗有一定的改进，但由于没有突破古诗格律的束缚去开创诗歌的新形式，诗界革命最终以失败告终。但正是这一场诗歌的变革，对我国的白话诗歌产生了极大影响。后来在胡适先生的倡导和指引下，众多的学者、文人、诗人开始追捧白话诗歌。

以白话文创作的诗歌的出现具有划时代意义。在诗歌文化的历史长河中，白话文诗歌全权代表了一种新的文学力量，它是现代诗歌的奠基石和开拓者。1917年2月，《新青年》中的第二卷专门摘录了陈独秀先生的《文学革命论》，文中明确地指出了文学进化的"三大理论"。第一是要推翻过去带有奉承的贵族气息，建立起一种平易近人的抒情文学；第二是要推翻腐朽堕落的传统文学，建立起具有新鲜血液的纪实文学；第三是要推翻苦涩无味的山林文学，建立一种通俗易懂的普遍社会文学。

正是有着像李大钊、周作人、康白情等作家对白话文学的追捧和宣扬，到1919年的5月，新文学诗歌的体系和模式已具备一定发展基础，新诗的自发运动不断增加，规模也不断增大。1919年，百投百中的白话文诗歌陆续登录在了当时极为流行的各类期刊，由此可知，当时白话文诗歌潮流几乎席卷整个中国。在白话诗歌的诞生和发展中，虽然遭到论衡派及封建守旧势力的强烈反对与抨击，但因其顺应历史文化发展的规律和时代进步的潮流而势不可挡，在短短的四五年间便获得了大量的成果，使白话新诗在20世纪20年代之初开始有了较为稳固的历史地位。

在白话文诗歌的出现、建立以及发展的过程中，文学代表和时代代表主要有俞平伯、胡适、康白情、刘半农。下面就列举两篇新诗具体探讨：

老鸦

胡适

一

我大清早起，

站在人家屋角上哑哑的啼。

人家讨嫌我，说我不吉利：——

第一章　1917—1927年间的新文学运动

我不能呢呢喃喃讨人家的欢喜！

二

天寒风紧，无枝可栖。
我整日里飞去飞回，整日里又寒又饥。——
我不能带着鞘儿，翁翁央央的替人家飞；
也不能叫人家系在竹竿头，赚一把黄小米！

胡适（1891—1962），字适之，安徽绩溪人。中国现代新诗的开创者，著名学者、文学家、历史学家、哲学家。出版诗集《尝试集》《后尝试集》，发表有关诗歌理论的文章《谈新诗》。在新诗创作还无所依傍的当时，《老鸦》是胡适尝试的白话新诗中一首比较成功的自由体诗。当新文化运动受到封建旧势力的激烈反抗后，新文化运动的倡导者面临着继续斗争或是偃旗息鼓的两条道路。胡适在反对封建主义旧思想旧文化传统的问题上立场坚定，在《老鸦》这首诗里明确地宣布了自己不妥协的态度。作者以老鸦自比，虽然"我知道人们的讨厌和不睬，还说我不吉祥、不吉利"，但是"我还是有自己的脸面的，不能去唯唯诺诺地讨别人的欢喜和怜悯！"哪怕"天寒风紧，无枝可栖"，不迎合势利的"我不能带着鞘儿，翁翁央央的替人家飞；也不能叫人家系在竹竿头，赚一把黄小米！"这样的诗句表达了以胡适为代表的进步文人的骨气和与封建保守势力斗争的精神。

《老鸦》体现了胡适"诗体大解放"和"抽象的题目用具体的写法"的主张，在形式上摒弃了《蝴蝶》这类"放大了裹足"的诗的体式，在表现手法上运用了蕴涵较深的意象，语言也较灵动。全诗用简单的象征手法，以"寓言诗"的形式，通过老鸦的内心独白暗示了诗的旨意。诗中的"天寒风紧，无枝可栖"和"我整日里飞去飞回，整日里又寒又饥"借用隐喻，表达了诗人在新文化运动中的艰辛。正因为如此，更能显现出他不屈不挠的抗争形象。

在我国的文学历史中，第一部白话文诗歌集就是胡适先生所创的《尝试集》，因此也被称为"胡适体"，引起当时许多人效仿。他创作的诗歌尽管数量不多，也很不成熟，但他无疑是中国现代新诗创作道路上的开拓人，对中国新诗的诞生功不可没。

刘半农先生出生于清末，也是"五四"新文化运动中的主干力量。他还是知名的文学家、语言学家、教育家。原名刘寿彭，江苏江阴人。1917年到北京大学任法科预科教授，并参与编辑《新青年》。出版有诗集《扬鞭集》（1926）和《瓦釜集》（1926）。

《教我如何不想她》这首诗是刘半农在欧洲留学时所写。诗作发表时标题为《情歌》，后改为《教我如何不想她》，该诗发表以来，一般读者都认为是首思念恋人的情诗。据当年与诗人同在欧洲留学并为这首诗谱曲的赵元任教授说，诗中的"她"，代表当年海外游子日夜思念的祖国。无论是思恋情人还是思恋祖国，在这首诗里，都能让人感到诗人恋情的深切美好。

在早期白话诗运动中，刘半农大力支持胡适关于"诗体大解放"的主张，并且积极尝试不同的新诗诗体。他注重向歌谣汲取营养，这首诗便借鉴了歌谣表现技巧。全诗共四节，诗歌的每节起句都运用了歌谣中最为常规的"比兴"技巧，往往采用对所赞、所喻的事物景物惊喜添彩和相衬，于此升华了"教我如何不想她"的表现意境。首节中，作者将微风、微云作为暗示思乡之情的一种媒介。第二节通过月光与海洋依恋难分的关系将诗人在"蜜也似的银夜"里内心的苦恋表达出来。第三节中的水上落花、河流底处的游鱼这两种互为相衬的景象本身就带有一种漂泊不定、孤独无助的诗境，最后竟然连空中飞翔的燕子传递家音都没有听见或听清，这样的描述给诗人平添了几分失落感。第四节"枯树""野火"暗示出诗人失望与渴望两种强烈心情的相互冲击。以西天的残霞表达最后的实际上是不愿放弃的恋情。整首诗的意境氛围由淡而浓，情感节奏由轻而重，从而使"教我如何不想她"的深切恋情一以贯之。

《教我如何不想她》这首诗形象生动鲜明，体式对称匀齐，节奏缓急明快，韵律起伏有致。既宜视觉欣赏，也适合按传统诗词那样谱曲传唱。这首雅俗共赏的诗对新诗形式的探索是有启发意义的。

第一章 1917—1927年间的新文学运动

草儿

康白情

草儿在前,
鞭儿在后。
那喘吁吁的耕牛,
正担着犁鸢,
眙着白眼,
带水拖泥,
在那里"一东二冬"地走着。
"呼——呼……"
"牛吔,你不要叹气,
快犁快犁,
我把草儿给你。"

"呼——呼……"
"牛吔,快犁快犁。
你还要叹气,
我把鞭儿抽你。"

牛呵!
人呵!
草儿在前,
鞭儿在后。

康白情(1896—1959),后改名洪章,中国早期白话诗的代表诗人。四川安岳人。毕业于北京大学德文系,创办《新潮》月刊,并在《新潮》上发表白话诗。1919年与李大钊创办《少年中国》月刊,著有诗集《草儿》(1922)、《河上集》(1924)等。

《草儿》为康白情大学时代所作,发表后产生了广泛的社会影响。该诗中字面的表达主要是讲述人和牛的农耕场景，但是本质内涵则寓意了当时农民的生活状态像牛一样可悲。"触物比类，宣其性情"，诗里的"牛"就是农民的形象，牛的境遇和命运也是中国农民的境遇和命运。"草儿在前，鞭儿在后"，开篇两句便让人感到牛与人的共同不幸。裹腹生存的需要在前，现实的威逼在后。农人与牛相依为命，他们如牛一样终年艰辛劳作，为了吃到维持生存的"草"，得到的却是社会不公的"鞭子"抽打。年复一年，代复一代，中国的农民就如牛那样"担着犁鸢，眙着白眼，带水拖泥"，肩负重荷，难得温饱，还不得不忍气吞声地在贫瘠的田野上"一东二冬"地艰辛劳作。

诗人关心农民疾苦的情怀，既是新诗人关注民众责任感的体现，也是中国古代诗歌"哀民生之多艰"的担当精神的继承。《草儿》规避了初期白话诗中只注重字面的表层意，直白的诉述与朴素的说理的思维导向，把鞭子、小草和牛羊当作寓意的对象，暗示了当时不理性的社会现象和复杂的人际关系。全诗四节，每行几乎都是口语，其中还有一半的对话，但用语自然而有选择，平易而有深意。

早期白话诗为中国现代新诗的创立开拓了道路，也为现代诗学作出了理论上的初步探索，其贡献与局限主要体现在以下三个方面：

（1）与古典诗歌相比，拓展了诗歌的表现内容。受"诗界革命"、西方先进思潮和"五四"新文学运动的影响，早期白话新诗大都具有提倡民主、自由和科学，面向社会人生，鼓吹婚姻自由，张扬个性解放，表现自我等新的内容和时代精神，使其作品开始具有一定的现代气质。

（2）从早期白话诗的实践中提出了各种各样的创作主张。胡适1919年10月所写的《谈新诗》可以视为早期白话诗的纲领性文件，其中主要的主张有五个方面：一是用白话写诗；二是诗体大解放；三是废除格律，强调自然韵律；四是倡导具体做法；五是强调时代精神。这些主张反映出早期白话新诗的艺术追求，并形成了白话入诗、诗体多样、自然的音节、具体的做法等艺术特征。早期白话诗的诗歌理论在本时期的诗歌运动中，对诗歌创作实践中的影响很大，意义深远。尽管这些理论还存在很大的局限性和片面性，但构成了中国现代诗歌史上最早出现的诗歌理论体系，为中国现代诗歌理论奠定了基础。

（3）早期白话诗的局限与误区。由于早期白话诗人的创作都是尝试性的，他们没有现成的范式可依，实验的时间很短，理论也很不成熟，因此难以避免诸多先天不足的局限。他们在创作中重白话而忽视诗意和诗艺，偏重叙述与说理，艺术上存在着严重的"非诗化"倾向。他们对中国古典诗歌传统的否定，在一定程度上改变了中国现代诗歌与古典诗歌的联系，为中国新诗的发展留下了较多的隐患。

第四节　新文学奠基人——鲁迅

鲁迅先生原名周樟寿，字豫才，是浙江绍兴人士，后来改名周树人。1902年，鲁迅从南京矿路学堂毕业，并以官费生的资格赴日留学，在东京弘文学院补习日文。1904年，他改入仙台医学专门学校；1906年，因日俄战争的"幻灯片"事件，决定"弃医从文"，选择了以文艺改造国民精神的道路，在东京从事文学译著活动，主要致力于译介东欧和俄国富于反抗精神的作品，辑为《域外小说集》。1918年5月，鲁迅先生的一篇代表作《狂人日记》发表于《新青年》，这是鲁迅发表的第一篇白话文小说，这也成为中国现代小说乃至新文学的奠基之作。随后，鲁迅陆续发表了以其"表现的深切和格式的特别"的小说《孔乙己》《药》《故乡》《阿Q正传》等十几篇，后收入小说集《呐喊》。同时，鲁迅应当时思想启蒙、社会批评和文化批判的需要开始他的杂文写作，后收入杂文集《坟》和《热风》等集子当中。鲁迅一生共创作有小说集《呐喊》《彷徨》《故事新编》，散文诗集《野草》，散文集《朝花夕拾》，外加16本杂文集。

鲁迅的《呐喊》《彷徨》，代表了"五四"现代小说的最高成就，在2020年的教科书上仍然可以看到这两个小说的身影。《呐喊》出版于1923年，是鲁迅1918—1922年所创做的短篇小说结集，其中包含了《狂人日记》《药》《明天》等14篇小说；《彷徨》出版于1926年，是鲁迅1924—1925年所写的短篇小说结集，其中包含了《伤逝》《祝福》《祥林嫂》等11篇短篇小说。

《狂人日记》是率先觉醒者的呐喊，作品中的狂人，率先发现了中国

经典回眸　20世纪中国现当代文学的分期探索

历史是"吃人"的历史,并在铁屋子一般的黑暗中,爆发出这样的呐喊:

"你们可以改了,从真心改起!要晓得将来容不得吃人的人,活在世上。"

"没有吃过人的孩子,或者还有?"

"救救孩子……"

鲁迅的呐喊在随后的小说如《药》《明天》《风波》《故乡》以至《社戏》中……依然响亮,但也不免渲染上了"寂寞"之色。在小说《药》中,有着鲁迅浓厚的寂寞之感,于此,他将呐喊寄予寂寞之中。小说通过华老栓夫妇买人血馒头为儿子治病的故事,揭露了封建文化愚弄百姓的罪行,同时也颂扬了夏瑜不屈的革命精神,惋惜辛亥革命缺少群众基础的局限性。鲁迅向国人灵魂的呐喊在《阿Q正传》中达到了极致和巅峰,"精神胜利法"的阿Q,是中国国民灵魂的画像,鲁迅借小说传达出这样的意蕴:如果不进行思想启蒙,如果国民的灵魂不觉醒,那么,中国革命就只能是阿Q式的革命。

鲁迅在阿Q那宣告了"呐喊"的终结,由此他开始创作《彷徨》短篇小说集。而将《祝福》放在小说集《彷徨》的首页篇,也意味着从"呐喊"到"彷徨"的思想转折。在《彷徨》中,鲁迅开始质疑"呐喊"对于现代社会是否有意义。他决定不再充当冷眼旁观的历史叙述者,他要走出阴冷的叙述,去直面这惨淡的人生。这促使他在小说《祝福》中,塑造了国人女性的典型——祥林嫂。小说中的"我"直面的是祥林嫂半生遭遇以及精神悲剧。祥林嫂只是一个普通人家的女孩,早年守寡的她听说婆婆要将她转卖他人,便连夜跑到鲁镇,成为鲁四老爷家的帮佣,后来,又被婆婆掳走,被迫再嫁;与贺老六成亲后,过了一段相对安稳的日子,随后贺老六重病身亡,儿子也被狼吞吃了,于是她又回到了鲁家,终至在众人的冷眼下于新年的爆竹声中清冷地死去。人们可以用最简单的话语来讲述祥林嫂一生的波折,但却无法用言语来完全阐释其人生的悲剧。

"我"是祥林嫂这部有关生存轮回的精神悲剧的目击者、见证者以及感受者。"我"与她曾经对于灵魂的有无展开过对话,这是生发于民族历

第一章　1917—1927年间的新文学运动

史转折之际启蒙先驱与被蹂躏者之间的对话。祥林嫂连发三问：一个人死了之后究竟有没有灵魂？到底有没有地狱？死掉的一家人能不能见面？面对被蹂躏者的一再追问，"我"作为处在历史轮回的终结处的启蒙者，却只得支吾闪烁其词，答非所问，落荒而逃。至此，鲁迅由呐喊转而显示出他的彷徨，同时这也代表着鲁迅对"人"的更深思考，这显示了鲁迅的困惑及至绝望，但是，却并不沉沦，鲁迅选择的是与绝望抗战——那就是"揭出病苦，以引起疗救的注意"。

在《彷徨》中，鲁迅关注的不仅是底层百姓的生存境遇，同时也将思考引申到了知识者本身。诚然，鲁迅在《呐喊》中思索过知识分子如孔乙己（《孔乙己》）、陈士成（《白光》），但他们只是古老生存的不幸者。孔乙己因为古典文言的隔阂而成为世人嘲弄的对象，这一切使他难以生存，最终悲惨地死去。而就陈士成而言，他完全受制于数千年来统治者所宣扬的"升官发财"的人生欲望，默然地走向死亡，自沉湖底。他们的死宣告了古老生存在现代社会的不适应性。

《彷徨》中的《高老夫子》，主人公高老夫子"留心新学问、新艺术"，因仰慕俄国大文豪高尔基而改名"高尔础"，以为换了"名号"就成为现代新型的知识分子。但他道貌岸然的外衣却被自我的不学无术，以及无意识的性冲动所撕毁。为此，他感到"无端的愤怒"，用道学来平复自我受挫的意识，最终在牌桌上找到了缺失的半个灵魂。

《在酒楼上》的"我"是一个从大雪纷飞的北方回到南方的游子。"我"独自坐在酒楼里，深深的孤独之感从背后袭来，内心期待会有消除寂寞和孤独的对话者的到来，"但又不愿有别的酒客上来"。而出现在文中的对话者就是吕纬甫。他不再是当年意气风发的青年，而今只见他行动缓慢，"我"与他的命运极其相似，曾有"同到城隍庙里去拔掉神像的胡子的时候，连日议论些改革中国的方法以至于打起来的时候"，但而今"敷敷衍衍，模模糊糊"地过日子，谈的、做的也是些"无聊的事情"：他为死去的小兄弟迁葬；为曾所中意的女孩买剪绒花……"他"做得极为认真，全然没有当初的样子。吕纬甫说道，你们看看我们之前预想的哪一件事是称心如意的？我们不知道现在、也不知道未来他们就看见到了。"屋面和大小街巷上到处都在密集的雪中，这种纯粹的白，无规则的大网"，有谁知道这张"不确定"的大网是不是他们愿意有的或者争破？

《孤独者》中的"我"与魏连殳相识于送殓，也终止于送殓。由此，也有了"我"所经历的"二次死亡"。小说对第一次死亡描述的是关于魏连殳老祖母逝世了，那时，我也在现场，和全村的人一同去观看。只看那魏连殳十分的冷静和镇静，"衣冠非常整齐，十分讲究，像是外请的专家，在旁人看了无不佩服"。而且亲眼目睹了他"只身一人坐在草垛上，两只黑豆眼睛微微闪着光芒"，"可以说就是一匹狼，一匹在深夜中撕心裂肺狂叫的狼，一匹既有愤怒又有悲伤的狼"。这种状态的表露，是因为在他的内心有两个祖母，一个是他亲生祖母，在家境条件渐好的情况下逝世了；而另一位就是在祖宗灵堂供拜的画像，老祖母的离去也就代表了一个民族辉煌的逝去；而现今要送殓的这位祖母，是一直养育他的善良勤劳的祖母。魏连殳从嫡亲祖母那里分享了血脉，在这位祖母那里继承了命运，两位的消逝，意味着一切都将荡然无存。他这是在唱末日哀歌，于"大殓""长嚎"中送走民族最后的挽歌。

鲁迅的小说，意蕴深沉，主旨常在于批判和揭露传统伦理的虚伪及其积重难返，同时也不断地思考着怎样更为合理的人生。正如他本人所言，他的小说"意在启蒙"。在众多的现代小说作家中，鲁迅对于启蒙的思考是最为深刻的，从而在思想上铸造了中国现代小说史上的丰碑。同时，鲁迅的小说，在艺术性上也达到了现代小说的顶峰。鲁迅的小说，几乎是一篇一种"格式"，叙述方式多变，实现了中国小说在叙事模式上的现代转型。

如果说中国传统小说是以全知全能的视角来处理作者和作品的关系的话，那么鲁迅总是从本己的生存体验去创作他自己的小说空间，小说讲述的是作者如何融入他的小说意境，因此在整个小说表述的角度上更多是一种复杂性的叙述视角。在《狂人日记》中，有两个第一人称叙述："我"叙述狂人，也是狂人的自述，但"我"与狂人相类似却并不同一。对于"我"的描述和表达也限定了该小说的时间范围，最终以"狂人"为象征代表去揭露中国传统历史的内部本源，以及现代启蒙教育的困难与无助。在《故乡》和《社戏》中，作者现身小说中，以第一人称的叙事角度，将现在的"我"和过去儿时的"我"在风土人情中类比，用以通过儿时对未来生活美好的向往祛除现在的孤寂。而在《明天》《风波》《药》以至《阿Q正传》中，作者选取第三人称的叙述视角，揭示在现代社会中仍深陷古老生存法则的世人们的生存情态。同样以第三人称叙述的小说《高老夫子》《肥皂》，也可见寂寞孤独之情，但更多的是沉思另类新型知识者的现代生存。

鲁迅小说的整体结构貌似简单，但却具有无比丰厚的内涵。它架构于轮回的古代史和生成的现代史之间，这一架构存在于鲁迅先生日常生活孤寂的状态中，具体表现可以在他小说的思想内涵转变中。鲁迅通过自身的生存体验去直面一个民族在历史转折时的命运。从先见于未来，求助曾经，终而归到现今，是鲁迅小说惯用的结构方式，因此，其小说结构貌似简单，却富含着深厚的历史意蕴和存在主义式的思考。

在创作方法上，《呐喊》和《彷徨》虽然很有象征印象和气息，但仍不失其现实性的，是象征主义和现实主义的结合。这主要是因为鲁迅曾受安特莱夫创作的影响。如《药》中的华老栓既是当今的一个现实性很强的普通中国人，同时也是古老中国的象征。华小栓的"病人"形象，既是当下现实中常见的一个病小孩的形象，同时，其隐喻意义也是一个"被拯救者"；以康大叔的眼见展示出来的夏瑜，既是一个普通的犯人，但在隐喻意义上，夏瑜又是一个"拯救者""革命者"的形象；在战斗中敢于革命的勇士都是用自己的鲜血甚至生命来拯救民族，因此他们的血液就是旧时病态社会的良药。这种药也无意有意地赋予了革命的灵魂……诸如此类。但这些隐喻最终指向的意义是"被拯救者"吃了"拯救者"的生命，没有了"拯救者"，死亡是"被拯救者"的必然结局。这就是关于一个买药的故事而引申出来的表征意义、历史意义和现实写真。鲁迅先生的大多数作品，都能完美结合现实主义和象征主义，从而被批评家们称之为"复调小说"。这使得鲁迅的小说意蕴无比丰富，思之弥深，回味弥深。

鲁迅先生在创作小说时，尤其在人物形象的塑造上，主要运用了两种写作手法：一是"获取种种，汇聚成一"的一种典型文学创作手法；二是"画眼睛"，要极省俭地画出一个人的特点，最好是画他的眼睛。就其"杂取种种，合成一个"的艺术手法而言，在鲁迅笔下的小说人物，如孔乙己，鲁迅通过其满口"之乎者也"的细节以及穷困迂腐的性格特征，成功刻画了贫困潦倒的旧知识者的形象；如祥林嫂，鲁迅通过对其眼神和面部表情的深刻变化，来展现其悲惨的人生命运；就连象征着国人灵魂的阿Q，他也是以阿桂、阿有、桐少爷等真实人物为综合体。

　　在语言风格上，凝练与含蓄是鲁迅小说语言的主要风格。在《故乡》中，鲁迅只展现了"我"与杨二嫂子见面时的一段对话，就将其尖刻泼辣的小市民性格描绘得淋漓尽致；同样在《祝福》中，一句"我真傻，真的……"，便充分展现了祥林嫂失去阿毛后的悲惨情状与围观的看客之无情冷漠……，《孔乙己》中"排"出九文大钱与"摸"出九文大钱的精到白描和对比，只需一字，就穷形尽相地写尽了孔乙己的内心。惜墨如金的同时，又能写尽人物内心的丰富情态，彰显了鲁迅小说高超的艺术水准，以至于后来的中国小说作家很难有人能望其项背。

　　总之，鲁迅既是中国现代小说的奠基人，也是中国现代小说最高成就的代表。

第二章 1927—1937年间的革命文学

1927—1937年是中国革命文学运动兴起发展的十年。革命文学运动兴起首先是后期革命文学倡导。后期革命文学倡导者论述了革命文学性质、任务，指出了作家世界观的转变是要把文学活动同无产阶级领导的革命斗争结合起来，从而把革命文学运动引向深入。本章主要围绕革命文学史的意义新识、革命时代的小说文学以及革命时代的话剧文学展开论述。

第一节 革命文学史的意义新识

不管是在中国文学历史中还是在政治的时代变迁中，20世纪20年代都被定格为一个不平凡的时期，尤其是"五四"新文学运动的开始，开启了文学史上最具划时代意义的文学变革。革命文学，在20世纪末甚至是21世纪之初，大量的学者、诗人、作家都进行了认真阐述，都给予了充分肯定。但是在20世纪末与21世纪初，史学界与文学界出现了一部分人群，他们认为新时代应该有新的革新，旧的写作思想和写作理念建立在当时的旧社会、旧风俗背景之下，好的作品要剥茧而出，摆脱束缚、摒弃旧制。但是这一观点也极大地引发了老一代作家们的愤怒和不解。他们所考虑的这不仅仅是简单的抛弃，而是直接牵动着未来文学创作发展的主导方向。

革命文学的实质就是"无产阶级革命文学"的简称，纯粹就是一种文学类型。革命文学不仅有理论支撑，同时还有相关作品。例如，《新梦》（1925）、《哀中国》（1927）、《鸭绿江上》（1927）、《少年漂泊者》（1926）等。直白地说，革命文学是既有理论还有作品和组织的一种文学。此类文学作品早在20世纪20年代的上半叶就出现了，当时中国文坛有不少此类作品。革命文学的历史意义主要有以下几点：

一、开创了无产阶级文学的新纪元

纵观历史，尤其是在整个世界范围，文学属于多线发展，例如，写作手法的变化、著作目的改变、文学形式的改进、文学接受群体的扩散、政治体制变化而导致文学内容与形式的更替等。对于中国的文学演变而言，政治因素是众多影响因素中的要点之一。在"五四"新文化运动前，中国的文学都无不带有一些封建影子，那个时代的文学创作往往是在封建伦理的基础上进行的，而在"五四"新文化运动后，社会各界都开始以反封建、反旧制的观点与思路改革世界。新时代极其注重民主和自由，因此，此时的文学作品开启了积极、自由和开放的新篇章。

马克思主义理论是无产阶级的第一理论或者是新社会的奠基石，这一理论是从"五四"新文化运动以后传入中国的。此次运动不仅在整个社会的改革上宣扬马克思的无产阶级政治思想，同时在文学创作和改革上也从这个角度渗透着无产阶级气息。例如，在蒋光慈先生的代表作品《短裤党》中提到"以上海的第二次人民武装起义来作为文学素材，赞颂了中国无产阶级基层对社会主义的期待以及艰苦奋斗、无所畏惧的无产阶级高尚思想"。虽然这样的文学在一定高度上还不够成熟或深刻，但是足以表达无产阶级的核心思想与生活所期。该类作品不管是在形式上和内容上都与以往的文学作品有着本质的区别，它是中国文学历史上最早一批表现无产阶级和无产阶级革命的作品，开启了中国文学历史上的新纪元。

二、开辟了政治文学的发展道路

文学在全球范围内来说，虽然语言的表现形式各有差异，但还是有一些共同点，含有一定政治色彩。例如，世界名家巴尔扎克、司汤达、托尔斯泰、高尔基等人的作品都含有一定政治因素。政治文学就是在创作中加入与当下政治相关的因素。政治文学大致可以分两种类型：第一，文学的政治倾向，在文学表现形式和内容上积极地表现出与政治紧密的联系；第二，各派政治斗争的文学作品。

在我国的文学发展历程中，"五四"新文化运动是政治文学发生改变的一个分界线，此前，都是在封建社会、旧制度的大背景下发展，都带有一定的政治倾向。而分界线后的革命文学，大部分作品都是在刻画和描述无产阶级与资产阶级以及封建残余之间的斗争。最具历史代表的《短裤党》前文已经叙述，再如作品《少年漂泊者》中讲述的故事主角汪中所经历的种种事件无不反映了当时社会中各阶层的矛盾关系，同时，也进一步展现了无产阶级工人同僚们与黑暗、残酷的资产阶级作斗争的激情与果敢。政治斗争文学的先行代表作是《田野的风》，主要展现了1927年农村革命与反革命的斗争。这种革命小说或者政治文学从20世纪20年代一直延续了四五十年。直到20世纪70年代，该类文学被演化为工农兵文学，不论政治文学演变的形式和状态，综其本源，都是阶级斗争引发的结果。

三、塑造了无产阶级人物形象

在全世界的文学体系中，尤其在西方现代化文学出现前，大多数国家乃至各民族都有一种文学共性，就是对人物外在形象的表达。

在中国文学历史的长河里，尤其是在小说体或类小说体的著作中，人物的刻画和人物性格的描述是写作的主流。在中国古典文学和"五四"新文化运动时期的文学中，出现了各式各样的人物形象，如大家耳熟能详的林黛玉、贾宝玉、李逵、孔乙己、林冲、宋江、猪八戒、孙悟空、阿Q……但是以上如此生动的故事和角色，却没有无产阶级人物，他们也不可能成为无产阶级。直到《短裤党》的史兆炎、李金贵和《田野的风》中的张进德、李杰出现，才使无产阶级在后来的文学作品中浮现出来。虽然这些带有无产阶级风格的作品在一定程度上展现了、解决了当时无产阶级生活现状，但是在本质上未能体现出个性与特质。不管怎样，以上开篇之作毕竟是中国政治文学史上涉及无产阶级的首现，对后来出现的工农兵文学有着深刻的影响。

评价一个作品或者评价一个作者文学水平造诣的高低和对社会、文学的贡献，不仅仅就作品的写作手法和艺术深浅来论高低；更重要的是要客观评价它对人类文学史行为的影响力。具体的文学史行为，是站在一个宏观的角度，运用长远的目光评判创作者在文学历史上对于文学的社会性贡献。在我国当下社会，存在一部分作家，在创作时过于注重文字本身，讲究以技术和技巧打动读者。这种观点与做法相对狭隘，在文学的研习和发展上有一定的局限性，应该建立一种批判的眼光去看待这种不成熟的理念。

以上分别从三个方面进行了论证，构成了中国革命文学的组成部分，也是中国当代文学艺术的重要文化遗产。进一步引申论述，如果否决或者无视革命文学，那么也就是否定了整个文学史，否定了中国现代文学的客观发展史。因此，没有革命文学的开篇和指导，就不会存在真正意义上的文学。即便有，也仅仅是内部虚无的空壳。我国革命文学是无产阶级的初步体现。不管是在质量上还是数量上都远超同时期的苏联、法国等其他国家无产阶级文学。

第二节　革命时代的小说文学

小说经由启蒙年代的积累，在革命文学年代呈现出总体薄发的势态。这一时期出现了不少小说名家。茅盾以大气磅礴而闻名，他的《蚀》三部曲、《子夜》等名篇，具有开阔的社会视野，深入刻画了大革命失败后社会各阶层的现实处境和历史命运，开启了"社会剖析小说"的先河。巴金在这一时期的小说，充满激情，立意反抗，"激流三部曲""爱情三部曲"的出现奠定了其现代小说名家的地位。老舍的小说着眼现代市民阶层的喜怒哀乐，他用纯正的北京口语书写北京的风土人情，开创了"京味小说"

的传统。沈从文的小说以城乡二元视角书写故乡湘西的自然美、人情美、人性美，在中国现代小说中别具一格，《边城》成为超越时代和国界的经典之作。除此之外，这一时期具有影响力的小说流派还有东北流亡作家群、新感觉派作家群及京派作家群等，他们的创作让革命文学时代的小说变得更加丰富、多元。

一、茅盾的小说文学

茅盾是20世纪30年代在创作上获得重大成就并产生巨大影响的一位作家。茅盾，本名沈德鸿，字雁冰，1896年出生，1981年去世，家乡是浙江桐乡县乌镇。少年时，他家庭条件较好，受到了很好的家庭教育。1916年时，北京大学预科毕业，在上海商务印书馆编译所从事编辑工作，这是他从事文学活动的起点。1920年参加了上海共产主义小组的革命活动，1921年成为中国共产党的第一批党员之一。1921年1月，与郑振铎、叶圣陶等人发起组织文学研究会。早期的文艺活动主要是从事理论批评和译介外国文学作品。抗日战争和解放战争时期，一直从事进步的民族民主运动，也是国统区革命文艺运动的领导人之一。中华人民共和国成立后，除曾任全国政协副主席外，主要从事文艺领导工作，曾任全国文联副主席、文化部部长、中国作家协会主席等职。

茅盾的主要小说作品有：《蚀》（包括《幻灭》《动摇》《追求》三个中篇），长篇小说《虹》《子夜》《第一阶段的故事》《腐蚀》《霜叶红似二月花》《锻炼》，中、短篇小说《路》《三人行》《林家铺子》《春蚕》《秋收》《残冬》等。

茅盾的《子夜》，于1931年10月开始动笔，至1932年12月完稿，第二年二月出版，出版商是当时著名的开明书店。在茅盾的众多作品中，《子夜》占有很重要的地位。为了完成这部长篇巨著，茅盾经过了精心的准备。动笔前的夏秋季节，茅盾走访了很多上海当时著名的企业家、公务员、商人、银行家、经纪人、革命党人以及自由主义者，深刻了解当时上海的状态，对当时中国社会现象的感慨颇深，产生了大规模描绘的想法，准备写一部关于当时中国农村与都市生活现状的小说。内容原打算写包括像农村的经济情形，并不单纯的小市镇居民的意识形态以及1930年的新儒林外史等情况。后来，改变了原有的计划，着重描写了当时的都市生活。在《〈子夜〉是怎样写成的》文章中，茅盾详细地介绍了当时的社会形势。

从选题和挖掘主题的方面来看，《子夜》的题材与主题有着显著特点：重大性、时代性与史诗性。小说是对20世纪30年代初中国广阔的社会生动的描写，全景式地揭示了当时社会各个阶层之间错综复杂的矛盾和彼此间的斗争情况，深刻地刻画了他们之间的相互联系和发展方向。

在人物塑造方面，《子夜》的人物众多且人物性格复杂、多面。作品在描绘人物性格上注意情节的推动和细节的描写，将人物代入错综复杂的社会关系，在矛盾冲突中表现人物的内心世界，从而塑造人物的性格特点。这本小说塑造了很多具有个性，而且丰满的人物形象，例如民族资本家吴荪甫、买办资本家赵伯韬。吴荪甫形象的塑造是作者创作特色和艺术才能的集中表现。吴荪甫的形象是中国民族资产阶级两面性的代表，是鲜明的时代产物，在当时中国特定的半封建、半殖民地这一历史环境中，是第二次国内革命战争时期中国民族资产阶级的典型形象，作者将他塑造成一个失败的英雄，有胆识、有气魄，有刚毅果断的作风，也善于使用商业场手腕，极为精明强干；他游历欧美，学来了现代工业的管理经验；他不但拥有雄厚的资本，而且有着大力发展民族工业的宏愿。

在斗争中，他表现出果敢、冒险、刚强、自信的性格，他能够沉着干练、有坚持、有担当，似乎有希望振兴民族资产阶级。但是，在特定的历史背景下，迎接他的只能是失败，甚至是灭顶之灾。面对连连挫败，他性格中受中国资产阶级先天不足的本质影响的本质就充分显现，出现了动摇、悲观、虚弱等情绪，充分表现了人物极端恐惧的内心活动。通过这一形象的塑造，作者委婉却深刻地揭露了在当时的社会背景下，资本主义道路无法拯救中国，只能深化中国的殖民地这一社会现实。除了吴荪甫、赵伯韬、屠维岳等典型的人物形象，这部作品还对当时社会刻画了一幅幅生动的群画像，例如：民族资本家形象群，"新儒林"形象群，交际花、地主、女工、革命者等具有代表意义的当时社会的主要参加者。

在艺术表现上，《子夜》在刻画人物方面，采用了传统的肖像描写、行为描写、语言描写、细节描写刻画方法。此外，还擅长刻画人物的心理，

第二章 1927—1937年间的革命文学

尤其通过描写人物的下意识和幻觉,分析人物的心理色彩。这部作品对人物心理描写最具特色的是将人物的心理变化置身于时代背景之下,通过对人物在激烈的矛盾和冲突中的心理变化的描写,刻画人物形象,使人物形象和社会背景更为切合,更符合人物的时代特点。

在结构表现上,《子夜》的布局宏大而严谨。作品通过严密完整的线索串联起错综复杂的情节和线索,变现了繁杂的人物特点,通过每条合理清晰的线索搭建了宏大而又严谨的故事架构。在这部作品中,矛盾冲突的核心人物是吴荪甫,又由其牵引出各种人物和线索,通过公司、公债市场、工厂、农村、家庭多条线索互相交错。以吴、赵斗法为情节主线,推动其他线索的情节展开,使文章整体结构多线并存、交错推进、杂而不乱、严谨合理。

《子夜》也存在一些较为明显的不足。由于作者对革命者和工人生活缺乏体验,因此在描写工人与革命者的形象时显得比较单薄与概念化。另外,小说原定计划中的农村线索并没有得到充分的展开,这就使得第四章描写农民革命的部分不但材料欠缺,描写浮泛粗疏,而且在全书结构上也显得有些游离。

茅盾是一位在现代小说艺术上自觉探索、不断开拓的小说巨匠,他对现代小说艺术特别是现代长篇小说艺术的发展与成熟作出了卓越的贡献。

茅盾开创了一种崭新的文学范式,既不同于传统小说的叙事模式和结构方式,也不同于鲁迅等人为代表的小说传统。茅盾在小说中像记录一样将刚刚过去,甚至是正在发生的社会现实进行了大规模、全景式描写,深刻地刻画了各种矛盾斗争中的阶级和人物。通过对社会生活的精细观察和仔细分析思考,才有了茅盾小说的成功,呈现出庞大的历史内容,宏伟严谨的行文结构,客观全景的记录方式,不断地创造出有代表性的典型作品。这种新的通过理性分析来拓展思维深度、广度的创作方式逐渐被主流文学所公认,并产生深远的影响。这种通过典型环境塑造典型人物,用情节塑造人物性格,并推动人物性格成长的小说写作统称为"社会剖析小说"。

从20世纪中开始,很多作家在茅盾的引领下认同这种创作模式,并开始尝试创作,从而形成了小说流派"社会剖析派",而茅盾开创的这种形态的现实主义小说传统也逐渐上升为现代小说的主流。

与反映重大复杂的社会内容相适应，茅盾在小说的结构形式上追求宏大严谨的结构和纷繁完整的线索，在人物性格的塑造上着重表现人的社会关系和人物性格的多面性与复杂性，而与此相应的是茅盾特别注重对人物心理作细腻深入的刻画，他的创作实践提高了心理刻画在我国现代长篇小说艺术中的地位。这些努力都使得现代小说艺术得以走向完善、成熟与丰富。

茅盾的小说为中国现代文学的人物形象画廊提供了几组闪烁着个性色彩的形象系列。茅盾的小说在表现动荡的社会全景及其发展态势的同时，注重表现都市生活及都市中敏感的青年知识分子的心灵，主要创造了两大形象系列，即民族资本家和"时代女性"形象。从时代进程看，王伯申、吴荪甫、唐子嘉、何耀先、严仲平、林永清等一系列相互关联的形象，构成了20世纪前半个世纪民族资产阶级思想和性格的发展史。对静女士、慧女士、孙舞阳、章秋柳、梅行素、林佩瑶、赵惠明、严洁修、苏辛佳等一系列时代女性的心灵刻画，并不只是通过个人爱情冲突来表现女子特点，而是将她们融入广阔的社会背景、时代背景，通过描述她们的不同命运和心理历程的变化，来表现"时代女性"的思想深度和时代特点。

二、巴金的小说文学

巴金，本名李尧棠，字芾甘，生于1904年，卒于2005年，故籍是四川成都，汉族，祖籍浙江嘉兴，现代文学家、出版家和翻译家。巴金的小说创作有两个高峰，第一个高峰期在20世纪30年代，这一时期他创作的中、长篇小说有：《灭亡》、《新生》、"爱情三部曲"（《雾》《雨》《电》）、《死去的太阳》、《海底梦》、《砂丁》、《春天里的秋天》、《雪》（即《萌芽》）、"激流三部曲"（《家》《春》《秋》）等；短篇小说集有：《复仇》《电椅》《抹布》《将军》《沉默》《沉落》《光明》《发的故事》等。

在这些作品中，"激流三部曲"代表了他在这一时期的最高成就。巴金在20世纪30年代创作的小说，表现出叛逆的个性，洋溢着青春的激情，故有研究者将其称为"青春写作"。抗日战争时期是巴金小说创作的第二个高峰，这一时期他的小说主要有"抗战三部曲"，以及《火》《憩园》

第二章　1927—1937年间的革命文学

《第四病室》《寒夜》等作品,这个时期的代表作是《寒夜》。相较于第一个高峰期,巴金在这一时期创作总量有所减少,但在艺术成就上并不落后,战争的残酷和艺术的积累使巴金的小说技法更加炉火纯青,沉郁内敛、余韵无穷是他这一时期小说的典型特征。

"家"是中国封建宗法制度的载体和浓缩。以封建王朝形式存在的中国封建社会,"国"便是"家","家"便是"国",中国封建制度的核心要义都是以家庭伦理的形式表现出来。因此,新文化运动兴起后,中国知识分子对封建宗法制度抨击的突破口便是家,"五四"时期的"问题小说""问题剧"多以家庭问题为题材,充分说明了这一点。相比之前的家庭题材作品,巴金创作的《家》对封建大家庭的抨击更具系统性、深刻性和艺术性。系统性,《家》以长篇小说的宏大性,不仅揭示了个人只有走出封建大家庭才能获得新生的必然性,还从家族制度着手,说明封建大家庭必然走向毁灭的本质;深刻性,《家》对封建大家庭腐朽、反动本质的揭示,超越了所有作品;艺术性,《家》对于封建大家庭的抨击并不是观念先行,其对大家庭日常生活的细腻描写,让大家庭的衰亡呈现出"挽歌"的特征——毕竟个人不可能完全脱离家而存在[1]。

觉新是《家》中的一个典型人物,他有才华,有上进心,有个人发展的想法,他完全可以通过个人的努力获得他需要的幸福,但封建大家庭对个人的支配让他走上了一条"畸形"的道路:他的理想毁灭了,他的爱情也毁灭了,他只能在被操纵中感受虚妄的幸福。觉新悲剧的责任在于封建大家庭,同时也在于其软弱的个性,虽然家族制度可以让一个人走向毁灭,但只要个人敢于坚持自己的想法,依然可以争取到自己想要的幸福。然而,作为封建大家庭的长孙,觉新的软弱并不偶然,长孙的殊荣和乖巧的个性让他在成长过程中更多感受到的是家庭的温馨和恩宠,这使他在突然遭遇波折时丧失了反抗的勇气和能力。身份和个性,注定了觉新只能是封建大家庭的牺牲品,这也是那个时代中一批人的必然命运。觉新是个需要批判又值得同情的人物,可以批判他的软弱,但他的善良和无辜又忍不住唤起

---

[1] 刘江. 革命文学史意义新识——谈20世纪20年代革命文学的"文学史行为"[J]. 河南工程学院学报(社会科学版),2018,33(02):74-77.

了人们的恻隐之心。这种复杂和纠结的阅读体验,正是《家》的魅力所在。

从小说艺术的角度来说,《家》有很多不足地方,譬如它的语言不够精炼优美,它的结构不够精巧圆通,它的叙事显得过于激情而不够内敛。然而《家》对于封建大家庭腐朽性的深刻揭示,对于觉新、觉慧等人物形象的成功塑造,使它依然是中国文学史上的一座丰碑。

作为巴金小说创作第一个高峰时期的代表作品,《家》充分反映出巴金这一时期小说创作的典型特征:

(1) 在题材选择上,"反抗"是这一时期巴金小说的重要主题。巴金在留学法国期间,受无政府主义思想的影响很大,这让他对压抑个人的制度、强权的弊端具有强烈的反抗欲求,而在阶级矛盾和民族矛盾同样尖锐的20世纪30年代,种种社会不公更激发了他的反抗个性。反抗让巴金走上了文学道路,这也决定了他的题材喜好。

(2) 在语言上,巴金这一时期小说具有激情洋溢、痛快淋漓的整体风格。从语言修辞的角度,巴金在这一时期的小说喜好用排比、反复的修辞手法,从而使作品显得气势磅礴。而且,在叙事的过程中,巴金从未压抑自己的情感,尽情评论,痛快淋漓。

(3) 在结构安排上,巴金这一时期的小说具有以情导篇、自由奔放的特征。以情导篇,即以情感作为小说结构的主要依据,拒绝因所谓"小说美学"而阻断情感的延续性。以情导篇使作品具有自由奔放的特质,但也损害了小说应有的内在丰富性。

三、老舍的小说文学

老舍,本名舒庆春,字舍予,生于1899年,卒于1966年,故乡是北京,满族。老舍的文学道路开始于20世纪20年代,1924年夏,老舍赴伦敦大学东方学院任汉语教师,在此期间创作了《二马》《赵子曰》《老张的哲学》三部长篇小说,奠定了他在现代文学史上的地位。1929年,老舍取道新加坡回国,先后在山东济南齐鲁大学和青岛山东大学任教。在此期间,老舍和普通的教员、记者、车夫、厨子、说唱艺人、民间拳师为友,汲取民间养分,创作了《大明湖》《猫城记》《离婚》《牛天赐传》四部长篇小说,

第二章　1927—1937年间的革命文学

短篇小说有《黑白李》《微神》等15篇，以及幽默诗文、散文若干篇。1936年，老舍辞职从事专业写作，创作了《选民》（后改题为《文博士》）、《我这一辈子》、《老牛破车》和《骆驼祥子》等作品。1938年，文艺界应抗战需要成立"中华全国文艺界抗敌协会"，老舍担任总务部主任，他以满腔热情和耐心细致的工作，团结各个方面的文艺家，共同致力于推动抗战的文艺活动。

为适应战争需要，老舍在抗战期间创作的作品，进行了多种形式的探索，有大鼓体长诗《剑北篇》，京剧《王家镇》《忠烈图》，话剧《残雾》《归去来兮》《面子问题》等。不过，在诸种文体中，小说仍是其主要创作的文体，这一时间他的作品主要有：短篇小说集《火车集》《贫血集》；长篇小说《火葬》；《惶惑》与《偷生》也是他在这个时期完成的，这两部作品是长篇巨著《四世同堂》的前面两个部分，《四世同堂》是他在这个时期的代表作。

1946年，老舍和曹禺代表我国民间文化人士，第一批应邀到美国进行访问和讲学，以增进大洋彼岸的人们对中国人民和中国文学的了解。在此期间，老舍完成了《饥荒》（《四世同堂》第三部），同时完成的还有长篇小说《鼓书艺人》，除此外，还发表了《断魂枪》等系列短篇小说。

1949年10月，老舍回到祖国，创作了《方珍珠》《龙须沟》《茶馆》《春华秋实》等一系列脍炙人口的戏剧作品。其中《龙须沟》获得了巨大成功，老舍也被北京市政府授予"人民艺术家"荣誉称号。老舍在中华人民共和国成立后的小说创作，是在20世纪60年代开始创作但未完成的自传体小说《正红旗下》，这也是他一生文学创作的绝唱。老舍的创作天分极高，无论是小说、话剧还是散文等领域，都有着很不错的成绩。就小说创作而言，老舍善于刻画市民心理，将北京方言运用得如鱼得水，是"京味小说"的创始人。

老舍的《骆驼祥子》是中国现代文学史上对农民精神世界剖析最深刻的作品之一，如果说鲁迅对农民的刻画是在新文化立场上反观他们的麻木，老舍则以城市为背景，剖析出农民的坚韧与狭隘。祥子是一个失去土地的农民，但他并没有因失去土地而失去生活的勇气，他来到城市并希望通过个人努力创下一份家业。他比一般城市洋车夫更加勤劳肯干、省吃俭用、精打细算，他在拥有第一辆洋车后还梦想着第二辆、第三辆……直到开起一座车厂,这种对生活的执着以及表现出的坚韧,是中国农民的典型品质。

然而城市经济生活的方式并不同于农村:在农村,财富积累是通过土地囤积来完成,土地是不动产,劳动者通过勤劳肯干获得了一块土地,就很难再失去它;城市经济活动的主要方式是商业,商业盈利必须在物物交换中才能完成,这个过程存在着诸多不确定因素——兵荒马乱时期更是如此,因此要在商业经济中创下一份家业,对不确定因素的应对能力是关键。祥子不具备这样的应对能力,同时他也得不到任何保护,这样他必然会失败。面对失败,祥子性格中农民的狭隘性就展现了出来:每经历一次失败,他就更加自私一点;当他的理想完全破灭,就完全展现出他性格中自私无耻的劣根性。在城市背景下,刻画出中年农民的坚韧与狭隘,是老舍的一大贡献。

《骆驼祥子》体现出老舍"京味小说"的典型特征,小说的语言是典型的北京口语,小说描写的场景是北京城里的日常生活,小说叙事的方式也是北京人讲故事的习惯,这些因素叠加起来,构成了老舍小说的个人特色和独特韵味。

《骆驼祥子》是老舍的代表作之一,它能够体现老舍小说的部分特色,但并没有反映出老舍小说的全部特征。作为土生土长的北京人,老舍最熟悉的是北京城里的一切,北京人、北京文化、北京语言……这一切在老舍那里如数家珍,它们是老舍取之不尽用之不竭的艺术宝库,在老舍的所有小说里,都能看到北京的影子。相比于其他在"五四"新文化运动中成长起来的作家,老舍的小说显得很"俗",因为老舍从来都没有将自己凌驾于小说人物之上,而是始终站在普通市民的立场上笑看人情冷暖。这种写作的方式可能会消解作品的深刻性,但作品显然更多了生活的气息。老舍对于语言有着天然的敏感,他将本来就很鲜活的北京口语变得更加鲜活,北京城里的事物经由北京话讲述出来,"京味"就油然而生。将北京口语直接运用到小说创作当中,老舍丰富了中国现代文学的语言选择。

四、沈从文的小说文学

沈从文(1902—1988),原名沈岳焕,笔名休芸芸、甲辰、上官碧等,乳名茂林，字崇文，故籍湖南凤凰县，苗族。他是现代著名作家、历史文物研究家、京派小说代表人物。沈从文共创作约八十多部结集，成书是现代作家中最多的。早期的作品主要有小说集《蜜柑》《雨后及其他》《神巫之爱》等。1930年以后，他的创作日渐成熟，主要作品分为四类：①短篇小说：《龙珠》《旅店及其他》《石子船》《虎雏》《阿黑小史》《月下小景》《八骏图》《如蕤集》《从文小说习作选》《新与旧》《主妇集》《春灯集》《黑凤集》等；②中长篇小说：《阿丽思中国游记》《边城》《长河》等；③散文：《从文自传》《记丁玲》《湘行散记》《湘西》等；④文论：《废邮存底》及续集、《烛虚》《云南看云集》等。

沈从文所创作的小说带有非常强烈的个人风格，他经常以"乡下人"的视角来审视当时城乡对峙的状态，对中国与现代文明接轨的规程中出现的问题一直持有批判态度，这种观念与新文学主将们恰恰相反，丰富了现代小说的表现范围。在"京派文学"中，沈从文是代表人物。

"京派文学"的作家活跃在20世纪20年代末期到30年代，没有随着文学中心南移上海而南移，而是继续留在京、津地区或其他北方城市生活的自由的作家群体，又称"北方作家"派。文风淳朴、贴近底层人民的生活是他们的共同的写作特征，他们擅长将浪漫主义及表现主观个性的多种艺术手法与现实主义相融合。下面以《边城》（节选）为例具体探讨：

边城（节选）
沈从文

（故事梗概：湘西茶峒，守渡船的老人和孙女翠翠，还有一只黄狗，过着安详而平静的生活。转眼间，翠翠到了该谈婚论嫁的年龄。掌管水码头的顺顺有两个儿子——天保和傩送，天保喜欢翠翠，准备向翠翠的爷爷提亲，但细心的爷爷发现，翠翠喜欢的其实是傩送。傩送也喜欢翠翠，但哥俩的感情太好了，他不能和哥哥抢。这个时候，团总想把女儿嫁给漂亮的傩送，允诺送一座碾坊做嫁妆。爷爷紧张了起来，翠翠的心思也多了。天保见不到翠翠的反应，一气之下坐下水船到茨滩，结果翻船身亡。傩送认为是爷爷的暧昧态度才让哥哥出事，负气之下也走了。没有为翠翠张罗好婚姻，爷爷在一个雷雨夜里去世了，孤独的翠翠能得到傩送的爱吗？）

　　由四川过湖南去，靠东有一条官路。这官路将近湘西边境到了一个地方名为"茶峒"的小山城时，有一小溪，溪边有座白色小塔，塔下住了一户单独的人家。这人家只一个老人，一个女孩子，一只黄狗。

　　小溪流下去，绕山岨流，约三里便汇入茶峒的大河。人若过溪越小山走去，则只一里路就到了茶峒城边。溪流如弓背，山路如弓弦，故远近有了小小差异。小溪宽约二十丈，河床为大片石头作成。静静的水即或深到一篙不能落底，却依然清澈透明，河中游鱼来去皆可以计数。小溪既为川湘来往孔道，水常有涨落，限于财力不能搭桥，就安排了一只方头渡船。这渡船一次连人带马，约可以载二十位搭客过河，人数多时则反复来去。渡船头竖了一枝小小竹竿，挂着一个可以活动的铁环，溪岸两端水槽牵了一段废缆，有人过渡时，把铁环挂在废缆上，船上人就引手攀缘那条缆索，慢慢的牵船过对岸去。船将拢岸了，管理这渡船的，一面口中嚷着"慢点慢点"，自己霍的跃上了岸，拉着铁环，于是人货牛马全上了岸，翻过小山不见了。渡头为公家所有，故过渡人不必出钱。有人心中不安，抓了一把钱掷到船板上时，管渡船的必为一一拾起，依然塞到那人手心里去，俨然吵嘴时的认真神气："我有了口量，三斗米，七百钱，够了。谁要这个！"

　　但不成，凡事求个心安理得，出气力不受酬谁好意思，不管如何还是有人把钱的。管船人却情不过，也为了心安起见，便把这些钱托人到茶峒去买茶叶和草烟，

第二章　1927—1937年间的革命文学

将茶峒出产的上等草烟，一扎一扎挂在自己腰带边，过渡的谁需要这东西必慷慨奉赠。有时从神气上估计那远路人对于身边草烟引起了相当的注意时，便把一小束草烟扎到那人包袱上去，一面说，"不吸这个吗，这好的，这妙的，味道蛮好，送人也合式！"茶叶则在六月里放进大缸里去，用开水泡好，给过路人解渴。

管理这渡船的，就是住在塔下的那个老人。活了七十年，从二十岁起便守在这小溪边，五十年来不知把船来去渡了若干人。年纪虽那么老了。本来应当休息了，但天不许他休息，他仿佛便不能够同这一分生活离开。他从不思索自己的职务对于本人的意义，只是静静的很忠实的在那里活下去。代替了天，使他在日头升起时，感到生活的力量，当日头落下时，又不至于思量与日头同时死去的，是那个伴在他身旁的女孩子。他唯一的朋友为一只渡船与一只黄狗，唯一的亲人便只那个女孩子。

女孩子的母亲，老船夫的独生女，十五年前同一个茶峒军人，很秘密的背着那忠厚爸爸发生了暧昧关系。有了小孩子后，这屯戍军士便想约了她一同向下游逃去。但从逃走的行为上看来，一个违悖了军人的责任，一个却必得离开孤独的父亲。经过一番考虑后，军人见她无远走勇气自己也不便毁去作军人的名誉，就心想：一同去生既无法聚首，一同去死当无人可以阻拦，首先服了毒。女的却关心腹中的一块肉，不忍心，拿不出主张。事情业已为作渡船夫的父亲知道，父亲却不加上一个有分量的字眼儿，只作为并不听到过这事情一样，仍然把日子很平静的过下去。女儿一面怀了羞惭一面却怀了怜悯，仍守在父亲身边，待到腹中小孩生下后，却到溪边吃了许多冷水死去了。在一种近于奇迹中，这遗孤居然已长大成人，一转眼间便十三岁了。为了住处两山多篁竹，翠色逼人而来，老船夫随便为这可怜的孤雏拾取了

— 51 —

一个近身的名字,叫作"翠翠"。翠翠在风日里长养着,把皮肤变得黑黑的,触目为青山绿水,一对眸子清明如水晶。自然既长养她且教育她,为人天真活泼,处处俨然如一只小兽物。人又那么乖,如山头黄麂一样,从不想到残忍事情,从不发愁,从不动气。平时在渡船上遇陌生人对她有所注意时,便把光光的眼睛瞅着那陌生人,作成随时皆可举步逃入深山的神气,但明白了人无机心后,就又从从容容的在水边玩耍了。

老船夫不论晴雨,必守在船头。有人过渡时,便略弯着腰,两手缘引了竹缆,把船横渡过小溪。有时疲倦了,躺在临溪大石上睡着了,人在隔岸招手喊过渡,翠翠不让祖父起身,就跳下船去,很敏捷的替祖父把路人渡过溪,一切皆溜刷在行,从不误事。有时又和祖父黄狗一同在船上,过渡时和祖父一同动手,船将近岸边,祖父正向客人招呼:"慢点,慢点"时,那只黄狗便口衔绳子,最先一跃而上,且俨然懂得如何方为尽职似的,把船绳紧衔着拖船拢岸。

风日清和的天气,无人过渡,镇日长闲,祖父同翠翠便坐在门前大岩石上晒太阳。或把一段木头从高处向水中抛去,嗾使身边黄狗自岩石高处跃下,把木头衔回来。或翠翠与黄狗皆张着耳朵,听祖父说些城中多年以前的战争故事。或祖父同翠翠两人,各把小竹作成的竖笛,逗在嘴边吹着迎亲送女的曲子。过渡人来了,老船夫放下了竹管,独自跟到船边去,横溪渡人,在岩上的一个,见船开动时,于是锐声喊着:

"爷爷,爷爷,你听我吹,你唱!"

爷爷到溪中央便很快乐的唱起来,哑哑的声音同竹管声振荡在寂静空气里,溪中仿佛也热闹了一些。(实则歌声的来复,反而使一切更寂静一些了)

有时过渡的是从川东过茶峒的小牛,是羊群,是新娘子的花轿,翠翠必争看作渡船夫,站在船头,懒懒的攀引缆索,让船缓缓的过去。牛羊花轿上岸后,翠翠必跟着走,站到小山头,目送这些东西走去很远了,方回转船上,把船牵靠近家的岸边。且独自低低的学小羊叫着,学母牛叫着,或采一把野花缚在头上,独自装扮新娘子。

茶峒山城只隔渡头一里路,买油买盐时,逢年过节祖父得喝一杯酒时,祖父不上城,黄狗就伴同翠翠入城里去备办东西。到了卖杂货的铺子里,有大把的粉条,大缸的白糖,有炮仗,有红蜡烛,莫不给翠翠很深的印象,回到祖父身边,总把这些东西说个半天。那里河边还有许多上行船,百十船夫忙着起卸百货。这种船只比起渡船来全大得多,有趣味得多,翠翠也不容易忘记。

——选自《沈从文文集》(第六卷),花城出版社,1983年版

在风景秀丽、远离尘嚣的边城,一个老人,一个女孩和一只黄狗,构成了一个水晶球般的世界,这个结构的每一个组成部分都完美无瑕,而它们的组合更是不可拆分。试想,如果没有老人,一个小女孩和一只黄狗就显得有些可怜,它可能让人们想到卖火柴的小女孩;如果没有女孩,一个老人和一只黄狗就显得有些沧桑,可能让人们想到《老人与海》,而没有了黄狗,老人和女孩就失去了生活的情趣,人们会为他们的身世而担心。只有三者组合在一起,才构成了一个完美而和谐的世界。然而,这个结构也是极其不稳定的,随着时间的推移,老人可能逝去,女孩可能嫁人,无论哪一种结局率先出现,这个完美的平衡就被打破了——而这,又不可避免。

《边城》的诗意便是由此产生,完美的现在与即将破碎的将来同时撞击着读者,让《边城》流溢着美丽又渗透出忧伤。从社会学的角度,《边城》的美丽与忧伤有着深层的社会根源,由于远离城市中心,边城保留着自然的淳朴与和谐,但随着现代文明的不断深化,这方净土势必走向消失。

自认是"乡下人"的沈从文，在现代化的轰鸣中，察觉到湘西故乡的美丽与珍贵，他在这个世界看到完美的人性，也看到不久的将来，这一切都会烟消云散的命运。文化理想与社会现实的矛盾，让留恋和忧伤同时在他的笔下流淌出来。

如果说《边城》是中国传统社会的一曲挽歌，它在京派文学的土壤里出现并不偶然。20世纪30年代，文学中心南移使文学与商业的关系更加密切，但在商业文明相对落后的北方地区，作家们有更大的空间书写自己的理想，这也使京派文学在20世纪30年代成为一道独特的风景线。

《边城》是沈从文小说中最经典的作品，要充分了解他的文学史意义，还必须对沈从文小说的整体视野有所了解。沈从文的小说整体呈现出城乡对立的二元结构，这与沈从文自身经历与自我定位有关。在其开始文学创作后，他生活在都市但自我定位为"乡下人"，这种身心分离的状态成为他小说创作的主要动力：乡下的纯净让他对现代文明持批判的态度，而城市文明的不足又成为他书写乡村的动力。沈从文小说的城乡二元结构反映出沈从文完美主义的倾向，他力图在文学的世界中刻画出"完美的人性"，为现代社会人性的沉沦建一座"人性的小庙"。因此，《边城》中人物都纯净得如同一张白纸，他们让在现代化进程中的人们得到人性的召唤。

五、新感觉派的小说文学

1924年10月，《文艺时代》杂志创刊，创办者是日本作家横光利一、川端康成、片冈铁兵等14人。1924年11月，日本文论家千叶龟雄针对《文艺时代》同人发表专文《新感觉派的诞生》，由此日本新感觉派得名。受日本新感觉派及法国都市主义文学的影响，1928年9月，《无轨列车》半月刊由刘呐鸥创办，这是我国文人对新感觉派艺术的最早尝试。后穆时英、施蛰存等作家自觉运用新感觉派艺术手法创作小说，形成了20世纪30年代的中国新感觉派[1]。

---

[1] 杨洪承. 主体结构与现代中国革命文学发生的关联——重读现代作家成仿吾、郭沫若[J]. 安徽师范大学学报（人文社会科学版），2019，47（5）：37-44.

第二章 1927—1937年间的革命文学

刘呐鸥（1905—1940），原名刘灿波，1928年开始从事文学创作。著作有短篇小说集《都市风景线》和集外的《赤道下》等少量小说，因其小说的特点，他被称为是一位敏感的都市人。

施蛰存（1905—2003），出生于杭州。1928年秋天以后，帮助刘呐鸥做上海水沫书店工作，先后参加过《无轨列车》《新文艺》等刊物的编辑。1932年主编大型文学月刊《现代》。抗战爆发后，先后在云南大学、厦门大学、上海暨南大学、上海华东师范大学任教几十年直到去世，著作有短篇小说集《上元灯》《将军的头》《梅雨之夕》《善女人行品》等。他的小说是把心理分析、意识流、蒙太奇等各种新兴的创作方法，纳入了现实主义的轨道。

《梅雨之夕》是施蛰存的代表作。短篇小说《梅雨之夕》情节很简单：在一个梅雨傍晚，青年职员"我"在步行回家的路上，邂逅了一位躲雨的陌生姑娘，主动用伞送了她一程，雨停了，回家途中姑娘即与"我"分手。

小说故事情节淡化，可人物心理剖析十分细腻、真实、生动，充分展示了"我"是如何被潜意识驱使渴望又惴惴不安去亲近美貌女性的心理状态。小说描写的中心是潜意识的展示，通篇对人物心理的描写，包括幻觉、错觉引起的心理转换及性心理运行衍变过程。

穆时英（1912—1940），浙江慈溪人。1929年，他的小说被施蛰存推荐到《小说月报》上发表后，踏上文坛，后成为中国新感觉派的重要成员，被誉为"中国新感觉派圣手"。著作有小说集《南北极》《公墓》《白金的女体塑像》等。穆时英在当时影响较大，上海滩一时风靡"穆时英笔调""穆时英作风"。

小说《上海的狐步舞》是穆时英的代表作。小说运用电影镜头组切的艺术手法，通过似乎不相关联的一个个画面，描绘了上海大都会夜晚的种种社会现象：行路人突遭拦劫暗杀，搬运工被砸断脊梁惨死，坐黄包车的外国水兵不付钱发威等。种种恐怖、悲苦场面在音响中交织一片，时空错杂间形成强烈反差，展示出"上海，造在地狱上的天堂"的主题。

小说副题是"一个断片"。作者打破了传统小说的叙述手法，将人物杂凑一起，既无性格发展，也无性格对照；人物活动场景，浮光掠影，各自独立。全文由作者感觉到的"造在地狱上的天堂"的陆离印象贯穿起来，开阔了读者的眼界。

中国新感觉派小说的文学史价值体现在以下方面：

（1）作为20世纪30年代最有成就的文学流派，它是中国现代都市文学发展的促进者，也是现代小说的表现手法，小说结构形式、方法、技巧等方面的创新者。新感觉派作家特别关注新奇的感觉、新奇的印象，可以捕捉，并将主体感觉映射在客体上，促使感觉外化；创造的"新现实"具有很强的主观性。

（2）在20世纪30年代，新感觉派小说是现实主义思潮下中国都市文学的佼佼者，主要选题大部分围绕中国大都市的日常现象和世态人情，展现各种各样都市生活的问题，真实地描绘了半殖民地都市的生活，完全展示了社会黑暗和对人性的戕害。

（3）中国引入了西方现代主义文学，表现主义、达达主义、印象主义、象征主义、意识流、精神分析乃至构成派、如实派等艺术手法均在新感觉派小说中得到了显目的展现。不过，中国新感觉派小说也受到了包括日本新感觉派小说在内的西方现代派文学悲观主义的影响。

第三节 革命时代的话剧文学

中国话剧在革命文学时代走向了成熟，标志便是曹禺话剧的出现。曹禺不仅有着深厚的文学修养，还有着丰富的舞台经验，这使得他的话剧创作更能够贴近这种文体的艺术规律，《雷雨》《日出》《原野》等剧作，既有深邃的内涵又有圆通的技巧，是中国话剧的巅峰之作。

曹禺是20世纪30年代中国现代话剧史上一位大师级的剧作家。如果说，在20世纪30年代中国话剧已经走向成熟，那么成熟的标志之一，则是出现了曹禺和他的戏剧：《雷雨》《日出》和《原野》。

曹禺（1910—1996），原名万家宝，祖籍湖北潜江，童年的曹禺常随家人出入剧院，家庭环境培养了他对文学艺术的浓厚兴趣。1922年，曹禺入读南开中学并参加了南开新剧团，其间获得丰富的舞台实践经验。9月《玄背》第六期到第十期连载其中篇小说——《今宵酒醒何处》，首次用曹禺

第二章　1927—1937年间的革命文学

作为笔名（姓氏"万"的繁体字的"草"字头谐音"曹"）。1933年大学毕业前夕，年仅23岁的曹禺，即完成了处女作四幕剧《雷雨》。继而又发表了《日出》（1936）、《原野》（1937）、《北京人》（1941）、《家》（1944）等经典剧作，它们犹如一座座丰碑，矗立在中国的话剧史上，中国现代话剧剧场艺术正是在这时得以确立，并获得了广泛的观众基础，代表着中国现代话剧走向成熟。在对被称为中国百年话剧经典的曹禺作品的阅读中，可以发现，其中的极端化情节写作、类型化人物塑造、现代意识的巧妙融合等都显出写作者超前的意识和高超的写作才能。

下面以《原野》为例具体探讨：

原野

（1937年4月《原野》在靳以主编、广州出版的《文丛》第1卷第2期至第5期连载。

《原野》为三幕剧，它的故事是在一连串血海深仇的背景下展开的：仇虎的父亲仇荣，被恶霸地主焦阎王活埋，仇家的土地被抢占，仇家的房屋被烧毁，仇虎的妹妹惨死，仇虎的未婚妻金子也被焦家的儿子焦大星强占，做了"填房"，仇虎自己也被投进了监狱。借一个发生在农村的具有传奇性的复仇故事，挖掘一个人在强烈的爱与恨夹击下丰富而脆弱的内心世界，表现人充满反抗意识的原始生命力和复仇者的心理变化。本书所选为第二幕中的一个场景。）

焦母：（觉得空气紧张）哦，（短促地）那么，你要干妈的命，干妈的命就在这儿。

仇虎：（佯为恭谨）我不敢，干妈。您长命百岁，都死了，您不能死。

焦母：（忍不住，沉郁地）虎子，你来个痛快。上刀山，下油锅，你要怎么样，就怎么样。干妈的老命都陪着你。

仇虎：（眈眈探视，声音温和）干儿没有那样的心。虎子只想趁大星回家，在这儿也住两天，多孝敬孝敬您。

焦母：（渐渐被他的森严慑住）"孝敬"。虎子，你可听明白，干妈没有亏待你。（怯惧地）你这一套话要提也只该对死了的人提，活着的人都对得起你。

仇虎：（低幽幽）我也没说焦家有人亏待我。

焦母：虎子，大星是你从小的好朋友。

仇虎：大星是个傻好人，我知道。

焦母：他为着你的官司，自己到衙门东托人、西送礼，钱同衣服不断地给你送。

仇虎：他对得起我，我知道。

焦母：就说你干妈，我为你哭得死去活来多少次。

仇虎：是，我明白。

焦母：你干爹也是整天托衙门的人好好照应你，叫他们把你当作自己亲生的儿子看。

仇虎：是，我记得。

焦母：你说话口气不大对，虎子，你这是——

仇虎：干妈，虎子傻，说话愣头愣脑，没分寸。

焦母：嗯。（又接下去）就说你的爸爸，死的苦——

仇虎：（怨恨逼出来的嘲讽）哼，那老头死得可俭省，活埋了，省了一副棺材。

焦母：（急辩）可是这不怪大星的爹，他跟洪老拼死拼活说价钱，说不妥，过了期，洪老就把你爸爸撕了票。

仇虎：（强行抑制）我爸爸交朋友瞎了眼，那怪他自己。

焦母：你说谁？

仇虎：（改话）我说那洪老。

焦母：真是！干儿！就说你妹妹，她死的屈，十五岁的姑娘，就卖进了那种地方，活活叫人折磨死。

仇虎：（握着拳）那也是她"命该如此"。

第二章　1927—1937年间的革命文学

焦母：可怜那孩子，就说她，怎么能怪大星的爹。大星的爹为你妹妹把那人贩子打个半死，人找不着，十五岁的姑娘活活在那种地方糟蹋了，那可有什么法子。

仇虎：（颤栗）干妈，您别再提了。

焦母：怕什么？

仇虎：多提了，（阴沉地）小心您干儿的心会中邪。

焦母：（执拗地）不，虎子，白是白，黑是黑，里外话得说明白。我不能叫你干儿心里受委屈。你说你的官司打的多冤枉，无缘无故，叫人诬赖你是土匪。

仇虎：八年的工夫，我瘸了腿，丢了地。

焦母：是，这八年，你干爹东托人，西打听，无奈天高地远，一个在东，一个在西，花钱托人也弄不出你这宝贝心肝儿子，不也是白费了干爹这一番心。

仇虎：（狠狠地）是，我夜夜忘不了干爹待我的好处。

焦母：（尽最后的力气来搬山，吃力地）虎子，就把你家的地做比，你也不能说你干爹心眼坏。是你爸爸好吃好赌，耍得一干二净，找到你干爹门上，你干爹拿出三倍价钱来买你们的地，你爸爸还占了两倍的便宜。

仇虎：是我爸爸占了干爹的便宜。

焦母：嗯！（口焦舌干，期望得到效果，说服虎子，关心地）怎么样？

仇虎：（点点头，不在意下）嗯，怎么样？

焦母：（疑虑地）虎子！

仇虎：（斜视）嗯，干妈？

焦母：（忽然不豫）虎子，我费心用力说了半天，你是口服心不服。

仇虎：谁说我心不服。（神色更阴沉）

焦母：那么，你到这儿来干什么？

仇虎：我说过，（着重地）跟您报恩来啦。

焦母：（绝望了）哦！报恩？（忽然）虎子，我听说你早回来了，为什么你单等大星回来，你才来？

仇虎：小哥俩好久没见面，等他回来再看您也是图个齐全——

焦母：（疑惧）齐全？

仇虎：（忙改口）嗯，热闹！热闹！

焦母：（仿佛忽然想起）哦，这么说你是想长住在这儿？

仇虎：嗯，侍奉您老人家到西天。（恶毒地）您什么时候归天，我什么时候走。

焦母：（呆了半天）好孝顺！我前生修来的。

（半晌，风吹电线呜呜的声响，像是妇人在哀怨地哭那样幽长。）

（一个老青蛙粗哑地叫了几声。）

在此段，作家将主人公性格发展同心理过程演变交织起来，描写相当深入而细腻。焦母家和仇虎关系十分不好，简直就是一种仇恨，他们之间本来就有夺地之恨，杀父卖妹之仇，而且还无辜陷害仇虎坐牢八年之久。但是八年牢狱结束后，仇虎回到了家乡，伺机报复焦阎王，可是最后得知焦阎王早已死去。焦阎王的母亲得知此消息，为了避免仇虎对其他家人的迫害，于是主动请缨与仇虎谈判。刚开始焦母以恐吓的方式威胁他，告知他复仇后果的危险性，如果任其所行，必然导致将自我走向绝路。但是多次的沟通都无济于事，仇虎的最终目的还是要报仇雪恨，以平心中的一份不安。一个斩钉截铁地说道，你天天寻思报仇，都自身难保了。一个却说，仇虎这小子，没有一天不想着报仇，小心真有那么一天杀了你。最终这种威胁、恐吓的谈判还是没有解决实际的问题，因此只能以焦母退让而出下策，给仇虎承诺，只要你不伤害我的家人，那么我就将我的女儿许配给你，并给你们送车和钱，但是这样的诱惑并没有打消仇虎心中的愤怒。最终焦母愤怒地对他说道："那么你要干妈的命，干妈的命就在这儿。"仇虎："我不敢，干妈。您长命百岁，都死了，您不能死。"仇虎最终的目的其实要杀了她的儿孙，如此就会让焦母痛不欲生孤独地活在这个世上。仇虎变相指责父亲说道"那老头死得可俭省""省了副棺材""瞎了眼",骂妹妹"命该如此",其实这些言语都是指桑骂槐,换了一种说辞。这表明了就是:此仇不报非君子。话说白了,焦母也只能摊出了最后的底牌:"那么,你到这儿来干什么?"仇虎:"我说过,跟您报恩来啦。"仇虎口中的"报恩"其实就是"报仇",话语中微妙的词汇就像一把把锋利小刀直逼焦母儿子大星,对话中无不渗透着血腥的味道,令人毛骨悚然。

在这次谈判中,仇虎和焦母的对话甚是精彩,仇虎把语言的技巧发挥得淋漓尽致,一会正话反说,一会又反话正说,总之,报仇之决心无法改变。

曹禺是中国现代话剧真正意义上的奠基者,直到2020年仍有很多剧院在演出曹禺的作品,其主要有以下方面的文学意义:

(1)曹禺的话剧是经典,他的魅力在于异于常规的艺术构造,他笔下的作品有着精细的思维和紧凑的情节。此外,在他的话剧中还融入了国外的元素。

(2)曹禺笔下的人物基本上都是多维、个性突出、内心复杂的,这种复杂和矛盾不是静止的,是变化、扭动的。他剧作中的每一个人物,都具有独特的意义和内涵。可以说,每个人物都有一台戏。

(3)曹禺的话剧在言语的表达上有着异常活跃的舞台张力,内容饱满、形式简洁,整体上既有紧凑的情节还有含蓄的思维。在台词的精心设计上,也异于常规,尤其是在人物个性与冲突的表现力上做到了一致与统一,具有深刻的内在基础。

(4)曹禺所创的话剧终其始果都逃不出人物的命运,这也是他的作品独具的潜在魅力。人们总是想把命运紧紧握在自己手中,但最终都没能把握好。正是这种对人物命运之谜的执着探究,才彰显出了曹禺作品创作的真正灵魂。

第三章　1937—1949年间的战争文学

中国现代文学史的"第三个十年"最重要的内容与主题，毫无疑问的是伟大的全民族抗日战争，和之后长达四年的解放战争。20世纪30年代后期和40年代的文学运动与创作，是在战争的硝烟与洗礼中发生，是在国家危亡、民族危难的大背景下形成，充满着悲壮、酷烈、大爱大憎、斗争纠结的强烈感情色彩与激荡人心的主旋律。本章主要对战争时期的小说文学、诗歌文学、散文文学以及话剧文学展开论述。

第一节　战争时期的小说文学

随着战争的爆发，形成了全国规模的抗战文艺运动，使现文学又出现一次深刻的变化，这个时期的文学和战争有着息息相关的联系，很多文学主题都是来自战争，不管是思维模式还是审美取向，多多少少都和战争有所关联。概而言之，战争期间的文学由于战争格局不断地发展演变，出现了相应的区域性和阶段性特征。就小说领域而言，事实上存在着一个从抗战初期的停滞倒退到中后期异彩纷呈的发展过程，新小说的现代性与旧小说的通俗性在战争的背景下展开了深度融合，小说的量与质均获得了提升。

第三章　1937—1949年间的战争文学

从整体的角度来说，战争对小说产生了较大的影响，文学成就有目共睹，造就了很多著名的小说家，包括海派小说家张爱玲、"大河小说"创作小说家李劼和解放区影响最为广泛的小说家赵树理等，都受到了人们的喜爱和追捧。

一、张爱玲的小说文学

抗战进入后期，以上海为首的沦陷区的海派小说创作迎来了继新感觉派后又一次高潮，这其中，最令人瞩目的无疑是张爱玲的新市民小说。

张爱玲（1920—1995），原名张瑛，河北丰润人，生于上海。张爱玲主要作品有：中短篇佳作《金锁记》《倾城之恋》《沉香屑：第一炉香》《茉莉香片》《封锁》《花凋》《红玫瑰与白玫瑰》等收入小说集《传奇》，散文名篇《天才梦》《公寓生活记趣》《私语》《更衣记》《谈女人》《自己的文章》等收入散文集《流言》，长篇小说《半生缘》《秧歌》《赤地之恋》《小团圆》，电影剧本《太太万岁》《不了情》，文学评论《红楼梦魇》等[1]。

张爱玲在现代文学中是个"特异"的存在，她的成名可谓是新旧文学经历了约20年漫长的对峙与互渗后的结果。作为新市民文化的自觉代言人，张爱玲不仅是20世纪40年代海派新市民小说的主要代表作家，而且因其创作的实绩与影响力，也是当今学界公认的20世纪中国最优秀的女性作家之一。在文坛上，"张爱玲热"曾经出现过两次：一次是20世纪40年代，一次是20世纪90年代，第二次热显然在深广度上远远超过第一次，但其文化符号化趋向却也成为不争的事实。她的作品现在以文集的形式面世的就有多个版本，其中安徽文艺出版社出版的四卷本《张爱玲文集》（1992）编选较为允当。

---

[1] 汪正龙. 文学与战争——对战争文学和文学中战争描写的美学探讨[J]. 中山大学学报（社会科学版），2010，50（5）：25-31.

经典回眸　20世纪中国现当代文学的分期探索

下面以张爱玲小说《封锁》（节选）为例具体探讨：

《封锁》（节选）
张爱玲

（故事梗概：20世纪40年代初期，在战争笼罩下的上海孤岛，一辆电车因封锁而被迫停在街中，电车上是形形色色的市民，他们以各自的方式打发着这停顿的虚空，为躲避讨厌的表侄董培芝，主人公吕宗桢开始向吴翠远搭话，于是，在这个短暂密闭的电车空间里，两人即兴上演了一段如梦似幻、似有还无的爱情传奇，"盹"止"梦"醒，当封锁结束时，一切又都复归原位。）

开电车的人开电车。在大太阳底下，电车轨道像两条光莹莹的，水里钻出来的曲蟮，抽长了，又缩短了；抽长了，又缩短了，就这么样往前移——柔滑的，老长老长的曲蟮，没有完，没有完……开电车的人眼睛盯住了这两条蠕蠕的车轨，然而他不发疯。

如果不碰到封锁，电车的进行是永远不会断的。封锁了。摇铃了。"叮玲玲玲玲玲，"每一个"玲"字是冷冷的一小点，一点一点连成了一条虚线，切断了时间与空间。

电车停了，马路上的人却开始奔跑，在街的左面的人们奔到街的右面，在右面的人们奔到左面。商店一律地沙啦啦拉上铁门。女太太们发狂一般扯动铁栅栏，叫道："让我们进来一会儿！我这儿有孩子哪，有年纪大的人！"然而门还是关得紧腾腾的。铁门里的人和铁门外的人眼睁睁对看着，互相惧怕着。

电车里的人相当镇静。他们有座位可坐，虽然设备简陋一点，和多数乘客的家里的情形比较起来，还是略

第三章　1937—1949年间的战争文学

胜一筹。街上渐渐地也安静下来，并不是绝对的寂静，但是人声逐渐渺茫，象睡梦里所听到的芦花枕头里的窸窣。这庞大的城市在阳光里盹着了，重重地把头搁在人们的肩上，口涎顺着人们的衣服缓缓流下去，不能想象的巨大的重量压住了每一个人。上海似乎从来没有这么静过——大白天里！一个乞丐趁着鸦雀无声的时候，提高了喉咙唱将起来："阿有老爷太太先生小姐做做好事救救我可怜人哇？阿有老爷太太……"然而他不久就停了下来，被这不经见的沉寂吓噤住了。

还有一个较有勇气的山东乞丐，毅然打破了这静默。他的嗓子浑圆嘹亮："可怜啊可怜！一个人啊没钱！"悠久的歌，从上一个世纪唱到下一个世纪。音乐性的节奏传染上了开电车的。开电车的也是山东人。他长长地叹了一口气，抱着胳膊，向车门上一靠，跟着唱了起来："可怜啊可怜！一个人啊没钱！"

电车里，一部分的乘客下去了。剩下的一群中，零零落落也有人说句把话。靠近门口的几个公事房里回来的人继续谈讲下去。一个人撒喇一声抖开了扇子，下了结论道："总而言之，他别的毛病没有，就吃亏在不会做人。"另一个鼻子里哼了一声，冷笑道："说他不会做人，他把上头敷衍得挺好的呢！"

一对长得颇像兄妹的中年夫妇把手吊在皮圈上，双双站在电车的正中，她突然叫道："当心别把裤子弄脏了！"他吃了一惊，抬起他的手，手里拎着一包熏鱼。他小心翼翼使那油汪汪的纸口袋与他的西装裤子维持二寸远的距离。他太太兀自絮叨道："现在干洗是什么价钱？做一条裤子是什么价钱？"

（在如此纷杂的氛围中，华茂银行的会计师吕宗桢与大学英文助教吴翠远邂逅闪恋了）

车上的人又渐渐多了起来，外面许是有了"封锁行将开放"的谣言，乘客一个一个上来，坐下，宗桢与翠远给他们挤得紧紧的，坐近一点，再坐近一点。

宗桢与翠远奇怪他们刚才怎么这样的糊涂，就想不到自动地坐近一点。宗桢觉得他太快乐了，不能不抗议。他用苦楚的声音向她说："不行！这不行！我不能让你牺牲了你的前程！你是上等人，你受过这样好的教育……我——我又没有多少钱，我不能坑了你的一生！"可不是，还是钱的问题。他的话有理。翠远想道："完了。"以后她多半是会嫁人的，可是她的丈夫决不会像一个萍水相逢的人一般的可爱——封锁中的电车上的人……一切再也不会像这样自然。再也不会……呵，这个人，这么笨！这么笨！她只要他的生命中的一部分，谁也不希罕的一部分。他白糟蹋了他自己的幸福。那么愚蠢的浪费！她哭了，可是那不是斯斯文文的，淑女式的哭。她简直把她的眼泪唾到他脸上。他是个好人——世界上的好人又多了一个！

向他解释有什么用？如果一个女人必须倚仗着她的言语来打动一个男人，她也就太可怜了。

宗桢一急，竟说不出话来，连连用手去摇撼她手里的阳伞。她不理他。他又去摇撼她的手，道："我说——我说——这儿有人哪！别！别这样！等会儿我们在电话上仔细谈。你告诉我你的电话。"翠远不答。他逼着问道："你无论如何得给我一个电话号码。"翠远飞快地说了一遍道："七五三六九。"宗桢道："七五三六九？"她又不做声了。宗桢嘴里喃喃重复着："七五三六九，"伸手在上下的口袋里掏摸自来水笔，越忙越摸不着。翠远皮包里有红铅笔，但是她有意地不拿出来。她的电话号码，他理该记得。记不得，他是不爱她，他们也就用不着往下谈了。

封锁开放了。"叮玲玲玲玲玲"摇着铃，每一个"玲"

第三章 1937—1949年间的战争文学

字是冷冷的一点,一点一点连成一条虚线,切断时间与空间。

一阵欢呼的风刮过这大城市。电车当当当往前开了。宗桢突然站起身来,挤到人丛中,不见了。翠远偏过头去,只做不理会。他走了。对于她,他等于死了。电车加足了速力前进,黄昏的人行道上,卖臭豆腐干的歇下了担子,一个人捧着文王神卦的匣子,闭着眼霍霍地摇。一个大个子的金发女人,背上背着大草帽,露出大牙齿来向一个意大利水兵一笑,说了句玩笑话。翠远的眼睛看到了他们,他们就活了,只活那么一刹那。车往前当当地跑,他们一个个的死去了。

翠远烦恼地合上了眼。他如果打电话给她,她一定管不住她自己的声音,对他分外的热烈,因为他是一个死去了又活过来的人。

电车里点上了灯,她一睁眼望见他遥遥坐在他原先的位子上。她震了一震——原来他并没有下车去!她明白他的意思了:封锁期间的一切,等于没有发生。整个的上海打了个盹,做了个不近情理的梦。

开电车的放声唱道:"可怜啊可怜!一个人啊没钱!可怜啊可……"一个缝穷婆子慌里慌张掠过车头,横穿过马路。开电车的大喝道:"猪猡!"

吕宗桢到家正赶上吃晚饭。他一面吃一面阅读他女儿的成绩报告单,刚寄来的。他还记得电车上那一回事,可是翠远的脸已经有点模糊——那是天生使人忘记的脸。他不记得她说了些什么,可是他自己的话他记得很清楚——温柔地:"你——几岁?"慷慨激昂地:"我不能让你牺牲了你的前程!"

饭后,他接过热手巾,擦着脸,踱到卧室里来,扭开了电灯。一只乌壳虫从房这头爬到房那头,爬了一半,灯一开,它只得伏在地板的正中,一动也不动。在装死么？在思想着么？整天爬来爬去，很少有思想的时间罢？然而思想毕竟是痛苦的。宗桢捻灭了电灯，手按在机括上，手心汗潮了，浑身一滴滴沁出汗来，像小虫子痒痒地在爬。他又开了灯，乌壳虫不见了，爬回窠里去了。

1943年8月

《封锁》一篇寓意深刻、精致绝妙，全文不足八千字，是张爱玲早期的代表作品。

《封锁》就题目本身而言即富有多重意蕴。从最表层上看，它显然是指这场发生于吕宗桢与吴翠远之间闪恋的战时特殊背景；深一层来看，借"封锁"这一战时特有的事件，作者把封锁时非常态的短暂时空从庸常的市民生活中巧妙地隔离出来，赋予了小市民日常生活一种传奇色彩，而其最核心的寓意正在于透过这件小小情事讽喻日常在世的生存真相。事实上，行动受到限制的"封锁"期可能是人身心最"自由"的时候，而日常规范化的惯性生活反倒是一种"封锁"状态的存在，只是人们对此早已习焉不察罢了，或者即使有所醒悟，也终究无力挣脱世俗。

伴着封锁的铃声，小说的主体部分从吕宗桢与吴翠远在密闭的车厢世界的偶遇展开了，两个人瞬间燃起的爱火颇有些电影般传奇的虚拟美感，然而随着封锁开放的铃声，这份似真似幻的爱情迅速寂灭、了无痕迹，读者甚至会对这份爱情是否真正存在过产生怀疑，也许它只能是一个"不近情理的梦"，爱情在张爱玲的笔下就这样被无声地消解了。这篇小说的构思精巧独特、寓意深刻，蕴含着战乱时期留守于孤岛上海的张爱玲切实的生存体验——那种于人生的"威胁"，极度不安全感下渴望抓住一丝温暖的本能使她特别关注也最能体悟人"一刹那"的复杂情性，小说始终褪不掉凡俗人生那"苍凉"的底色。

张氏小说最富有魅力的是其充满了象征意味的意象描写，"曲蟮"与"乌壳虫"这两个新奇的意象分别出现在篇首、篇末，为这篇小说增添了更多值得回味的余韵。

在当时的上海大都市里，电车是连接普通市民两点一线日常生活的交通工具，张爱玲耐心细致地描述了像两条曲蟮般蠕动的电车轨道是如何向

第三章　1937—1949年间的战争文学

前移的，它正是已被模式化的日常生活的生动象征。尽管如此的单调压抑，但无论是开电车的还是乘电车的，无论是否正处于战乱时期，依然循规蹈矩地行进在既定的生活轨道上。在规定的现实时空里惯性地做着规定的动作，这就是最安全和长久的世俗人生，与现实脱轨的那个真我只能短暂地存在于"封锁"那样一个反秩序的特定时空中。

有趣的是，经历了"封锁"的宗祯，回到家后，却无意间在卧室里发现了一个爬行中的乌壳虫，爬了一半，灯一开它就不得不停下来一动不动伏在地板的正中。此时的乌壳虫有了思想的时间，然而思想毕竟是痛苦的，停顿亦是暂时的，停在途中是危险的，所以灯灭了的时候，它只能继续爬行，从窠里来，又回到窠里去。宗祯的人生轨迹亦如这可怜的乌壳虫一般，这是世俗世界里怯懦人的怯懦人生，也是人类普遍的一种宿命存在。张爱玲用此颇具反讽意味的乌壳虫意象来结尾是意味深长的，在灯的一开一灭蒙太奇似的叙述之间，道尽了她的人生体悟与浮世之叹。

借助上述真切而绝妙的意象描写，张爱玲以近乎冷漠的态度审视着都市里的芸芸众生，把笔触刺入现代市民混乱无助的精神深层，将现世的生存真相赤裸裸地呈现在读者的面前。她曾在《公寓生活记趣》里写到"长的是磨难，短的是人生"，看似不经意的一句话，却几乎可以代表了她最深沉的人生感触，也是本篇小说内在意蕴的最好注脚。

总体看来，《封锁》最大的艺术特色在于其特异的梦幻般叙述，而这一特色的形成与张氏对电影的借鉴不无内在的深刻关系。事实上，小说无论在结构形态还是叙述方式上均深受电影技法的影响，如以虚化为线的封锁铃声切换时空的总体构想，以冷静客观犹如长镜头的手法来叙写车厢世界里市民们的举止风貌，以对比蒙太奇的表现方式来进行意象描写，等等。这些现代技法的尝试无疑是具有先锋性的，它们强化了个体生命孤独、绝望、荒诞、悲凉的意蕴，凸显出了张爱玲的创新意识，也使这部短篇小说在现代性探索上更具特色，也更加含蓄隽永。

《封锁》里的爱情故事固然是还没有在现实空间展开就结束了，可是在真实生活中，它却传奇性地成就了汪伪政府要员胡兰成与张爱玲之间的一段短暂的旷世之恋。

归纳起来，张爱玲小说的文学史价值主要体现在：20世纪初叶，随着以上海为中心的都市现代化发展，知识化的新市民群体迅速崛起。所谓"新市民"，是指现代意义上的"市民"，即城市自由民或公民，海派文学的兴起与发展与这个群体的成长是同步的。在20世纪30年代新感觉派小说基础上，海派又新推出了一种古、今、中、西、雅、俗杂糅的新市民小说，颇受市民大众的青睐，代表作家有张爱玲、予且、苏青、无名氏、施济美等。

张爱玲虽然身处战乱时期，却自觉与时代主潮保持一定距离，坚持站在另一种人性高度，致力于抒写都市市民的凡俗人生，在小说创作方向的选择上表现出自己独到的见解。在她看来，凡人比英雄更能代表这个时代的总量，他们才是"这时代的广大的负荷者"，他们身上具备着"另类"的典型性和真实性。为此，她在小说集《传奇》扉页上做了这样的自我表白："书名叫传奇，目的是在传奇里面寻找普通人，在普通人里寻找传奇。"

在剖析20世纪40年代沪、港两地的市民生活和心理方面，张爱玲的新市民小说堪称独步。她突破了新感觉派专注于现代都市的声色感觉摹写和性心理发掘的局限，在衰落的封建文化背景下，将笔触伸入到市民现实生存与精神困境的深处，透过对都市市民阶层的日常琐事、饮食男女的浮世描写，揭示了为文明所遮蔽的"洋场社会"的真实面目，暴露出都市人性的灰暗与软弱，基调阴郁而苍凉，颇有深度。其作品在问世之初就被誉为"文坛最美的收获之一"，代表了20世纪40年代海派小说的最高成就。

张爱玲具有丰富独特的人生经历，且具有较高的天赋，这也促进了她进行"熔古典小说、现代小说于一炉的，古今杂错、华洋杂错的新小说文体"的创造，她所创造的新市民传奇小说不管是在意象艺术、通感手法还是在梦幻叙事上都高度融合了现代化和中国化特色，突破了"新文艺腔"的限制，从而使作品可俗可雅、中西结合。同时，她的作品也是新、旧文学融合的代表作，具有较为深远的影响。在时间的流逝中，她的作品更具韵味和独特的魅力，并获得了胡兰成的认可和赞赏。1961年，海外学者夏志清更是为其在《中国现代小说史》上留下了专章，并称为：今日中国最优秀最重要的作家，为此打开了"张学"研究之门。

二、李劼人的小说文学

抗战爆发前后，独立作家李劼人以其远见卓识完成了与当时民族危亡主题颇有些距离的"大河小说"系列，为丰富战争时期的小说创作作出了独特的贡献。

李劼人（1891—1962），原名李家祥，笔名老懒等，四川华阳（今成都）人。1912年开始写作，发表处女作白话小说《游园会》。1915年起，先后担任《四川群报》《川报》等报刊的主编或编辑。1919—1924年，赴法国留学研究法国文学。回国之后，先后任教于成都大学、四川大学，兼任《新川报》等报刊总编，创办嘉乐纸厂等实业。李劼人主要作品有：中短篇小说《同情》《儿时影》《盗志》《编辑室的风波》，被称为"大河三部曲"的长篇历史小说《死水微澜》《暴风雨前》和《大波》，翻译法国小说福楼拜的《马丹波娃利》等，文论《法兰西自然主义以后的小说及其作家》，专著《漫谈中国人之衣食住行》《二千余年成都大城史的衍变》等[1]。

迄今为止，关于李劼人作品的选集已有好几种，其中编选最全面适于研究的还是1980年由四川人民出版社出版的《李劼人选集》五卷本；1986年，四川文艺出版社以其为基础再次出版了《李劼人选集》五卷本。"大河小说"本是19世纪中期以来法国长篇小说的重要体制，由巴尔扎克率先实践，被众多法国作家钟爱，代表作品有巴尔扎克的《人间喜剧》、佐拉的《卢贡·马卡尔家族》等。此类小说的特点是：多卷体，长篇幅，描写年代长，人物多，背景广阔，容量极大，重风俗民情，最适合于历史叙事，能够真实而全面地再现某个特定时期社会生活的全貌。

在中国现代文学史上，第一个尝试以"大河小说"的体制反映时代转掜点——中国辛亥革命前后的社会生活并取得成功的作家就是李劼人，他是20世纪30年代的小说大家。下面以李劼人《死水微澜》（节选）为例详细探讨：

---

[1] 李怡，干天全. 中国现当代文学[M]. 重庆：重庆大学出版社，2010.

经典回眸

20世纪中国现当代文学的分期探索

死水微澜（节选）

李劼人

（故事梗概：19世纪末，在四川省成都平原的某一乡村，农家少女邓幺姑已到婚嫁年龄，在嫁到成都去的梦破碎后，奉父母之命嫁给了绰号"蔡傻子"的蔡兴顺，当上了天回镇杂货铺兴顺号的老板娘。几年后，生了儿子的蔡大嫂依然美丽，铺子的生意也还兴旺，日子过得平顺安稳。可是不安现状的蔡大嫂，经刘三金的撮合，欣然做了袍哥头目"罗歪嘴"的情人。然而命运弄人，流荡子陆茂林因为争风吃醋，唆使与罗歪嘴有仇的大粮户顾天成以教民身份状告他勾结义和团，于是官府派兵查封兴顺号，蔡傻子受牵连被抓入狱，蔡大嫂被打成重伤，罗歪嘴仓皇出逃。顾天成为打探罗歪嘴的下落来到乡下的邓家，不想，在见到落难中的蔡大嫂后，竟然一心要娶她为妻。为了救出狱中的丈夫，为了情人不再遭追杀，为了儿子将来的前途，也为了她自己的享乐人生，在约法三章后，她不畏人言，毅然决然地答应了，摇身一变成了新的顾三奶奶。）

第五部分

自正月初八起，成都各大街的牌坊灯，便竖立起来。初九日，名曰上九，便是正月烧灯的第一宵。全城人家，并不等什么人的通知，一入夜，都要把灯笼挂出，点得透明。就中以东大街各家铺户的灯笼最为精致，又多，每一家四只，玻璃彩画的也有，而顶多顶好看的总是绢底彩画的。并且各家争胜斗奇，有画《三国》的，有画《西厢》《水浒》，或是《聊斋》《红楼梦》的，也有画戏景的，不一定都是匠笔，有多数是出自名手，可以供雅俗之赏。所以一到夜间，万灯齐明之时，游人们便涌来涌去，围着观看。

牌坊灯也要数东大街的顶多顶好，并且灯面绢画，年年在更新。而花炮之多，也以东大街为第一。这因为东大街是成都顶富庶的街道，凡是大绸缎铺，大匹头铺，大首饰铺，大皮货铺，以及各字号，以及贩卖苏、广杂货的水客，全都在东大街。所以在南北两门相距九里三分的成都城内，东大街真可称为首街。从进东门城门洞起，一段，叫下东大街，还不算好，再向西去一段，叫中东大街、城守东大街和上东大街，足有二里多长，那就显出它的富丽来了：所有各铺户的铺板门坊，以及檐下卷棚，全是黑漆推光；铺面哩，又高、又大、又深，并且整齐干净；招牌哩，全是黑漆金字，很光华，很灿烂。因为从乾隆四十九年起经过几次大火灾，于是防患未然，每隔几家铺面，便高耸一道风火墙；而街边更有一口长方形足有三尺多高、盛满清水的太平石缸，屋檐下并长伸出丁葆桢丁制台所提倡的救火家具：麻搭、火钩。街面也宽，据说足以并排走四乘八人大轿。街面全铺着红砂石板，并且没一块破碎了而不即更换的。两边的檐阶也宽而平坦，一入夜，凡那些就地设摊卖各种东西的，便把这地方侵占了；灯火荧荧，满街都是，一直到打二更为止。这是成都唯一的夜市，据说从北宋朝时候就有了这习俗，而大家到这里来，并不叫上夜市，却呼之为赶东大街。

东大街在新年时节，更显出它的体面来：每家铺面，全贴着砵红京笺的宽大对联，以及短春联，差不多都是请名手撰写，互相夸耀都是与官绅们接近的，或者当掌柜的是士林中人物。而门额上，则是一排五张砵红笺镂空花，贴泥金的喜门钱。门扉上是彩画得很讲究的秦军胡帅，或是直书"只求心中无愧，何须门上有神"，以表示达观。并且生意越大，在门神下面，粘着的拜年的梅红名片便越多，而自除夕直到破五，积在门外，未经扫除的鞭炮渣子，便越厚，从早至晚，划拳赌饮的闹声越高，出入的醉人也越多！

除此之外，便是花灯火炮了。

从上九夜起，东大街中，每夜都是一条人流，潮过去，潮过来。因此，每年都不免要闹些事的。这一年，自不能例外，在上九一夜，凡乡下人头上的燕毡大帽，生意人头上的京毡窝，老年人头上加了皮耳的瑞秋帽，老酸公爷们头上的潮金边子耍须苏缎棉瓜皮帽，被小偷趁热闹抓去的，有二十几顶；失怀表的，失鼻烟壶的，失荷包的，以及失散碎银子的，也有好几起。失主们若是眼捷手快，将小偷抓住，也不过把失物取回，赏他几个耳光，唾他几把口水了事。谁愿意为这点小事，去找街差、总爷，或送到两县去自讨烦恼？何况小偷们都是经过教训，而有组织的，你就明明看见他抓了你的东西，而站在身边，你须晓得，你的失物已是传了几手，走得很远了；无赖不是贼，你敢奈何他吗？所以十有九回，失主总是叹息一声了事。

《死水微澜》是李劼人"大河三部曲"中最富有艺术魅力的作品，也是中国现代小说史上最精致、最完美的一部历史长篇小说。

在情节结构的整体构思上，《死水微澜》颇具匠心。这部小说以西南内陆一个偏僻的成都郊外小镇——天回镇为故事发生的背景，以镇上杂货铺的老板娘蔡大嫂的三次婚恋为情节主线，通过对她个人命运及情感轨迹的描写，突现了官府、袍哥与洋人等各方力量的牵制与消长，并借由蔡大嫂内心世界泛起的层层微澜，使读者看清了当时封建社会究竟是如何在外国入侵势力的步步紧逼之下而渐生微澜的。《死水微澜》以小见大地生动展现了从甲午战争到辛丑条约签订这段时间的时代风貌与社会风俗的变迁，并试图由此民间视角再现本民族的过去和发展，深入探寻中国近代社会历史发生巨变的内在原因，从这个意义层面上来看，它俨然是一部形象化的"小说近代史"。

《死水微澜》的历史叙述是独特的,其史诗性质与蜀地习俗的展现结合紧密,使其当之无愧地同时成为一部近代的巴蜀风俗史。在这部小说中,富有乡土文化意识的李劼人自觉地秉承了法国文学注重风俗民情的特征,准确精细地描写了蜀中景象、乡土风情和民俗特征等,他的小说中对天回镇地理风貌和赶场盛况进行了详细描述,也有东大街上九夜的元宵灯会和青羊空宫老子诞辰的庙会热闹场景,具有浓郁的市井气息和民俗色彩,如一幅宋人张择端的《清明上河图》。确切地说,这部小说的民俗风物描写已经在某种程度上超越了以往单纯的文艺目的,取得了相对独立的地位和价值,它不仅增强了小说现实主义的真实性和典型性,而且也为相关的"民俗学"研究提供了极其珍贵的史料。

在塑造人物形象时,也强调了民间本位思想,并融合了法兰西的文化精髓和创作经验,在主题和人物的选择上都远离革命主潮,审美追求具有非英雄化的特征。

《死水微澜》的主要人物蔡大嫂、罗歪嘴及顾天成等都是民间亦正亦邪、鲜活生动的"圆形人物",其中最具神采的自然莫过于核心人物蔡大嫂。她的性格特征是复杂、不安分及矛盾的;她长相可人、聪明善良,但是性格也十分的泼辣刚烈且叛逆,这是对民间原始生命活力的一种体现,也是典型的川辣子代表,是受巴蜀文化传统的影响而形成。同时,又微微透出包法利夫人的特征,既高度重视物质生活,又不忘对情爱生活的追求,但两者产生矛盾时,则毫不犹豫地选择物质的算计。这也比较透彻地反映了当时中国新旧社会的发展和变迁。对于这样善与恶奇特混合的人物,作者既不给她贴什么阶级、阶层的标签,也不对其做是非对错的判断,只是还原了人类的本性——那种善恶并存的人性,坚持从人性的角度出发,遵从生活自身的逻辑,真实细微地刻画了她从邓幺姑到蔡大嫂到罗哥的情人再到顾三奶奶的每一次转变,揭示出这一人物极其复杂的人格心理,使其成为中外小说人物画廊中又一个经典的艺术形象。

在语言形式上,李劼人的开拓创新精神同样令人叹服,他有意识地将中国传统的文言、川西的民间方言以及欧化的书面白话语言调和在一起,创造出一种雅俗互现、中西合璧、极富地方特色的现代白话文。在《死水微澜》中，他的这种现代白话文与地方人物及民俗风习的描写水乳交融、浑然一体，产生了特殊的艺术效果与美感，增强了小说的地域性与生动性，提升了小说语言的艺术表现力。

作为一部现代历史长篇小说，《死水微澜》既呈现出鲜明的时代性和现代性，又体现着纯正的民族性和地域性，整体上已经具有了"大河小说"的风貌与特征。这一总特征的形成与作者坚定的民间立场、强烈的乡土文化意识以及对法国文学的学习密切相关，它突出地表现在这部小说的情节结构、历史叙述、人物形象、语言形式等各方面，使小说作品历久弥新，焕发出永恒独特的艺术魅力。

综上所述，李劼人小说的文学史价值大致体现在：李劼人的小说创作非常丰富，体式上，中短篇和长篇均有涉足，但其中最能代表其创作总体风格的无疑是长篇巨制的"大河三部曲"。李劼人的"大河小说"系列，乃是中国现代文学史上规模最大的历史小说，它专注于时代的转捩点，按照时间的流程自然展开，以成都为背景，叙写了从封建末世的"死水"在甲午战争时期泛起的"微澜"，经过时代"暴风雨"来临前的蓄势，最终汇聚成辛亥革命前夕的"大波"前后约二十年间广阔的社会生活及历史巨变。就其艺术结构和所反映的社会历史的深广度而言，它都堪称是中国现代历史长篇小说的杰作。

李劼人的"大河小说"系列，是中西文化交流的产物，手法上融中西文学之长，有自然主义倾向。一方面，李劼人有着异乎寻常的乡土文化情结，这主要表现在小说中他对其故乡风俗民情的自觉而又精确的展现上，其小说的方志特色使之成为成都民俗的活化石；另一方面，李劼人直接承继了法国"大河小说"的风貌特征，其小说以前所未有的"风俗"化、"非英雄"化的审美追求和历史叙述，开创了与"英雄"化、"正史"化的传统历史小说完全不同的现代历史小说模式，其在历史小说上的创新价值现已获得学界公认。

在现代文学史上，由于历史、政治以及文学观念不断调整等原因，李劼人曾在很长一段时间里被遗忘，其小说的价值与地位的确认有一个艰难曲折的过程。

最早发现李劼人小说价值并给予充分肯定的人是郭沫若。1937年，郭氏读完"三部曲"后，立刻撰文称李劼人为"中国的左拉"，盛赞其小说为"小说的近代史"，至少是"小说的近代《华阳国志》"，认为其小说是中国伟大的作品。时隔大约30年后，文学史家曹聚仁对他的作品也做出了极高的评价，在其《文坛五十年》《小说新语》《现代中国通鉴》等重要著作里，对李劼人生平及其作品的思想内容和艺术价值作了更详细的介绍，认为"当代还没有比他更成功的作家"。20世纪80年代后，李劼人小说研究开始复兴，对其评价也愈加公允。

三、赵树理的小说文学

在20世纪40年代的解放区文坛，赵树理所取得的文学创作成就无疑是最为卓著的。赵树理（1906—1970），出身贫民家庭，原名赵树礼，笔名"野小"等，山西沁水县人。1943年，发表《小二黑结婚》等小说，使创作进入成熟期。中华人民共和国成立后，担任了《说说唱唱》《曲艺》主编，还历任中国文联常务委员、中国作家协会理事、中国曲艺协会主席等职。

赵树理的主要作品有：短篇小说《小二黑结婚》《传家宝》《富贵》《"锻炼锻炼"》《登记》《套不住的手》，中篇小说《李有才板话》《李家庄的变迁》《邪不压正》，长篇小说《三里湾》，报告文学《孟祥英翻身》，长篇评书《灵泉洞》（上集），人物传记《实干家潘永福》，剧本《十里店》等。

由于赵树理上述农村生活题材的小说创作与影响，在中国现当代文学史上形成了一个俗称"山药蛋派"的文学流派。此派滥觞于20世纪40年代，形成于20世纪50年代至60年代中期，其主要作家还有马烽、西戎、李束为、孙谦、胡正等，他们大都来自山西农村，对农村生活的深入体验和对文艺思想切实的理解，使他们逐渐形成了风格相近的流派。在小说创作上，此派自觉地以赵树理为中心，以山西乡村生活为其主要题材，以"写农民""农民看"为创作宗旨，坚持革命现实主义的创作方法，主张用小说创作来反映并解决生活的矛盾和问题，成功塑造了许多"新人物"，特别是"中间人物"，受古典小说和说唱文学的影响，艺术风格上追求民族性、地域性和通俗性，语言质朴，常带"土"气。代表作除了赵树理的主要作品外，还有《吕梁英雄传》（马烽、西戎）、《我的第一个上级》（马烽）、《宋老大进城》（西戎）、《老长工》（李束为）、《伤症的故事》（孙谦）、《两个巧媳妇》（胡正）等。"山药蛋派"的发展虽有曲折，但代不乏人，其第二代有韩文洲、李逸民、义夫、杨茂林、草章等，进入新时期以后，又有韩石山、田东照、王东满、马力、潘保安等新秀相继浮出了水面[1]。

《小二黑结婚》是赵树理小说的成名作，也是解放区文学的典范之作。这部小说充分体现了赵树理在深入农村的生活实践中，以小说创作反映现实矛盾和问题的现实主义创作理念。小说是受作者亲身经历的一桩婚姻的启发而创造的，该桩婚姻中，新郎是民兵队长岳冬至，他追求婚姻自由，却得不到父母的支持以致被村中的封建恶势力所害。这极大地触动了赵树理，并以此为素材创作了《小二黑结婚》，以便更好地抨击基层工作中的问题，从而树立新风，弘扬正气。

从主题上看，《小二黑结婚》是借一起婚恋故事，塑造了以小二黑和小芹为代表的新一代的农民形象，肯定了他们在争取婚姻自主过程中所表现出来的斗争精神，并以他们最后的胜利热情歌颂了共产党领导下的民主新政权和农村新生力量的成长；同时，也批判了以二诸葛和三仙姑为代表的老一辈农民身上落后思想，暴露了以金旺、兴旺为代表的基层组织中恶势力的破坏力及其潜在危害。该小说反映了农村日常生活中的普通婚恋问题，并突显出了根据地的新趋势和新面貌，也抨击了封建思想和封建恶势力。这一题材的典型性和广度性非常大，具有浓郁的政治文化色彩和主流意识思想，是对当时社会和现实的一种深刻反映。

这部小说是对中国传统小说和民间说唱艺术的继承和发展，因此也具有鲜明的大众性、民族性，还具有浓郁的民间性和乡土性情节结构、人物特色和叙述语言等，语言比较生动有趣且易懂。

情节结构上具有两个方面的特色：一是保留了传统小说单线发展和故事性强的特点，主线为小二黑和小芹的恋爱故事，所有情节和人物塑造都是为了突出这一主题，形成了严密的结构和紧凑的情节，此外，在结尾也采取了中国的传统习惯即大团圆结束；二是改变了传统小说的章回体格式，

---

[1] 具香. 战争小说叙事研究[J]. 福建茶叶, 2019, 41（12）: 238-239.

以现代小说格式进行描述，对人物和事件的发生、发展均采用了分章分节的格式，从而形成了各个独立成章的小故事和小情节，并能有效整合成一个完整的故事。像小说开头就描写了二诸葛和三仙姑，看起来似乎描写了两个神仙的故事，其实却是和后面的故事主线息息相关。

在人物塑造上，作者比较倾向以人物自身的行动和语言来展现人物的心理与性格的传统创作理念，在刻画人物的具体手法上，偏爱白描和细节描写。比如，以"不宜栽种""恩典恩典"的典故趣事来叙写二诸葛的迷信、迂腐，又以"米烂了""看看仙姑"的细节趣闻来写三仙姑的虚伪与做作就是最经典的两个例子。值得关注的是，为了尊重农村的生活实际，也为了贯彻革命现实主义的创作方法，在人物描写类型化的同时，他又努力发掘人物的复杂性和生动性，因而在他的笔下，如二诸葛与三仙姑这等落后人物或曰"中间人物"往往刻画得最为成功。

在语言形式上，这部小说借鉴了民间说书艺术的风格特长，小说整体叙述的风格明快简洁，富有幽默感，具有大众化、口语化倾向。其经过选择和提炼后的"大白话"既保持了作者的个性，又带有山西特有的乡土特色。这一特点不但表现在人物的对话上，而且也表现在作者的叙述语言上，例如给小说人物起的那些"诨号"，也是既生动形象、幽默风趣，又具有淳朴浓郁的地方风味，其语言的艺术性、通俗性和地域性的结合可谓近乎完美。

《小二黑结婚》从其崭新的革命思想内容到别具一格的民族艺术形式，都是与《在延安文艺座谈会上的讲话》的精神切实相通的，因而它不仅获得了领导的高度赞扬，也获得了边区广大人民群众的衷心喜爱，成为一部具有中国气派的民族小说的代表作。

综上所述，赵树理小说具有文学史价值容量。赵树理是中国现当代文学史上真正熟悉农村、热爱人民大众的"文摊文学家"，是我国农民文学最杰出的代表作家，是文学史上一个重要而独特的存在。

从思想内容上看，一方面，赵树理的小说以党的政策为指导，真实地再现了我国20世纪30年代到60年代太行山地区的农村生活的巨大变革。由于站在革命政党的立场，其创作主题往往来自工作中的问题，是典型的"问题小说"，其主观意图是通过小说创作来解决现实的问题，批评落后，褒扬先进，引导农民思想观念的转变，具有时代赋予的强烈的政治文化色彩，体现了革命文艺要服务于工农大众的方向。另一方面，由于其固有的农民立场，农民自然成为其文学创作的中心对象。其价值立场是以农民利益为本位的，其文化选择自然也是以民间文化为本位的。代民立言、忠于现实成为其坚守的创作宗旨，因而其小说的主题又不免变得丰富驳杂，不是《在延安文艺座谈会上的讲话》的政治内涵可以简单概括的，其间蕴含着农民思想文化深层内在的诉求，体现出了实事求是、求真务实的本色，民间的声音正是通过他的小说创作如实向上传递的。

从艺术形式上看，赵树理的民粹立场使其小说能够自如地融合中国古典文学和"五四"以来新文学的长处，创造出独具一格的民族新形式——"评书体的现代小说形式"。他的这种具有鲜明民族化、大众化的艺术风格，使其小说表现出一种"本色美"，其清新活泼、农村风俗画卷的特点在当时的中国文坛可谓独树一帜，这对整个解放区乃至于20世纪五六十年代的文学都产生了巨大的影响，并因此形成了一个新的文学创作流派——"山药蛋派"。在他的手中，"五四"新文学建设中一个根本性问题——文学大众化、民族化问题最终得以较为完美的解决。从这一层面而言，其小说不仅代表了20世纪40年代解放区文学创作的最高成就，也代表了一种新型文学的发展方向。

第二节　战争时期的诗歌文学

抗战时期让中国现代诗歌进入了新的历史语境，这里既有挑战，也有机会。所谓的"挑战"在于诗歌这种艺术形式如何适应战争的需要，而"机会"则在于新的历史遭遇往往会带给人们新的激情和新的思路。抗战时期的中国新诗，为读者最终呈现了艾青、田间与七月诗派，以及穆旦与中国新诗派。他们的出现，是中国现代诗歌进入成熟的重要标志。

一、七月诗派

战争时期的中国诗坛，现实主义诗学风格成为主流。伴随着时局的动

第三章　1937—1949年间的战争文学

荡和战争状态的转变，艾青及其影响下的七月诗派成为现实主义诗歌写作潮流中最为亮丽的风景。

艾青（1910—1996），原名蒋正涵，字养源，号海澄，笔名还有莪伽、克阿、林壁等。1936年出版了第一本诗集《大堰河》。抗战期间是艾青创作的高潮期，出版了《北方》（1939年）、《他死在第二次》（1939年）、《向太阳》（1940年）、《旷野》（1940年）、《黎明的通知》（1943年）、《吴满有》（1943年）、《雪里钻》（1944年）、《献给乡村的诗》（1945年）等多部诗集。另外，他还出版有《诗论》《论诗》《新诗论》等著作。

七月诗派因胡风创办的《七月》周刊（1937年9月）而得名，以理论家兼诗人胡风为中心，以《七月》《希望》以及《泥土》《呼吸》等为阵地。其主要成员有胡风、艾青、田间、绿原、阿垅（亦名亦门、S.M）、鲁藜、冀汸、曾卓、杜谷、牛汉、郑思、彭燕郊等。他们的作品除在《七月》等刊物上发表外，还辑成专集，收入《七月诗丛》《七月文丛》《七月新丛》。七月诗人一方面继承了20世纪30年代中国诗歌会的革命现实主义传统；另一方面，他们反对抗战初期那种在诗歌中空洞呼喊的写法，强调诗人以强烈的主观精神，"突入"现实生活，发现客观对象的主观精神与个性，使主观与客观、历史与个人统一在作品中。

下面以两首诗歌为例具体探讨：

雪落在中国的土地上
艾青

雪落在中国的土地上，
寒冷在封锁着中国呀……

风，
像一个太悲哀了的老妇，
紧紧地跟随着
伸出寒冷的指爪
拉扯着行人的衣襟，

经典回眸　20世纪中国现当代文学的分期探索

用着像土地一样古老的话
一刻也不停地絮聒着……

那从林间出现的，
赶着马车的
你中国的农夫，
戴着皮帽
冒着大雪
你要到哪儿去呢？

告诉你
我也是农人的后裔——
由于你们的
刻满了痛苦的皱纹的脸，
我能如此深深地
知道了
生活在草原上的人们的
岁月的艰辛。

而我
也并不比你们快乐啊
——躺在时间的河流上
苦难的浪涛
曾经几次把我吞没而又卷起——
流浪与监禁
已失去了我的青春的最可贵的日子，
我的生命
也像你们的生命
一样的憔悴呀。

第三章　1937—1949年间的战争文学

雪落在中国的土地上，
寒冷在封锁着中国呀……

沿着雪夜的河流，
一盏小油灯在徐缓地移行，
那破烂的乌篷船里
映着灯光，垂着头
坐着的是谁呀？

——啊，你
蓬发垢面的少妇，
是不是
你的家
——那幸福与温暖的巢穴——
已被暴戾的敌人
烧毁了么？

是不是
也像这样的夜间，
失去了男人的保护，
在死亡的恐怖里
你已经受尽敌人刺刀的戏弄？

咳，就在如此寒冷的今夜，
无数的
我们的年老的母亲，
都蜷伏在不是自己的家里，
就像异邦人
不知明天的车轮
要滚上怎样的路程？

——而且
中国的路
是如此的崎岖,
是如此的泥泞呀。

雪落在中国的土地上,
寒冷在封锁着中国呀……

透过雪夜的草原
那些被烽火所啮啃着的地域,
无数的,土地的垦植者
失去了他们所饲养的家畜
失去了他们肥沃的田地
拥挤在
生活的绝望的污巷里:
饥馑的大地
朝向阴暗的天
伸出乞援的
颤抖着的两臂。

中国的苦痛与灾难
像这雪夜一样广阔而又漫长呀!

雪落在中国的土地上,
寒冷在封锁着中国呀……

中国,
我的在没有灯光的晚上
所写的无力的诗句
能给你些许的温暖么?

第三章　1937—1949年间的战争文学

抗日战争爆发后，诗人满怀着激情与斗志来到当时的抗战中心武汉，看到的却是大众在穷困、饥饿中挣扎而权贵们依然作威作福的社会现实，他的希望幻灭。12月28日夜间，在武昌一间阴冷的屋子里，诗人抒写了他对苦难深重的祖国未来命运的关注，对挣扎在水深火热中的同胞的深切同情。

"雪落在中国的土地上，／寒冷在封锁着中国呀……"这是诗人最痛彻心扉的呼喊，而在这个反复的呼号中，由意象"雪"与"寒冷"奠定的情感色调渲染至全诗，并与随后点染的悲哀的风的形象、赶马车的农夫的形象、草原上的人们的形象、抒情主人公"我"的形象所构成的第一幅速写，以及破烂的乌篷船、蓬发垢面的少妇、年老的母亲所构成的第二幅速写一起，共同刻绘了在严寒压迫下，中国人民无尽的苦难与悲哀。由此，失去家畜的人们、失去田地的人们、失去家的人们、失去生存空间的人们的无尽苦难进入诗人的视野，而诗人言说着"中国的苦痛与灾难／像这雪夜一样广阔而又漫长呀！"显得如此贴切、自然。

这首诗在抗日战争时期的诗歌创作中如一股清流，给当时诗歌的平庸状态注入了新的生命力，并深入地反映了战争的残酷和真实，在情绪体现、语言措辞以及审美情感上都有着新的变化。透过这首诗充满具象的描写，读者感受到了全诗浸透着忧患而令人奋发的情感，这也正是这首诗当年为什么能使广大读者倾倒的主要原因。

我爱这土地

艾青

假如我是一只鸟

我也应该用嘶哑的喉咙歌唱：

这被暴风雨所打击着的土地，

这永远汹涌着我们的悲愤的河流，

这无止息地吹刮着的激怒的风，

和那来自林间的无比温柔的黎明……

——然后我死了，

> 连羽毛也腐烂在土地里面。
>
> 为什么我的眼里常含泪水？
> 因为我对这土地爱得深沉……

艾青是土地与太阳的歌者。尤其是抗日战争时期，"土地"与"太阳"及其相关意象频频出现于艾青的诗作中。在四川文艺出版社出版的《艾青选集》（收入406首诗）中，全面直接抒写太阳及其边缘类的诗占了10%左右，与土地相关的意象几乎占了26%，形成了两个庞大的意象系列。

《我爱这土地》是诗人土地系列诗歌中的代表，从中可以感受到诗人对祖国的深爱，对人民的深爱。在本诗中，诗人选取了一只喉咙已经为祖国歌唱至嘶哑的鸟的形象，来作为自己深沉感情的代表。由鸟儿对土地、河流、风、黎明的不尽歌唱，以及死后连羽毛都要腐烂在土地里面的选择，抒写诗人对土地、对祖国至死不渝的爱。接下来，诗人直抒胸臆，自问自答，刻写了自己"常含泪水"的形象与自己对土地、祖国深沉以至无法言表的"爱"。诗末的省略号，正是诗人沉郁的爱的浓缩。

综上所述，艾青及其诗歌创作的文学史价值至少包括以下方面：

（1）从《大堰河——我的保姆》起，艾青的所有诗作都拥有一种气质性忧郁。在土地意象系列的诗作中自不待言，就是太阳系列的诗作，如《向太阳》中，也总交织着忧郁与悲怆。和他人的忧郁不同的是，艾青的忧郁之作，最终总试图将人们引向一种庄严、崇高的境界。这种忧郁和他的童年经历，师从波特莱尔、兰波等象征派诗人以及他的战争体验有关。艾青的这种忧郁和他对忧郁的独特抒写方式在中国现代诗歌史上是独树一帜的。

（2）艾青的诗作追求散文美。他的所有诗作，几乎都遵从内在的情绪节奏，而不依靠外在的韵律即能给人以音韵的美感。在创作中，艾青常用有规律的排比、复沓句式使诗歌在变化中具有统一感。《雪落在中国的土地上》以四组完全一样的诗行"雪落在中国的土地上，／寒冷在封锁着中国呀……"来组织起波澜起伏的情绪之流。此外，艾青早年学习绘画的经历，使他长于对光、色的渲染，能通过构图、线条的安排，以至音响调配，来增加形象的鲜明性。《手推车》是这方面的代表：在黄河流过的地域／在无数枯干的河底／手推车／以唯一的轮子／发出使明暗的天穹痉挛的尖音／穿过寒冷与静寂／从这一个山脚／到那一个山脚／彻响着／北国人民的悲哀。//在冰雪凝冻的日子／在贫穷的小村与小村之间／手推车／以单独的轮子／刻画在灰黄土层上的深深的辙迹／穿过广阔与荒漠／从这条路／到那一条路／交织着／北国人民的悲哀。

（3）艾青的诗作以现实主义为底色，在感受和表现方式上，则较多地借鉴了现代主义技巧，实现了现实主义与现代主义的结合。

二、中国新诗派

战争时代中国新诗最大的收获是"中国新诗派"的出现及诗人穆旦的诗歌创作。

穆旦原名为查良铮，祖籍浙江海宁，于天津出生。查良铮首次用笔名"穆旦"发表的文章，是刊登在1934年出版的《南开高中生》第4～5合期上的《梦》。穆旦生前出版的诗集有《探险队》（1945）、《穆旦诗集（1939—1945）》（1947）、《旗》（1948）等。

穆旦具有极高的天赋，是中国新诗史上一颗闪耀的巨星。这并非偶尔和孤立发生的，是20世纪40年代中国新诗转变的必然趋势。穆旦是中国新诗派的代表和典范，通常也将之称为九叶诗派，由唐祈、郑敏、穆旦、陈敬容、辛笛、杭约赫、唐湜等九位诗人组成。他们的作品一般发布在《诗创造》和《中国新诗》等刊物上，并采用新现代主义诗歌体裁，高度结合了当时的社会关怀和个人意识等，体现了艺术的知性和感性的统一性和协调性，具有强烈的"新诗现代化"特征，从而预示着中国新诗的诞生，还采用了现代的生活、现代的语言、现代的美学以及现代的意象等。此派在当时并无明确的流派名称，偶或有"新现代派"或"学院派"之谓，"九叶"之名源于40年后由江苏人民出版社推出的他们的诗歌合集《九叶集》（1981年），自此声名传播。"中国新诗派"则以其主要汇集的期刊《中国新诗》命名。认真考察，在当时围绕《诗创造》《中国新诗》形成相近诗歌追求的诗人并不止上述九人，至少如方敬、莫洛当属其中，至于具有类似艺术倾向的就更多了。这都说明，穆旦的出现有着一个时代的中国诗歌发展的深厚背景。

下面以穆旦两首诗歌为例具体探讨：

还原作用
穆旦

污泥里的猪梦见生了翅膀，
从天降生的渴望着飞扬，
当他醒来时悲痛地呼喊。

胸里燃烧了却不能起床，
跳蚤，耗子，在他的身上黏着；
你爱我吗？我爱你，他说。

八小时工作，挖成一颗空壳
荡在尘网里，害怕把丝弄断，
蜘蛛嗅过了，知道没有用处。

他的安慰是求学时的朋友，
三月的花园怎么样盛开，
通信联起了一大片荒原。

那里看出了变形枉然，
开始学习着在地上走步，
一切是无边的，无边的迟缓。

"猪"总是让人们生出种种的联想和比喻，穆旦这里的人生感慨就是从"猪"的形象引发出来的。猪的飞翔之梦，这是一种感情复杂的隐喻：一方面，诗人恍惚间觉察到了人与猪在命运选择上的某种相似性——注定了无法完成对现实的超越;另一方面,他又从人的角度俯瞰之,却不能不为猪的生存方式感到深深的悲哀。

接下来,诗人想到了和猪一样不能自拔的人:生存掏空了他,生命空虚到连蜘蛛都觉得没有分量,然而就是这样的生活却还恋恋不舍!此时的慰藉仅有他青春梦幻的碎片,少年学友的有距离的通信正是让人们暂时脱离周遭现实返回"梦幻"的一种形式,然而慰藉毕竟只是慰藉,在这个现实的世界上,人的生命的真正发展又谈何容易!人终归还是像猪一样的难以飞翔。

人的生存与猪的生存相互"照应",两类性质不同的意象在不假说明中彼此浸染、叠加,这就是现代诗的隐喻。隐喻的使用拓展了诗歌的思想意蕴和情感容量。

五月

穆旦

五月里来菜花香
布谷留连催人忙
万物滋长天明媚
浪子远游思家乡

勃朗宁,毛瑟,三号手提式,
　或是爆进入肉去的左轮,
　它们能给我绝望后的快乐,
　对着漆黑的枪口,你就会看见
　从历史的扭转的弹道里,
　我是得到了二次的诞生。
无尽的阴谋;生产的痛楚是你们的,
　是你们教了我鲁迅的杂文。

负心儿郎多情女

经典回眸　20世纪中国现当代文学的分期探索

　　荷花池旁订誓盟
　　而今独自倚栏想
　　落花飞絮满天空

　而五月的黄昏是那样的朦胧！
　在火炬的行列叫喊过去以后，
　　谁也不会看见的
　被恭维的街道就把他们倾出，
　在报上登过救济民生的谈话后，
　　谁也不会看见的
　愚蠢的人们就扑进泥沼里，
　而谋害者，凯歌着五月的自由，
　紧握一切无形电力的总枢纽。

　　春花秋月何时了
　　郊外墓草又一新
　　昔日前来痛哭者
　　已随轻风化灰尘

　还有五月的黄昏轻网着银丝，
　诱惑，溶化，捉捕多年的记忆，
　挂在柳梢头，一串光明的联想……
　浮在空气的小溪里，把热情拉长……
　于是吹出些泡沫，我沉到底，
　安心守住了你们古老的监狱，
　一个封建社会搁浅资本主义的历史里

　　一叶扁舟碧江上
　　晚霞炊烟不分明
　　良辰美景共饮酒
　　你一杯来我一盅

第三章　1937—1949年间的战争文学

　　而我是来飨宴五月的晚餐，
　　　在炮火映出的影子里，
　　有我交换着敌视，大声谈笑，
　　我要在你们之上，做一个主人，
　　直到提审的钟声敲过了十二点。
　　因为你们知道的，在我的怀里
　　　藏着一个黑色小东西，
　　流氓，骗子，匪棍，我们一起，
　　　在混乱的街上走——

　　　他们梦见铁拐李
　　　丑陋乞丐是仙人
　　　游遍天下厌尘世
　　　一飞飞上九层云

　　《五月》是穆旦创作的一首不同凡响的作品，也可以说是中国诗歌史上最奇特的作品之一。

　　这首诗歌的独特之处在于同时采用了旧体和新体两种诗体。两种诗体貌似具有不同的话语方式和时代特征，而且思想内涵也没有关联性。比如，第一段采用旧体，描述了一个轻快、明媚的环境；但是第二段采用新体，描述了一个危险、混乱的社会情况。前一段是温情、古典的氛围，后一段却马上变成了躁动、不安的气氛，看似两段的情境完全不同。后几段也是如此：既描述美妙的爱情故事，也述说了政治的黑暗；既有生离死别，又有着历史的印记；既有迷人的江景和热闹的聚会，也有战争带给人们的伤痛。每个刚接触《五月》的读者都疑惑着：诗人穆旦有着怎样的魔力，可以将这些完全矛盾的景象融合成一体，他想要表达的主题和思想是什么？经过短时的疑惑后就能豁然开朗，能对诗歌的奥妙之处有所感悟。诗歌必然是由多种诗体和不同的声音、景象按照一定的思路和主题组合而成的，这基本上是所有旧体诗歌具备的特色即温和、超脱以及典雅；然而，新诗段落却注重反映混乱、危险、敌视的世界。且前面的旧体和后面的新体却又巧妙地融合成一体，这也是时代风貌、人伦关系以及社会风情的体现。

新旧体诗歌深入地传达了同一个主题的不同情调和内容，这也体现出一种强烈的对比美，用古典的宁静来衬托现代的喧嚣，现代生活的真实也可以作为古典艺术的缥缈和悠远衬托物。特别需要注意的是，穆旦同时采用两种诗体来创作诗歌并非只是为了对比社会的古今，也不单单只是为了体现诗体的不同，而是作为情感倾向和思想判断的一种载体。他认为得到了二次诞生其实也是反射对当代生活的绝望之情感，这与鲁迅的智慧有着相通之处。在直面人生后不仅有着独特的美学体验，更是强烈地冲击着古典诗意的形成。他将美分为了轻灵的美和真实痛苦的美，此外，所有历史对人类都具有一定沉重性，无法随时间而消逝，并对社会的发展和进步产生重要的作用。这也使得古典诗和现代人的感受之间有了错位和分裂的状况，像很多诗人的感悟一般："我有时想从旧诗获得点什么，抱着这目的去读它，但总是失望而罢。"

而穆旦的诗歌，就是突破古典诗意的一次崭新的尝试。穆旦诗歌的文学史价值概括起来主要包括三个方面：

其一，穆旦在体验人生苦难和生存痛苦后，对生命意义的思索过程中也开始顺应西方现代主义诗歌的发展趋势，在诗歌创作上走到了世界前沿。他选择诗歌题材和题材处理上都赶超了好几代诗人。

其二，穆旦根据中国现代人的悲惨遭遇创作诗歌，他在结合西方潮流的同时也没有忘记反映中国独特之处，使诗歌创作超越了西方现代诗歌。他将在中国的生活体验和感悟都深入地融到自己的作品中。尽管穆旦和西方现代主义诗人都对人自身存在的矛盾和悖论进行了高度关注，但穆旦诗歌主题具有更鲜明的现实感，所有的现实生存感悟都是其创作诗歌的基础和前提。并深入地反映了现实生存的艰难和苦楚，也对战争造成的人民的苦难生活予以了抨击和批判。从这个意义上来说，穆旦的诗歌既具有鲜明的现代性，也具有独特的民族性。

其三，穆旦的诗歌艺术具有非常严密的逻辑性，并采用了非常具有诗意的汉语抒情方式，对中国诗歌抒情方式的变革产生了重要的推动力。此外，他突显出了现代化的语言艺术和抒情方式，在这一点上，没有诗人可以超越他。

第三节　战争时期的散文文学

中国救亡运动以来、抗战军兴时代的散文，主要表现在唤起民众、抒发同仇敌忾、一致抵御外侮的重大主题方面，此时的作家，都搁置争议与世界观方面的思想分歧，统一到抗日救亡这一关系到国家民族生死存亡的最紧迫的要害问题上。故而创作方面，绝大多数反映这一重大主题，即便是抒情的散文，也多借景喻情、喻义，抒发爱国情怀与志士的高尚精神。充分反映出中华民族临危不惧、不可战胜的伟大民族品格与众志成城、必然取得胜利的团结意志、坚强信念。真正有代表性，迄今仍为读者所诵读所赞美的，无不深刻反映了伟大的抗日救国民族运动与军民一致、前赴后继的坚贞情操、爱国胸怀。这是这一时期的主旋律与思想分量、艺术核心的价值所在。

一、快速发展的散文文学

自1931年日本帝国主义发动侵华的"九一八"事变后，中国文坛即由流派纷争、思想分歧、个性显露渐向国家民族危难当头需要团结御侮这一重大主题转变，虽然直到1937年"七七事变"后才真正达成"在民族解放旗帜下的文艺运动"这一共识，结成"文艺界抗日民族统一战线"大同盟，但此期间，主旋律是呼吁团结、一致抗击日本侵略者，收复沦失的河山。所以这时的散文，多表现出慷慨激昂、义愤填膺、众志成城的特征。散文也多系大散文，即以报告文学与特写、通讯体裁为多，直接传达与发抒国家民族利益受到践踏后的悲剧情怀与奋起反击的义愤。看起来散文的风格不像"五四"时期那么丰富多彩了，但激扬文采与振奋人心的内容，使散文更加坚实有力，"愤怒出诗人"，也出散文，此时散文更加贴近广大人民群众的心声与切身利益，表现出波澜壮阔、百折不挠的中华民族的钢铁意志与凛然风范，行文特别见风骨见风采。

下面列举两篇散文具体探讨：

白杨礼赞
茅盾

　　白杨树实在不是平凡的，我赞美白杨树！

　　当汽车在望不到边际的高原上奔驰，扑入你的视野的，是黄绿错综的一条大毡子；黄的，是土，未开垦的处女土，几十万年前由伟大的自然力堆积成功的黄土高原的外壳；绿的呢，是人类劳力战胜自然的成果，是麦田，和风吹送，翻起了一轮一轮的绿波，——这时你会真心佩服昔人所造的两个字"麦浪"，若不是妙手偶得，便确是经过锤炼的语言的精华。黄与绿主宰着，无边无垠，坦荡如砥，这时如果不是宛若并肩的远山的连峰提醒了你（这些山峰凭你的肉眼来判断，就知道在你脚下的），你会忘记了汽车是在高原上行驶，这时你涌起来的感想也许是"雄壮"，也许是"伟大"，诸如此类的形容词，然而同时你的眼睛也许觉得有点倦怠，你对当前的"雄壮"或"伟大"闭了眼，而另一种味儿在你心头潜滋暗长了，——"单调"。可不是，单调，有一点儿吧？

　　然而刹那间，要是你猛抬眼看见了前面远远地有一排，——不，或者甚至只是三五株，一二株，傲然地耸立，像哨兵似的树木的话，那你的恹恹欲睡的情绪又将如何？我那时是惊奇地叫了一声的！

　　那就是白杨树，西北极普通的一种树，然而实在是不平凡的一种树！

　　那是力争上游的一种树，笔直的干，笔直的枝。它的干呢，通常是丈把高，像加以人工似的，一丈以内，绝无旁枝。它所有的丫枝呢，一律向上，而且紧紧靠拢，也像加过人工似的，成为一束，绝不旁逸斜出。它的宽大的叶子也是片片向上，几乎没有斜生的，更不用说倒垂了；它的皮光滑而有银色的晕圈，微微泛出淡青色。这是虽在北方风雪的压迫下却保持着倔强挺立的一种树！哪怕只有碗那样粗细罢，它却努力向上发展，高到丈许，二丈，参天耸立，不折不挠，对抗着西北风。

这就是白杨树，西北极普通的一种树，然而绝不是平凡的树！

它没有婆娑的姿态，没有屈曲盘旋的虬枝，也许你要说它不美丽，如果美是专指"婆娑"或"旁逸斜出"之类而言，那么，白杨树算不得树中的好女子；但是它却是伟岸，正直，朴质，严肃，也不缺乏温和，更不用提它的坚强不屈与挺拔，它是树中的伟丈夫！当你在积雪初融的高原上走过，看见平坦的大地上傲然挺立这么一株或一排白杨树，难道你就只觉得它只是树？难道你就不想到它的朴质，严肃，坚强不屈，至少也象征了北方的农民？难道你竟一点也不联想到，在敌后的广大土地上，到处有坚强不屈，就像这白杨树一样傲然挺立的守卫他们家乡的哨兵？难道你又不更远一点想到这样枝枝叶叶靠紧团结，力求上进的白杨树，宛然象征了今天在华北平原纵横激荡，用血写出中华人民共和国历史的那种精神和意志？

白杨不是平凡的树。它在西北极普遍，不被人重视，就跟北方的农民相似；它有极强的生命力，磨折不了，压迫不倒，也跟北方的农民相似。我赞美白杨树，就因为它不但象征了北方的农民，尤其象征了今天我们民族解放斗争中所不可缺的朴质，坚强，力求上进的精神。

让那些看不起民众，贱视民众，顽固的倒退的人们去赞美那贵族化的楠木（那也是直挺秀颀的）去鄙视这极常见，极易生长的白杨吧，但是我要高声赞美白杨树！

《白杨礼赞》虽然早为广大读者熟悉，从小就诵读，但选择抗战时代的范文时，仍感到此文不能旁绕。这篇文章写于1941年3月，是茅盾根据自己1940年从新疆归来赴延安途中的见闻和感受所写的一篇散文，有着明显而深刻的寓意。当时，抗日战争正处于艰苦的相持阶段，国内抗战力量由于消极派的原因，自相冲突与折损，这期间更发生了惨绝人寰的"皖南事变"，抗战面临着十分严峻的考验。茅盾这篇散文显然带有励志的用意，作者以昂扬奋发的战斗激情，通过对白杨树的礼赞，象征与赞扬了坚强的北方军民，以及中华民族顽强、崇高的牺牲精神，寄寓了坚持抗战到底最终争取胜利的决心。此篇散文行文激情澎湃，一气呵成，以白杨的意象，成功地、形象地突出与表现了人格精神与战斗意志，是一篇成功的咏物寄志的好作品。

"九一八"致弟弟书
萧红

可弟：小战士，你也做了战士了，这是我想不到的。

世事恍恍惚惚的就过了：记得这十年中只有那么一个短促的时间是与你相处的，那时间短到如何程度，现在想起就像连你的面孔还没有来得及记住，而你就去了。

记得当我们都是小孩子的时候，当我离开家的时候，那一天的早晨你还在大门外和一群孩子们玩着，那时你才是十三四岁的孩子，你什么也不懂，你看着我离开家向南大道上奔去，向着那白银似的满铺着雪的无边的大地奔去。你连招呼都不招呼，你恋着玩，对于我的出走，你连看我也不看。

而事隔六七年，你也就长大了，有时写信给我，因为我的漂流不定，信有时收到，有时收不到。但在收到信中我读了之后，竟看不见你，不是因为那信不是你写的，而是在那信里边你所说的话，都不像是你说的。这个不怪你，都只怪我的记忆力顽强，我就总记着，那顽

第三章　1937—1949年间的战争文学

皮的孩子是你，会写了这样的信的，会说了这样的话的，哪能够是你。比方说——生活在这边，前途是没有希望，等等……

这是什么人给我的信，我看了非常的生疏，又非常的新鲜，但心里边都不表示什么同情，因为我总有一个印象，你晓得什么，你小孩子，所以我回你的信的时候，总是愿意说一些空话，问一问家里的樱桃树这几年结樱桃多少？红玫瑰依旧开花否？或者是看门的大白狗怎样了？关于你的回信，说祖父的坟头上长了一棵小树。在这样的话里，我才体味到这信是弟弟写给我的。

但是没有读过你的几封这样的信，我又走了。越走越离得你远了，从前是离着你千百里远，那以后就是几千里了。

而后你追到我最先住的那地方，去找我，看门的人说，我已不在了。

而后婉转的你又来了信，说为着我在那地方，才转学也到那地方来念书。可是你扑空了。我已经从海上走了。

可弟，我们都是自幼没有见过海的孩子，可是要沿着海往南下去了，海是生疏的，我们怕，但是也就上了海船，飘飘荡荡的，前边没有什么一定的目的，也就往前走了。

那时到海上来的，还没有你们，而我是最初的。我想起来一个笑话，我们小的时候，祖父常讲给我们听，我们本是山东人，我们的曾祖，担着担子逃荒到关东的。而我们又将是那个未来的曾祖了，我们的后代也许会在那里说着，从前他们也有一个曾祖，坐着渔船，逃荒到南方的。

我来到南方，你就不再有信来。一年多又不知道你那方面的情形了。

不知多久，忽然又有信来，是来自东京的，说你是在那边念书了。恰巧那年我也要到东京去看看。立刻我写了一封信给你，你说暑假要回家的，我写信问你，是不是想看看我，我大概七月下旬可到。

我想这一次可以看到你了。这是多么出奇的一个奇遇。因为想也想不到，会在这样一个地方相遇的。

我一到东京就写信给你，你住的是神田町，多少多少番。本来你那地方是很近的，我可以请朋友带了我去找你。但是因为我们已经不是一个国度的人了，姐姐是另一国的人，弟弟又是另一国的人。直接的找你，怕与你有什么不便。信写去了，约的是第三天的下午六点在某某饭馆等我。

那天，我特别穿了一件红衣裳，使你很容易的可以看见我。我五点钟就等在那里，因为我在猜想，你如果来，你一定要早来的。我想你看到了我，你多少喜欢。而我也想到了，假如到了六点钟不来，那大概就是已经不在了。

一直到了六点钟，没有人来，我又多等了一刻钟，我又多等了半点钟，我想或者你有事情会来晚了的。到最后的几分钟，竟想到，大概你来过了，或者已经不认识我，因为始终看不见你，第二天，我想还是到你住的地方看一趟，你那小房是很小的。有一个老婆婆，穿着灰色大袖子衣裳，她说你已经在月初走了，离开了东京了，但你那房子里还下着竹帘子呢。帘子里头静悄悄的，好像你在里边睡午觉的。

半年之后，我还没有回上海，不知怎么的，你又来了信，这信是来自上海的，说你已经到了上海，是到上海找我的。

我想这可糟了，又来了一个小吉卜西。

这流浪的生活，怕你过不惯，也怕你受不住。

但你说，"你可以过得惯，为什么我过不惯。"

于是你就在上海住下了。

第三章　1937—1949年间的战争文学

等我一回到上海，你每天到我的住处来，有时我不在家，你就在楼廊等着，你就睡在楼廊的椅子上，我看见了你的黑黑的人影，我的心里充满了慌乱。我想这些流浪的年轻人，都将流浪到哪里去，常常在街上碰到你们的一伙，你们都是年轻的，都是北方的粗直的青年。内心充满了力量，你们是被逼着来到这人地生疏的地方，你们都怀着万分的勇敢，只有向前，没有回头。但是你们都充满了饥饿，所以每天到处找工作。你们是可怕的一群，在街上落叶似的被秋风卷着，寒冷来的时候，只有弯着腰，抱着膀，打着寒颤。肚里饿着的时候，我猜得到，你们彼此的乱跑，到处看看，谁有可吃的东西。

在这种情形之下，从家跑来的人，还是一天一天的增加，这自然都说是以往，而并非是现在。现在我们已经抗战四年了。在世界上还有谁不知我们中国的英勇，自然而今你们都是战士了。

不过在那时候，因此我就有许多不安。我想将来你到什么地方去，并且做什么？

那时你不知我心里的忧郁，你总是早上来笑着，晚上来笑着。似乎不知道为什么你已经得到了无限的安慰了。似乎是你所存在的地方，已经绝对的安然了，进到我屋子来，看到可吃的就吃，看到书就翻，累了，躺在床上就休息。

你那种傻里傻气的样子，我看了，有的时候，觉得讨厌，有的时候也觉得喜欢，虽是欢喜了，但还是心口不一地说：

"快起来吧，看这么懒。"

不多时就七七事变，很快你就决定了，到西北去，做抗日军去。

你走的那天晚上，满天都是星，就像幼年我们在黄瓜架下捉着虫子的那样的夜，那样黑黑的夜，那样飞着萤虫的夜。

你走了，你的眼睛不大看我，我也没有同你讲什么话。我送你到了台阶上，到了院里，你就走了。那时我心里不知道想什么，不知道愿意让你走，还是不愿意。只觉得恍恍惚惚的，把过去的许多年的生活都翻了一个新，事事都显得特别真切，又都显得特别的模糊，真所谓有如梦寐了。

可弟，你从小就苍白，不健康，而今虽然长得很高了，仍旧是苍白不健康，看你的读书，行路，一切都是勉强支持。精神是好的，体力是坏的，我很怕你走到别的地方去，支持不住，可是我又不能劝你回家，因为你的心里充满了诱惑，你的眼里充满了禁果。

恰巧在抗战不久，我也到山西去，有人告诉我你在洪洞的前线，离着我很近，我转给你一封信，我想没有两天就可看到你了。那时我心里可开心极了，因为我看到不少和你那样年轻的孩子们，他们快乐而活泼，他们跑着跑着，当工作的时候嘴里唱着歌。这一群快乐的小战士，胜利一定属于你们的，你们也拿枪，你们也担水，中国有你们，中国是不会亡的。因为我的心里充满了微笑。虽然我给你的信，你没有收到，我也没能看见你，但我不知为什么竟很放心，就像见到了你的一样。因为你也是他们之中的一个，于是我就把你忘了。

但是从那以后，你的音信一点也没有的。而至今已经四年了，你到底没有信来。

我本来不常想你，不过现在想起你来了，你为什么不来信。

于是我想，这都是我的不好，我在前边引诱了你。

今天又快到"九一八"了，写了以上这些，以遣胸中的忧闷。

愿你在远方快乐和健康。

以女性特有的纤细与诗情，表现抗战中的手足之情与同心同德、同仇敌忾的民族精神气节，萧红这篇《"九一八"致弟弟书》堪为抗战时期散文的典范之作。文章以书信体第一人称口吻，直抒其事，"在场"的效果十分突出。"弟弟"原来是个孱弱漂流的少年，但在抗战中，成为抗日战士，作为姐姐，既是欣慰又是感动，更是激励，行文充满怜爱关心与共勉之意，读起来十分亲切与悲壮，令人感受到文学的巨大作用，即"诗言志"。特别表现出抗战时期全民族生存与共、前赴后继、勇于奉献的坚强决心与精神气质，其跌宕起伏的文气与洗炼深情的文笔，也可圈可点，经得住推敲。

抗战时期的散文佳作，还有如苏雪林的《乐山惨炸身历记》、郁达夫的《南洋随笔》、冰心的《小桔灯》、梁实秋的《雅舍小品》以及中国共产党领导下的根据地作家大量带有号召性质与前线特写意味的作品。抗战时期作品共同的特点是在非常时期，同仇敌忾，众志成城，即便如梁实秋那种以逸待劳似的悠闲小品，其实也透露出中华民族临危之际的镇定自若与坚强乐观的生活情操。当然，最具有代表性的仍是有着抗战主题的行文，如苏雪林的《乐山惨炸身历记》即一篇慷慨陈词、痛愤控诉、生动具体的战斗檄文与实录，是侵略者所犯罪行的直录与历史见证。

二、鲁迅风格的杂文文学

抗战时期散文领域兴起的，更多是带有战斗特色的杂文创作，一方面是针对侵略者的；另一方面则是抨击阻挠抗战的恶势力与消极畏缩的投降派。再者即属于内部阵营的见解纷争与批评。这时的刊物如《鲁迅风》《野草》《野草丛书》《新华日报副刊》《战国策》等。郭沫若是这个时期最有声望的作家，他发表了大量声情并茂、见解犀利的杂文随笔，多收在《羽书集》《今昔蒲剑》《沸羹集》等集子中，同他抗战时期的戏剧创作一样具有战斗力。另如郁达夫、茅盾、聂绀弩、夏衍、孟超、宋云彬、秦似、吴晗、柯灵、唐强、丁玲、臧克家、何其芳、艾青、李广田、冯雪峰、潘汉年、闻一多、巴人、丰子恺、黄裳，等等，国统区与根据地作家，都以笔为刀枪，参与到抗战这场民族圣战当中，与可恨的侵略者并邪恶势力作不屈不挠的斗争。

郁达夫是"五四"时期"创造社"最重要的成员之一，他的散文充满感伤的浪漫主义气息，但自从抗战军兴、神州金瓯残缺，郁达夫的文风为之剧变，抛弃了过去过多的小我自怜情结，强烈的爱国主义情怀重新被激发出来，他擅于抒情同时也擅于议论的本领发挥到极致。在此时期，他写下大量以笔为投枪为子弹的檄文，捍卫国家民族的尊严与河山完整，反对侵略者及其走狗。行文义正词严、长于说理，以辛辣反证的手法，将侵略者的狰狞愚昧揭露无遗。

聂绀弩是"鲁迅风"杂文群里最酷似鲁迅杂文风格的作家，相似，绝不仅仅是文风、用词造句，而是骨子里的自由精神与平等意识，也即反封建的坚定思想。例如《论拍马》讥笑讽刺"骑墙派"，即看风头看权贵脸色行事的投机者。文风辛辣，引典精炼而入木三分，将非人性的、非理性的人间糟粕行径揭露得无处遁形。文章有如刺眼的阳光，更如暴风骤雨，形成对某种劣根性的无情抨击。行文精短，正是鲁迅匕首与投枪的作风。此文作于抗战结束之际，有感于当时国统区堕落的官场习气与见风使舵、沆瀣一气的小人作风；倡导的是一种刚正不阿、独立不羁的自由精神与平等意识，对重建国民高尚道德品质，可谓用心良苦。

抗战时期的杂文，继承鲁迅辛辣犀利的战斗精神、作风，行文目的性强，题旨往往是旗帜鲜明，仿佛荆棘与野草，看似质朴，不加修饰，生命力则十分顽强，有实用的价值。正如郭沫若在《天地玄黄发刊词》里边所说："我们不能再沉默了，我们要吼出在苦难中的人民的呼声。"这时期的散文、杂文是文学贴近人民、代表人民大众心声与根本利益的最突出的表现，也是非常时期文学家思想意识高度一致的整合期。用今天的眼光来看，其前沿性价值或许更大于文艺修饰的价值，是中国人民硬骨头精神的充分体现。这一类的文章，在中国文学史上，自有其独特的、表率的地位，应该得到广大读者永久的尊崇与深入的认识。

第四节　战争时期的话剧文学

战争时期是话剧的"黄金时期"，在战争时期的各种艺术形式中，话剧无疑是最昌盛的一种。抗日战争时期的话剧与这一时期其他文学形式一样，受地域分野影响，可分为大后方话剧、解放区话剧和沦陷区话剧三个板块，每一个板块在总体特征上出入也较大。历史剧是抗战时期非常昌盛的一类话剧，它主要存在于大后方，既反映出民族危机时期的文化趣味，也是国民党政治审查制度下的产物。虽然是在战争年代，抗战时期的话剧也没有放弃艺术的追求，吴祖光等人的话剧充分反映出这一时期艺术话剧的特征。此外，解放区话剧以新型的面貌展示出话剧创作的新可能。

一、历史话剧的中兴

在数量众多、品质极高的抗战话剧作品中，历史剧又是极具特色、成就很高的一个品种。抗战历史剧的中兴，有两个根本的原因：第一，在民族危亡的关键时刻，剧作家需要在中华民族的历史传统中寻找挽救民族危机的文化资源；第二，出于回避政治审查的需要，用历史剧借古讽今，可以避免与当局文化体制的正面矛盾。抗战历史剧源于历史又不拘泥于历史事实，气势恢弘，风格各异，在剧中体现了反对侵略，颂扬爱国爱民，高扬坚守气节的民族精神。比较有代表性的有郭沫若的六大历史剧《棠棣之花》《屈原》《虎符》《高渐离》《孔雀胆》《南冠草》，阳翰笙的《李秀成之死》《天国春秋》《草莽英雄》，阿英的《碧血花》《海国英雄》《杨娥传》等。

下面列举两个话剧节选进行探讨：

屈原（节选）

郭沫若

（《屈原》写于1942年1月，正值抗日战争的相持阶段。全剧共分为五幕，描写了屈原自清晨到午夜一天中的活动，刻画了屈原、宋玉、婵娟等极富个性的人物形象，将屈原的精神世界完整地呈现了出来。本书节选第五幕第二场屈原作"雷电颂"的情景。）

（屈原略略点头，郑詹尹走入左侧门。）

（屈原手足已戴刑具，颈上并系有长链，仍着其白日所着之玄衣，披发，在殿中徘徊。因有脚镣行步甚有限制，时而伫立睥睨，目中含有怒火。手有举动时，必两手同时举出。如无举动时，则拳曲于胸前。）

屈原：（向风及雷电）风！你咆哮吧！咆哮吧！尽力地咆哮吧！在这暗无天日的时候，一切都睡着了，都沉在梦里，都死了的时候，正是应该你咆哮的时候，应该你尽力咆哮的时候！

尽管你是怎样的咆哮，你也不能把他们从梦中叫醒，不能把死了的吹活转来，不能吹掉这比铁还沉重的眼前的黑暗，但你至少可以吹走一些灰尘，吹走一些沙石，至少可以吹动一些花草树木。你可以使那洞庭湖，使那长江，使那东海，为你翻波涌浪，和你一同地大声咆哮呵！

啊，我思念那洞庭湖，我思念那长江，我思念那东海，那浩浩荡荡的无边无际的波澜呀！那浩浩荡荡的无边无际的伟大的力呀！那是自由，是跳舞，是音乐，是诗！

啊，这宇宙中的伟大的诗！你们风，你们雷，你们电，你们在这黑暗中咆哮着的，闪耀着的一切的一切，你们都是诗，都是音乐，都是跳舞。你们宇宙中伟大的艺人们呀，尽量发挥你们的力量吧！发泄出无边无际的怒火把这黑暗的宇宙，阴惨的宇宙，爆炸了吧！爆炸了吧！

雷！你那轰隆隆的，是你车轮子滚动的声音？你把我载着拖到洞庭湖的边上去，拖到长江的边上去，拖到东海的边上去呀！我要看那滚滚的波涛，我要听那鞺鞺鞳鞳的咆哮，我要飘流到那没有阴谋、没有污秽、没有自私自利、没有人的小岛上去呀！我要和着你，和着你的声音，和着那茫茫的大海，一同跳进那没有边际的没有限制的自由里去！

第三章　1937—1949年间的战争文学

啊，电！你这宇宙中最犀利的剑呀！我的长剑是被人拔去了，但是你，你能拔去我有形的长剑，你不能拔去我无形的长剑呀。电，你这宇宙中的剑，也正是，我心中的剑。你劈吧，劈吧，劈吧！把这比铁还坚固的黑暗，劈开，劈开，劈开！虽然你劈它如同劈水一样，你抽掉了，它又合拢了来，但至少你能使那光明得到暂时间的一瞬的显现，哦，那多么灿烂的、多么炫目的光明呀！

光明呀，我景仰你，我景仰你，我要向你拜手，我要向你稽首。我知道，你的本身就是火，你，你这宇宙中的最伟大者呀，火！你在天边，你在眼前，你在我的四面，我知道你就是宇宙的生命，你就是我的生命，你就是我呀！我这熊熊地燃烧着的生命，我这快要使我全身炸裂的怒火，难道就不能迸射出光明了吗？

炸裂呀，我的身体！炸裂呀，宇宙！让那赤条条的火滚动起来，像这风一样，像那海一样，滚动起来，把一切的有形，一切的污秽，烧毁了吧！烧毁了吧！把这包含着一切罪恶的黑暗烧毁了吧！

把你这东皇太一烧毁了吧！把你这云中君烧毁了吧！你们这些土偶木梗，你们高坐在神位上有什么德能？你们只是产生黑暗的父亲和母亲！

你，你东君，你是什么个东君？别人说你是太阳神，你，你坐在那马上丝毫也不能驰骋。你，你红着一个面孔，你也害羞吗？啊，你，你完全是一片假！你，你这土偶木梗，你这没心肝的，没灵魂的，我要把你烧毁，烧毁，烧毁你的一切，特别要烧毁你那匹马！你假如是有本领，就下来走走吧！

什么个大司命，什么个少司命，你们的天大的本领就只有晓得播弄人！什么个湘君，什么个湘夫人，你们的天大的本领也就只晓得痛哭几声！哭，哭有什么用？眼泪，眼泪有什么用？顶多让你们哭出几笼湘妃竹吧！但那湘妃竹不是主人们用来打奴隶的刑具么？你们滚下船来，你们滚下云头来，我都要把你们烧毁！烧毁！烧毁！

哼，还有你这河伯……哦，你河伯！你，你是我最初的一个安慰者！我是看得很清楚的呀！当我被人们押着，押上了一个高坡，卫士们要息脚，我也就站立在高坡上，回头望着龙门。我是看得很清楚，很清楚的呀！我看见婵娟被人虐待，我看见你挺身而出，指天画地有所争论。结果，你是被人押进了龙门，婵娟她也被人押进了龙门。

但是我，我没有眼泪。宇宙，宇宙也没有眼泪呀！眼泪有什么用呵？我们只有雷霆，只有闪电，只有风暴，我们没有拖泥带水的雨！这是我的意志，宇宙的意志。鼓动吧，风！咆哮吧，雷！闪耀吧，电！把一切沉睡在黑暗怀里的东西，毁灭，毁灭，毁灭呀！

（郑詹尹左手提灯，右手执爵，由湘夫人神像左侧之门入场）

郑詹尹：三闾大夫，你又在作诗了吗？你的声音比风还要宏大，比雷霆还要有威势啦。啊，像这样雷电交加的深夜，实在可怕。我连庙门都不敢去关了。你怎么老是不去睡呢？是的，我看你好像朗诵了好长的一首诗啦。你怕口渴吧。我给你备了一杯甜酒来，虽然没有下酒的东西，请你润润喉，也好啦。

屈原：多谢你，请你放在那神案上，手足不方便，对你不住。

郑詹尹：唉，真是不知道要闹成个什么世界了。本来是"刑不上大夫，礼不下庶人"的，这个体统也弄得来扫地无存了。连我们的三闾大夫，也要让他带脚镣手铐。三闾大夫，这脚镣手铐假如是有钥匙，我一定要替你打开的啦。可恨的是他们把钥匙都带走了啊。

屈原：多谢你，这脚镣手铐我倒并不觉得痛苦，有这些东西在身上，倒反而增加了我的力量，不过行动不方便些罢了。

郑詹尹：我看你的喉咙一定渴得很厉害，这酒我捧着让你喝。还要睡一睡才能天亮呢。

屈原：多谢你，我现在口不渴。我本来也是不喜欢喝酒的人。回头我口渴了，一定领你的盛情好了。请你不要关照。

郑詹尹：（将爵放在神案上）慢慢喝也好。其实酒倒也并不是坏东西。只要喝的少一点，有个节制，倒也是很好的东西啦。

屈原：是的，我也明白。我的吃亏处，便是大家都醉而我偏不醉，马马虎虎的事我做不来。

《屈原》是郭沫若抗战时期创作的一个高峰。戏剧中的屈原由否定具体的丑恶形象，发展到向整个黑暗的世界发出全面的挑战。他把自己化作风、雷、电、火，高叫着：风、雷、电"这宇宙中的伟大的诗……你们宇宙中伟大的艺人们呀，尽量发挥你们的力量吧。发泄出无边无际的怒火把这黑暗的宇宙，阴惨的宇宙，爆炸了吧！爆炸了吧！"这里与郭沫若《女神》中张扬个性解放的精神有相通之处；这里的屈原，已不同于历史上那个郁郁不得志，最后投汨罗江而死的三闾大夫，而是一个具有火一般刚强热烈性格的斗士。郭沫若这样塑造屈原，意在强调中国人民的抗战决心不会因为现实的困难而动摇，它像屈原以雷电自喻一样，具有劈开宇宙和一切黑暗的力量和能力。《屈原》的这种个性，无疑给抗战中煎熬的中国人民打上了一剂强心针。

在艺术上，《屈原》延续了郭沫若一贯的历史剧创作传统：赋予历史人物现代品格；在剧作中洋溢着浪漫主义的精神，用诗一般的语言将戏剧情绪推向高峰。这是郭沫若戏剧的特色，也是他对于中国现代话剧的贡献。

经典回眸

20世纪中国现当代文学的分期探索

天国春秋（节选）

阳翰笙

（《天国春秋》为六幕历史剧。该剧取材于1856年"杨秀清韦昌辉事件"，揭示农民革命的历史教训。东王杨秀清执掌文武大权，遭到阴谋家、野心家韦昌辉等人的谗毁，引起天王洪秀全的猜忌，最后导致韦昌辉杀害杨秀清、屠戮数万太平军战士的悲惨结局。作家通过历史事件提炼出血的教训：只有维护事业的利益，团结一致，才能取得革命的胜利；如果让野心家得逞，内部自相残杀，必将导致革命的失败。本书节选第六幕中的一部分。）

洪宣娇：（异常惊怖）什么！你竟把秀清的肉来熬汤！（浑身战栗）你竟这样的忍心！这样的残酷！你，你，韦昌辉还算是人吗！（迎头一盏，掷了过去）你给我滚！

（韦昌辉闪开，参护退出。）

韦昌辉：（出他意外）宣娇，你这算什么呢！这是我对你的好心好意啦！

洪宣娇：（愤怒）像你这样的人，还会有什么好心好意，你别待在我这儿，快给我滚！

韦昌辉：（忍耐着）你别这样生气，我还有紧急的事跟你商量呢。现在达开的兵就要杀来了，你快同我一道进宫，去请陛下立刻下诏讨伐！

洪宣娇：（大怒）你还想我来跟你做牛马吗？哼哼，你在做梦！你在做梦！我不要看你这个浑身上下都涂满了血污的人，你快给我滚出去！

韦昌辉：（也很生气）你这个女人，真太不受人抬举了！你以为我没有你帮忙，就干不成事了吗？笑话！真是笑话！

洪宣娇：（忽从地下把宝剑拿起来，逼迫着韦昌辉）你走不走！你走不走？你究竟走不走？……你这个没有

第三章　1937—1949年间的战争文学

心肝五脏的人，快给我滚出去啊！

韦昌辉：（悻悻然）我看你真在发疯了！（狼狈而去）

……

洪宣娇：天啦，陛下为什么要这样做呢？赖汉英（长叹）唉，我也不懂啊！

洪宣娇：这可怎么办呢？国舅！

赖汉英：宣娇！我赖汉英是一个老粗，我只知道服从陛下的命令，陛下要这样干，你叫我有什么办法呢！

（云姑惊惶而入。）

云姑：王娘！刚才听到我们府里的人跑来说，北王陛下的一家大小，全都被我们的天兵抓来杀了啦！

洪宣娇：（震吓）哦！（对赖汉英）这可又是陛下的命令？

赖汉英：当然是陛下的命令啰！

洪宣娇：唉！又杀死一家！又杀死一家！……啊啊，天父啊！……（刺激受的太深了，一阵酸楚掠过她的心头，她似乎又沉入了绝望的深渊。她有点站立不住了，身子一偏，便倒扑在云姑的肩头上）

（云姑连忙紧紧地抱着她。）

（夜更深了。室外是一片无边的黑暗。室内的灯影是更加昏暗得可怕。）

云姑：（惊呼）王娘！王娘！你怎样啦？

赖汉英：（吃惊）宣娇！宣娇！宣娇！

云姑：王娘！你静一静吧！

赖汉英：宣娇！你怎么啦！心里很难过？

洪宣娇：（慢慢地抬起头来，神色有点失常）没有什么，国舅，只是我的眼睛有点发黑，我瞧不见光！

赖汉英：你歇一会就好了。

洪宣娇：（离开云姑，痛苦地）国舅！这半年来，我们干的是些什么勾当啊？你想想看，我们究竟干的是

— 109 —

些什么勾当啊?

赖汉英:我们干的,都是一些罪恶的勾当!

洪宣娇:(痛恨)是的,是的。我明白,我自己很明白,我是罪人,我是罪人,我是一个十恶不赦的罪人啊!

赖汉英:(难过)宣娇!我不也跟你一样吗!

洪宣娇:(痛责自己)我为什么要那样干呢!为什么?究竟为什啊?我这刽子手!我这帮凶!我竟跟着别人去谋杀自己最敬爱的弟兄,我洪宣娇还算是一个人吗!我真愚蠢,真糊涂,真该死啊!

赖汉英:(摇头叹气)唉!

洪宣娇:(神志昏迷,两眼发花,仿佛瞧见了傅善祥的阴影)哎呀!傅善祥到我这里来了!你们快瞧啦!她就站在那儿!就站在那儿!

云姑:(惊怖地走近洪宣娇)王娘!她在哪儿啦?我怕啊!

赖汉英:你怕什么!(对洪宣娇)不会的。宣娇,你别胡思乱想。

洪宣娇:(盯视着暗处,半疯狂地)你们听!她还在骂我呢!什么?你说什么?我们自己人杀自己人!自己弟兄杀自己弟兄!咸丰那狗贼子在说痛快痛快,曾国藩在放声大笑,清廷的大兵就要乘机杀到我们的天京来了!什么?你说什么?大敌当前,我们不该自相残杀!啊,国舅!你听到吗?善祥的话,是一句又一句地在刺痛着我的心呀!我们为什么要杀秀清?为什么要杀善祥?为什么要杀那几万同生共死共患难的兄弟姐妹?我们真是罪人!真是罪人!真是十恶不赦的罪人啊!

云姑:王娘!我怕的很啊!

赖汉英:宣娇!你清醒清醒吧!

洪宣娇:(神志未清,仍瞧着暗处)啊,善祥,我请你别再说下去了吧!我的心正痛得像刀绞一样啊!现

第三章　1937—1949年间的战争文学

在我什么都全明白了,韦昌辉那个刽子手要是还站在我的面前话,我真恨不得去撕他的皮,割他的肉,喝他的血!啊!是的,是的,你的话一点也不错。我们天国的大事全坏在他这个恶棍手里,全坏在他左右那群坏蛋的手里啊!

（从远处的礼拜堂里,传来一阵阵连续不断的钟声）

洪宣娇:（那钟声似乎惊动了她,她渐渐地清醒过来）这是从哪里来的钟声呀?

赖汉英:是从礼拜堂传来的钟声。

洪宣娇:（深有感触地）啊!天父啊!我们兄弟之间为什么要这样自相残杀?（停顿）这是为什么?这究竟是为什么啊?

　　历史题材的文学作品,大多带有借古讽今的意味,抗战历史剧更是如此。"太平天国剧"是抗战历史剧喜欢采用的一个主题,因为这段具有悲剧性的历史有太多值得现实反省的地方。洪秀全在领导农民起义的后期,腐败堕落,亲小人而远良臣,亲手将一起打天下的兄弟杨秀清杀死,从而直接导致了太平天国的覆灭。在戏剧中,洪秀全和杨秀清是既合作又竞争的关系,这与抗战期间的国共关系有很大的相似性,太平天国的失败警醒刚刚制造"皖南事变"的国民党,只有精诚团结才可能争取抗战的胜利,否则中华民族的下场只会和太平天国一样。

　　本节所选是洪宣娇觉醒的过程。韦昌辉送上的"羊肉汤"并不是真正意义上的羊肉汤,而是用杨秀清的肉做的。洪宣娇觉得害怕又后悔,他认为韦昌辉实际上并不是与之合作,而是一种内乱。因此,她觉得十分痛心,认识到自己的错误,非常懊悔与内疚。在《天国春秋》中,洪宣娇扮演着十分重要的角色,书中对于洪宣娇的刻画也十分细致。最后洪宣娇喊出"大敌当前,我们不该自相残杀!"显然是针对当时抗战过程中国民党破坏团结的行为而言,这样的呼喊既具有历史感,又有现实感。

　　《天国春秋》融入了众多现代元素,但古代文化也占据了重要地位,将二者完美融合。从内容分析来看,这部作品实质上属于一场历史悲剧,但是从人物角度分析，不难发现这部作品中的内容很能打动读者，不禁让人产生一种悲悯之情。总的来说，《天国春秋》冲破了传统阶级意识的束缚，将艺术与历史完美结合。

抗战历史剧体现出以下特征：

（1）都有着明显的借古讽今的针对性。《屈原》针对抗日持久战中人民对抗战胜利信心不足的问题，通过塑造一个桀骜不驯、意志坚定的斗士屈原，以鼓舞人心。《天国春秋》直接针对国民党制造的"皖南惨剧"，以太平天国的悲剧进行警示，以保证抗战的最后胜利。

（2）抗战历史剧有着较高的艺术水准。《屈原》大气恢弘，有着诗一样的语言和剧情；《天国春秋》将历史悲剧与人性悲剧结合起来，既有极强的现实针对性，又有很高的艺术性。政治性与艺术性兼备，是抗战历史剧有广泛影响力的根本原因。

（3）抗战历史剧的风格是多样化的。如果郭沫若代表的是浪漫主义风格，阳翰笙则是历史现实主义的代表。多元化的戏剧风格使抗战历史剧呈现万紫千红的繁荣场面。

二、大后方话剧的多重奏

抗战期间，大后方戏剧的题材、类型和风格都呈现出多样化的局面。在这里，既有呼唤抗战、鼓舞人心的急就章，也有雍容华贵、大气恢弘的历史剧；既有揭露黑暗统治的剧作，又有反映普通人历史命运的剧作；既有深沉厚重、令人扼腕沉思的悲剧，也有针砭时弊、引人发笑的喜剧。多元化的戏剧景观构成了大后方戏剧的多重奏。下面以吴祖光的《风雪夜归人》（节选）为例详细探讨：

风雪夜归人（节选）

吴祖光

《风雪夜归人》创作于1942年，是吴祖光的代表作，也是他的转型之作。20世纪30年代京剧花旦魏莲生红极一时，在一个偶然的机会，与豪绅苏鸿基的四姨太玉春相识。玉春向往自由的思想深深吸引着魏莲生，他们相爱了并准备一起出走，不幸被人告密，被抓回的玉春被苏鸿基"送"给了他的朋友做姨太太，魏莲生也被迫离开此地。数年后，他重归故里，得知玉春自进入"丈夫"家门便不再开口说话而感慨万分，最终，他怀着多年对玉春的爱恋，以及对人生道路的选择毫不愧悔的心情，在风雪交加的夜晚，悄然死去。《风雪夜归人》的序幕和尾声讲述的是二十年后的事情，中间三幕正戏讲的是二十年前的事情。）

玉春：你今天是来干什么的？

魏莲生：……给院长拜寿来的。

玉春：我问你到这儿来，到这间屋子里来干什么的？

魏莲生：（有点着慌）是，是兰姑娘引我来的……

玉春：（微笑）你弄错了，我问你是为什么来的？

魏莲生：（想了起来）是您问了我的话，教我回家想明白了，今儿晚上来告诉您。

玉春：想明白了没有？

魏莲生：（颓废地）没有。

玉春：怎么没有呢？

魏莲生：（很为难地）是因为我不知道怎么想好。

玉春：那你是压根儿就没有想啊。

魏莲生：不，我也是不知道怎么说好。

玉春：那等我来问你，你先告诉我，你家原先不是梨园行的？

魏莲生：不是，由我起才唱戏。

玉春：那你爸爸是干什么的？

魏莲生：（再也想不到）我父亲？

玉春：（点头）你们老爷子。

魏莲生：已经过世了。

玉春：我知道。我问他是什么出身？

魏莲生：（说不出来）他是……

玉春：是干什么的？

魏莲生：是……

玉春：你说呀。

魏莲生：（逼急了，撒谎）他，他不干什么。

玉春：不做事？

魏莲生：是，他住在家里。

玉春：是个读书人？

魏莲生：（于心有愧）是。

玉春：不做事，住在家里，想必是很有点钱了？

魏莲生：（声极微弱）也没什么……

玉春：那我可太苦了，我才真是地地道道的苦孩子。以前的那段儿让我将来再跟你说；以后的这段儿你应该知道。

魏莲生：（为难地）不，不，我不知道。

玉春：你别装傻，这没有什么不好意思的。我十六岁就叫爸爸给卖了，我就是人家说的"青楼出身"。

魏莲生：（目瞪口呆）你！四奶奶……

玉春：吓着你吧？你想不到我就这么痛快地说出来吧？是呵，谁要是有这么一段儿可羞的事情，谁都不会说的。可是你再想想，这有什么可羞呢？这是为了穷呵！为什么我们会穷呢？

魏莲生：（茫然）为什么？

玉春：为什么也有不穷的呢？

魏莲生：（自语）为什么？

玉春：你想不到我过的那段悲惨的日子。不光是我呀，还有的是数也数不清的受苦的人呀。（忽然转出笑容）可是什么叫苦？你知道什么是苦吗？你知道

第三章　1937—1949年间的战争文学

苦里也有乐吗？

（莲生低下了头。）

玉春：去年冬天，苏院长给我赎了身，娶我当他的第四个姨奶奶。大伙儿都说："玉春，你好福气呀！你要转运喽！你再不过苦日子喽！"（用手一抬莲生的下巴）抬起头来，看着我。

魏莲生：（哭笑不得）是……

玉春：可这不算福气，也不是转运，像一只小鸟儿出了那个笼子，又进了这个笼子，吃好的，穿好的，顶多不过是当人家的玩意儿。（脸上一层阴惨）半夜三更，我神魂不定，老像有人叫着我的名字，说："玉春呀！你有罪呀！你凭什么离开你这么多受苦的朋友，你凭什么一个人去享福呀！"

（红烛上结了大灯花，光暗下来，玉春又取了烛剪把灯花剪去。）

玉春：（愤愤地）天知道我多享福来着，天知道我这身好衣裳，我吃的这些好东西，我住的这样好房子，客人的逢迎，老爷的宠爱，听差丫环老妈子的巴结，能给我多少快活。（停顿）莲生呵！我告诉你！人，都在受苦呀！我们怎么能离开我们受苦的朋友。

魏莲生：（含糊地）离开？

玉春：我想，你一定没有把自己打在受苦的人里吧？你帮人家忙，救人家难，是不是你自个儿的力量？假如是人家的力量的话，人家可又是为的什么？你还高兴，是什么值得高兴？你笑，是从心里发出来的笑吗？你想到过你是个男人吗？一个男子汉，（伸出大拇指）大丈夫……

玉春：从昨天晚上我们见了面到现在，莲生，你一点长进也没有呵！你爸爸是一个铁匠，可是你为什么瞒着不告诉我？你觉得你的铁匠爸爸会失了你的身份吗？

— 115 —

你觉着读书人就比铁匠，木匠，皮匠，花儿匠，泥水匠
要高几等么，你觉得自己……
　　　　魏莲生：不说了，不说了，不……

　　在《风雪夜归人》中，吴祖光将目光对准了那些抗战中的普通人，透视他们的命运并从中升华出启蒙的主题，这是戏剧的深刻之处。

　　在第一幕的结尾，玉春与魏莲生见面，这一"痛苦的灵魂"就向魏莲生发问："你觉着过没有？觉着你自个儿是个顶可怜顶可怜的人？……其实就不能算是人。……顶可怜的不就是自己不知道自己可怜的人吗？"问得名伶魏莲生"不知所措"。是玉春在第二幕再次出场，以精神探索的姿态对魏莲生继续追问，"你才真正是一个人了。到时候你才知道什么是快活，什么是苦恼，你才知道人该是什么样，什么样儿就算不是人。你才知道人该怎么活着。"玉春充分认识到了自己的生活状态，对达官贵人的虚伪自私看得很清楚，所以她要自救，同时也要"启蒙"魏莲生。整个追问过程语言简洁，节奏紧凑，把魏莲生的心理状态和玉春想要冲破自己，寻求自我、寻求活着的真正意义的形象刻画得很鲜明。

　　《风雪夜归人》体现出抗战时期大后方话剧的以下多重奏：

　　（1）主题的多元性。大后方话剧除了直接表现抗战，对于普通人的命运也给予充分的关照，不仅表现"救亡"的主题，还表现"启蒙"的主题，《风雪夜归人》便是一个典型的例子。

　　（2）风格的多元化。大后方话剧多数是反映爱国主题的正剧，在审美风格上倾向于"崇高严肃"，但也有不少优秀的喜剧作品，如陈白尘的《升官图》等。

　　（3）随着抗战形势的变化，大后方戏剧也发生着变化。早期大后方的戏剧激昂澎湃，中期的戏剧庄严沉郁，而后期的戏剧则更多表现普通人的人世沧桑。这也是大后方戏剧多重奏的重要组成部分。

三、解放区话剧的延展

　　除了大后方，抗战时期的解放区和沦陷区也有着异常繁盛的戏剧活动。

其中，解放区的戏剧活动更具有特色。解放区戏剧的品种很多，话剧的经典剧目有《流寇队长》《同志，你走错了路》《抓壮丁》《粮食》《把目光放远一点》等，而最能代表解放区戏剧特色的是秧歌剧和新歌剧。秧歌剧把改良后的秧歌舞蹈与民歌、话剧对白融为一体，清新自然，形式活泼，经典剧目有《兄妹开荒》《夫妻识字》《十二把镰刀》等；歌剧将西洋歌剧的形式与中国民族歌曲融合在一起，其中穿插各种曲艺，从而使其带有很强的中国特色，其经典剧目是《白毛女》。受《在延安文艺座谈会上的讲话》影响，解放区戏剧与大后方、沦陷区戏剧相比，有其自身独特的形式和内容，是战争年代值得注意的文学现象。下面以《抓壮丁》（节选）为例具体探讨：

抓壮丁（节选）

集体创作

（故事梗概：三幕话剧。吴雪、丁洪、陈戈、戴碧湘等人集体创作。原是四川旅外剧人抗敌演剧队1938年创作演出的幕表戏，1943年吴雪等人在延安对原作进行改写，由青年艺术剧院演出近百场。这是一部讽刺喜剧，写王保长为了在征兵中捞一把，一方面威胁、敲诈地主李老栓，要他的儿子当兵；一方面迫害佃农姜国富。姜出钱托李向王求情，李则用这笔钱为自己的儿子行贿。王保长正在得意忘形时，被省城归来的李老拴的大儿子率全家打了一顿，打完之后才知道双方都是蒋委员长手下的征兵官员，于是握手言和，共商抓壮丁大计。不料华蓥山游击队下山，被抓的壮丁们趁机暴动，征兵计划宣告失败。这部剧以四川方言演出，生活气息浓厚、诙谐生动，很受观众欢迎。本书所选为第二节中的一个段落。）

姜国富：我的儿子，我一家老小的靠山，命根子，又给你们抓壮丁抓去了啊!

王保长:你的儿子,又是你的儿子!我又不是当坊土地,你的儿子到哪里去了他又不到我这里来挂号!哪个抓了你的儿子你就去找哪个嘛,纠我闹干啥?

姜国富:你们还要不要我们活呀!我一辈子种庄稼,给人家做牛马。穷人的命都在你们菜板上呀!去年我的大孙子无缘无故的给你们抓壮丁的人打死了。

王保长:我说,姜老汉,你就不懂事啊!那怪得哪一个,只怪你那大孙子不听招呼,满山跑,逃避兵役嘛!

(潘驼背拉王保长走,王保长不理)

姜国富:我一家四口,就靠我儿子一个人吃饭,你们把他抓走了,叫我们一家老小还有啥子生路啊?

王保长:我说,姜老汉,你就想不开,现在,而今,眼目下打抗战,前方千千万万的壮丁,哪一个不是人生父母养的!哪一个不是有家有室的子弟呀!别人就不是亲骨肉,就你一家……

姜国富:钱!钱!钱!我给你三回钱了啊!

王保长:哪个得了你三回钱啊!

姜国富:头一回是四千块,再一回是三千,这一会又是一千块。

王保长:哪一个得了你一千块?你不要胡乱说啊!是人家李老栓出的一千块。

姜国富:啊啊,是我出的一千块哟!王保长!

潘驼背:疯子都说的清楚?走啊!

姜国富:我,我,如今是襟襟片片,坛坛罐罐都当尽卖绝,实在没有门路了啊!保长!

王保长:(又假又酸)好嘛,有钱出钱,你就是好的嘛!蒋总裁说,一切为了国家,一切为了民族。你的钱王保长都给你缴上去了嘛!打抗战的时候,大家都要吃点苦啊!你这种精神可嘉嘛!

第三章　1937—1949年间的战争文学

  姜国富：我出了钱，你们还是把我的儿子抓去了。

  王保长：这，这，哪个抓了你儿子你去找他……

  姜国富：别人三兄四弟的不抽，单单要抽我的独子、命根做啥子哟？你们吃人连血都不留，骨头你们还要熬油呀！

  王保长：（凶极）姜老汉，你反了哇！哪个三兄四弟的不抽呀？给我指出来。你捣乱兵役，破坏抗战，你好大的狗胆！了得起！找死呀！我看你真是不想活了！王保长要办你！

  姜国富：啊！啊！

  在抗战后期，国民党由于正面战场损失严重，且所征士兵存在大量流失的现象，遂在全国范围内进行"抓壮丁"，《抓壮丁》反映的正是这种现象。在戏剧中，王保长借助抓壮丁的权力为所欲为，连地主李老栓也要让他三分；而李老栓则利用与王保长较为熟悉的便利，欺骗佃农姜国富。这一环环的腐败，反映出国民党强权统治的弊端，也反映出国民党政权不得人心、岌岌可危的现实。

  《抓壮丁》在编排中巧妙地利用了四川方言，在情节安排上也汲取了四川方言剧的特长，从而使整出戏剧诙谐生动、生活气息浓厚。这种倾向，与抗战时期剧作家喜欢在民族艺术中汲取营养的风潮有关，也是《在延安文艺座谈会上的讲话》精神指导下的艺术实践——其形式和内容完全达到了"老百姓喜闻乐见"的程度。无论从哪个方面来讲，《抓壮丁》都是抗战时期解放区话剧的重要收获。

  在抗战时期，解放区戏剧自成一格，其主要体现了以下特色：

  （1）注重了戏剧形式的民族化和本土化。中国现代话剧是舶来品，解放区艺术家将之与中国传统艺术进行了"嫁接"，开创出秧歌剧、新歌剧等戏剧新品种，话剧排演也力图与地方特色联系起来，从而形成了解放区话剧清新自然的整体风格。

  （2）解放区戏剧受《在延安文艺座谈会上的讲话》指导，在追求戏剧艺术性的同时，也非常注重戏剧的通俗性，"老百姓喜闻乐见"是解放区戏剧发展的一项重要指导。

（3）解放区戏剧有很强的政治性，其主题选择和情节安排与现实政治有直接的联系，这既是解放区话剧的特色，也是其艺术探索的巨大束缚。

第四章　1949—1966年间的"十七年"文学

"十七年",在浩浩的历史长河中,在中国上下五千年的文明历程中,只能算是极短的一瞬间;但是当它被赋予特指的含义、承担了特殊的历史内容的时候,就无法忽略它在文学史上的重要作用。本章主要围绕小说题材及其创作类型化、戏剧创作及其制度化、散文叙事及其多元化展开探讨。

第一节　小说题材及其创作类型化

"十七年"的小说题材决定论比任何一个时期都突出,评判一部作品的好坏不再单纯取决于作家体验社会生活的真实性和深刻性,也不完全依据作品艺术水平的高低,更多时候是以选择怎样的题材来决定优劣。在题材问题讨论中,那些可以作为"材料"的社会生活和现象的某些方面,才是决定性的因素,作家"体验生活"由此成为司空见惯的现象。事实上,关于题材的争论始终没有停止,但这个根基没有丝毫动摇。小说题材决定论带来的最直接结果就是题材的分类越来越明显,越来越细化,从而呈现出创作类型化的发展趋势[1]。

"十七年"小说的创作题材总体而言呈现"绝非一格"的多元化特征，题材分类的意识和概念早已经是事实，例如革命历史题材、农村题材、工业题材、知识分子题材、边疆和少数民族题材等。总体而言，不同的题材在各自领域都有着不同寻常的表现，它们受到的评价和待遇截然不同。革命历史题材小说以一批红色经典撑起了半壁江山，知侠的《铁道游击队》、杜鹏程的《保卫延安》、曲波的《林海雪原》、罗广斌和杨益言的《红岩》、吴强的《红日》、梁斌的《红旗谱》、杨沫的《青春之歌》、刘流的《烈火金钢》、李英儒的《野火春风斗古城》、欧阳山的《三家巷》等均是时代亟需的文学强音。

农村题材小说直面火热的社会主义农村建设，以更加贴近现实的姿态占据了极为重要的席位，柳青的《创业史》、周立波的《山乡巨变》、赵树理的《三里湾》等构成了另一蔚然的文学景观。

工业题材小说作为"工农兵文学"中的一个分支，起步稍晚，成就不如前两者突出，得到的评价和关注度相对逊色。女作家草明是专业的工业题材小说作家，《原动力》《火车头》《乘风破浪》三部小说力图揭示中华人民共和国工业由恢复走向提高，并最终获得发展的辉煌历程。《原动力》影响巨大，出现了一批模仿者。

革命历史题材小说和历史小说就有较大的区别，革命历史是正宗的红色经典，历史小说指的是陈翔鹤的《陶渊明写〈挽歌〉》《广陵散》，黄秋耘的《杜子美还家》《鲁亮侪摘印》，冯至的《白发生黑丝》，姚雪垠的《草堂春秋》等古代"典籍"题材，它们与当代现实的象征含义间的纠葛也在日后得到了解决。农村小说和乡土小说不可同日而语，农村小说强调书写浓郁的当代农村生活，人情伦理，政治作为最重要的枢纽得以突出。而乡土小说的概念已经成为历史遗迹，无人再提起了。"当代""现代""古代"的时间范畴无形当中暴露了政治性的清晰与否，这是判定作品是否进步的重要标志。然而这又不是绝对的，在时间范畴局限内，"革命""斗

---

[1] 妥东，张丽军. 论郭澄清文学创作兼及"十七年"文学的"当代性"[J]. 当代作家评论，2019，（5）：46-58.

争""生产""建设"等宏大叙事"材料"成为真正促使了小说创作的根本源头。归根结底,只有全方位、立体性展现时代风云巨变的重要题材才会得到认可,茹志鹃的《百合花》和孙犁的《铁木前传》,尽管也是表现当代革命战争和农村建设的小说,却因为着眼于"一朵浪花"和"人性复杂"而备受冷落,可见其中的立意取向和叙述手法发挥了重要决定作用。

小说题材的分类越发泾渭分明,其重要性不言而喻,但题材毕竟是作家进行文学探索的一种概念形式,而小说通过立意取向和叙述手法才能真正描绘社会生活的丰富细节,小说创作类型化的趋势越发凸显。小说题材分类的细化是不争的事实,它是小说等级划分的基础。在诸多题材类别中,革命历史题材和农村题材备受瞩目,成就非凡,不管是数量上还是质量上都是其他题材不可相提并论的,而它们正是小说创作类型化的重要标本,这指的是文学方向、作品基调、主题立意、叙述手法和艺术风格等诸多方面的统一。

对"十七年"小说来说,"工农兵方向"是一个重要问题,这既是指工农兵作家大批涌现且迅速成为中坚力量,又是指工农兵取代其他角色成为小说中的主角。当时盛极一时的工厂史、公社史和部队史(合称"三史")创作计划获得广泛认同,力图为群众性文学创作开拓新的空间,其实是"工农兵方向"的一种体现。对当代中国而言,工业绝对是一个陌生的领域,故而工业题材小说的弱势地位一览无余。由此,革命历史题材小说和农村题材小说自然代表了"工农兵方向"的正宗地位。杨沫对《青春之歌》中林道静的改写和提升,采取的方法是将她置于广阔的农村生活进行锻炼,与农民同吃同住同斗争,最终获取革命的精髓与要义,成长为一名共产主义战士,"农"和"兵"是她取得成功的两个重要因素。

"十七年"小说将积极乐观、昂然向上的宏大叙事传统发展到了极致,强调矛盾斗争、塑造典型形象的"戏剧理念"在小说当中得到了淋漓尽致的体现。敌我之间界限分明,存在着唯一关系,人物形象在各自阵营内的"排列"和"归位"事先得到规划,彼此之间不可逾越。小说刻画人物形神毕肖,语言生动风趣,2019年9月23日《三里湾》入选"新中国70年70部长篇小说典藏"。

第二节　戏剧创作及其制度化

"十七年"的戏剧创作是国家领导下的文学行动，国家将戏剧纳入管辖和控制范围，使得戏剧创作朝着制度化方向发展。中央政府和国家领导人规划进行戏剧改革，文化部要求各省级行政区和各大城市成立"专业化""正规化"的剧院或剧团，例如中央戏剧学院、北京人民艺术剧院、上海人民艺术剧院、中央实验话剧院等，它们成为推广戏剧的权威部门。全国大型戏剧刊物，如《人民戏剧》和《剧本》，为活跃创作和理论探讨提供了园地，也是党和政府文化政策的宣传阵地。戏剧作家队伍建设粗具规模，将来自不同区域的戏剧工作者集结在"新的人民的文艺"旗帜下，除了郭沫若、丁西林、李健吾、老舍、曹禺、田汉、夏衍、于伶、陈白尘、马健翎等老作家之外，胡可、史超、白桦、赵寰、陈其通、沈西蒙、所云平、丁一三、崔志德等是20世纪50年代崛起的青年作家，成为戏剧创作的主要力量，新旧两代作家的共同点在于按照主题先行和外部情节冲突来展开，戏剧结构模式初步形成。戏剧的"观摩"演出制度进一步加强了国家对戏剧创作的管理和规范，既起到了交流和宣扬的作用，又为规范写作和树立典型提供了保证。戏剧创作出现了以下两次比较明显的繁荣局面：

第一个阶段是中华人民共和国成立初期至1952年，戏剧改革运动的序幕拉开。首先是对旧剧的挖掘、审定和整理提上了议事日程，旧艺人也被整编进戏曲剧团之中，"改戏、改人、改制"要求在党中央文化部统一部署范畴内进行。1952年10月中央文化部举办的第一届全国戏曲观摩演出大会上共上演82个剧目，其中经过整理的传统剧目有63个，重新编定的历史剧有11个。湖南花鼓戏《刘海砍樵》、越剧《梁山伯与祝英台》、京剧《将相和》、川剧《秋江》、评剧《小女婿》、楚剧《葛麻》、秦腔《游龟山》等都是"推陈出新"的成果。其次是现代话剧创作初见成效，显示出中华人民共和国充满生机的时代特点，既有反映新人新事的剧作，如鲁煤的《红旗歌》，老舍的《龙须沟》，杜印、刘相如、胡零的《在新事物的面前》,魏连珍的《不是蝉》等,也有回顾革命战争年代的题材剧作,如刘沧浪的《母亲的心》、胡可的《战斗里成长》、宋之的《打击侵略者》、傅铎的《冲破黎明前的黑暗》等,它们大多数发表了单行本,产生了广泛影响。

第二个阶段是1953—1962年,一共出现了两次戏剧创作的高潮:第一次是1956年前后,戏剧创作得到发展,反映农业题材的作品有安波的《春风吹到诺敏河》、孙芋的《妇女代表》、田心上的《妯娌之间》、舒慧的《黄花岭》等,反映工业题材的作品有崔德志的《刘莲英》、艾明之的《幸福》、夏衍的《考验》、兰澄的《不平坦的道路》、丛深的《百年大计》等,反映革命战争题材的作品有陈其通的《万水千山》、杜宣的《无名英雄》、沈西蒙的《杨根思》、胡可的《战线南移》、邢野的《游击队长》等。戏曲改革取得了丰硕成果,通过对传统剧目进行"去芜存菁"和对上演剧目进行"抑浊扬清"结合起来的实践经验,大量传统剧目实现了艺术再创造和功能再发挥。

1956年6月第一次全国戏曲剧目工作会议提出了有组织有计划地进行传统剧目的"推陈出新"目标,整理和革新成为工作常态。据刘芝明发表于《戏剧报》1957年第9期的《大胆放手开放戏曲剧目》一文记载,全国挖掘的传统剧目数字可观,有名目的为51867个,有文字记录的为14632个,初步整理的为4223个,公开上演的为10520个。歌剧创作取得显著发展,北京和上海等大城市建立了实验歌剧院,歌剧的专业化程度提高。1957年中国剧协和中国音协召开了"新歌剧讨论会",强调将本国歌剧传统和外国歌剧经验相结合,开拓了新歌剧的发展方向。《刘胡兰》《小二黑结婚》《草原之歌》《迎春花开了》《风雪摆渡》《海上渔歌》等一批比较优秀的作品受到群众欢迎。

这一阶段的第二次戏剧创作高潮出现在1962年前后,党中央政治经济领域实行的"调整、巩固、充实、提高"方针对20世纪50年代的文艺政策也进行了调整,这样才一步步纠正了自1958年以来戏剧界掀起的大放"卫星""赶任务""写中心、演中心、唱中心"的公式化、概念化倾向。随着"第四种剧本"得到肯定和评价,剧作家们的创作积极性调动起来了,话剧创作和历史剧创作都取得了不小成就。话剧作品有沈西蒙等的《霓虹灯下的哨兵》、赵寰的《南海长城》、冯德英的《女飞行员》、胡万春等的《激流勇进》、刘川的《第二个春天》、孙维世的《初升的太阳》、兰澄的《丰收之后》等，这些作品比较忠实于从现实生活出发，塑造了个性鲜明的人物形象[1]。

  1962年9月随着中共八届十中全会上提出"千万不要忘记阶级斗争"的口号，当代戏剧进入第三个发展阶段，集体创作成为普遍现象。1964年在北京举行的首届全国京剧现代戏观摩大会共展出了36个现代京剧，其中最引人注目的作品有翁偶虹和阿甲改编的《红灯记》、汪曾祺等改编的《芦荡火种》、上海京剧院集体改编的《智取威虎山》、李师斌等编剧的《奇袭白虎团》、天津京剧团改编的《六号门》以及赵化鑫等改编的《草原英雄小姐妹》等。这些现代京剧进行了大刀阔斧的"改制"，主要体现在改变了传统戏曲以生、旦、净、末、丑的表演行当为主的表演体制、以曲联体或板腔体为主要形式的音乐体制、以分场及空间不固定为主要原则的文学体制和以"随意赋形"为基本观念的舞美体制。歌剧方面，产生轰动效应的有湖北省实验歌剧团集体创作，张敬安、欧阳谦叔作曲的《洪湖赤卫队》，阎肃编剧，羊鸣、姜春阳作曲的《江姐》，柳州市创编组创作，广西壮族自治区歌舞团改编的《刘三姐》等，在民族传统风格的继承和外国歌剧表现手法的追求上努力尝试融合与渗透。这些戏剧均为"千锤百炼"之作，戏剧性与抒情性、戏剧的艺术效果和文学的欣赏价值结合得较为完美，是当代戏剧改革的一个重要里程碑。

  在思想解放的背景下，戏剧创作冲破束缚，取得了有限的突围。1957年关于"第四种剧本"的提法就是对此的探索，"第四种剧本"其实就是要求突破"题材决定论"和"无冲突论"，强调直面现实，干预生活，揭露矛盾，突破"人性"和"人道主义"禁区，大胆深入人物的心灵世界，扩大戏剧的表现功能，代表作品有杨履方的《布谷鸟又叫了》、海默的《洞箫横吹》、岳野的《同甘共苦》、何求的《新局长来到之前》、鲁彦周的《归来》、熊佛西的《上海滩的春天》等。此外，老作家郭沫若和老舍等也加入了戏剧探索的队伍中。

---

[1] 高玉. 中国现当代文学史教程[M]. 上海：上海人民出版社，2018.

第四章　1949—1966年间的"十七年"文学

郭沫若在《蔡文姬》和《武则天》中延续"三个叛逆的女性"(《聂嫈》《卓文君》《王昭君》)关注传统妇女解放的问题。郭沫若的历史剧《武则天》为颇有争议性的历史人物武则天赋予新的含义,使得她从饱受非议和嘲讽的反面人物转向称赞和歌颂的正面人物。武则天与太子贤、裴炎、徐敬业等反对派之间的斗争在剧中以平息"叛乱"的面目出现,这为她的形象定了基调,在此之中她处处以兵法谋略和斗争艺术取胜,更重要的地方在于她热爱百姓,宽厚仁慈,知人善用,以崇高的道德感召力量取得了广泛拥戴。关于《蔡文姬》,郭沫若一改旧辙,从人文主义出发,将蔡文姬置于女性解放的背景内,她不再是受辱者,而是主动离家,肩负重任。郭沫若一直自喻为蔡文姬,两人都是历经困苦和磨难而终被委以重任,知识分子身处逆境与不甘沉沦都是相通的,在共同的人生体验之上表达出国家安定和民族团结的思想主题。《蔡文姬》中的曹操也成为促进民族文化发展的功臣。

老舍的《茶馆》是"十七年"文学的典范之作,为新文学传统的继承,取得了创新之举。

首先,时空艺术的巧妙处理和深刻隐喻,这既避免了公式化、概念化弊病,又避免了遭受不必要的批判。《茶馆》重现了中国大半个世纪的历史风云变幻,反映了从1898年戊戌变法到1945年抗战胜利的社会历史变迁。在空间呈现上,老舍选取了一个小小的"茶馆",并安排了形形色色的人物混迹其中,因此成为社会的一个缩影。"茶馆"并非只是一个单纯的政治隐喻体,同时也是一个文化展览场所,不同身份的人们在这里展现人际交往和文化冲突,这又是老舍的专长,足以发挥他的才华,这才保证了作品的艺术质量。

其次,老舍采用了"侧面透露"的艺术表现手法,以"茶馆"作为定点,通过场景的转换以及众多的"提示"和"穿插"画外音,将三教九流的人物群像联系起来,通过他们的命运来反映社会变迁,重大的历史事件和政治风云统统一览无余呈现出来。这样,在不同时代的场景中,观众既看到了不同历史时代的跟进与联系,又真切地感受到了社会的沉浮与荣衰。《茶馆》描绘的三个时代是中国20世纪最动荡的几十年,老舍让70多个人物轮番出场,完成了埋葬旧社会的主题,同时从侧面透露了历史发展的迹象与走向,这是当代戏剧的大胆革新,正如作家所说我的写法多少有点新的尝试，没完全叫老套子捆住。

最后，老舍难能可贵地通过《茶馆》复活了戏剧文学的悲剧审美艺术，这在"十七年"阶段是相当少见的现象。1957年，老舍发表《论悲剧》一文，是他对社会主义文学有无悲剧的思考和探索。老舍坚信悲剧存在于任何一个社会制度，不仅因为悲剧是一种生活现象，更是一种审美艺术。从内容来看，《茶馆》就是不同时代的社会悲剧的先后上演，而人物悲剧的穿插进一步强化了社会悲剧的不可避免。老舍展示了苦难的历程，促使人们思考解放的途径，《茶馆》将"十七年"文学提升了一个档次。

老舍的《茶馆》体现了"十七年"文学真正意义上的世界性因素，创造了"罕见的第一幕"，从形式上看，《茶馆》似乎更接近西方戏剧。《茶馆》不仅继承了"五四"文学传统，而且是西方现代戏剧理论在当时中国的成功运用。老舍尝试用小说技法来创作《茶馆》，将"小说戏剧化"的构思技巧推向了巅峰。《茶馆》表现人物采取了契诃夫的"人像展览式"戏剧结构，发挥了以人物带动故事的优势，同时又根据人物的主次关系将他们组成一个有机整体，将众多的人物组织在一起，这对于吸引观众的注意力会起到很大作用。为了吸引观众，《茶馆》采用了布莱希特的"间离化"艺术技巧，文中大量出现的"提示""穿插"和"说明"等非常明显的主观叙述使得读者很容易跳出戏外，积极参与作者的话语言说，同时对于人生和社会进行了不断的反复的思索和追问。

另外，老舍也尝试运用象征、荒诞、内心独白等现代技巧。在"十七年""主题决定论"的大环境下，老舍通过《茶馆》不断尝试形式上的创新，是他早期学习西方一些新的文学观念和文学技巧在"十七年"文学的延伸和运用。老舍通过《茶馆》不仅是在歌颂新的社会带给人民新的生活，同时也在思考取得革命胜利之后，我们这样一个社会主义国家如何实现与外界的交流，既包括政治和经济的来往，又包括文化和观念的渗透，在此开放的基础之上建立健全的世界观。

第四章 1949—1966年间的"十七年"文学

第三节 散文叙事及其多元化

"十七年"散文呈现"忽兴忽替"的曲折发展形态,既要体现自由化的文体特征,又要遵从主流思想;既要展现散文的真实本质,又要受制于"公式化""概念化"的限制;既要按艺术规律来办事,又要逢迎政治的诉求。"十七年"散文在与政治的逢迎中逐渐减弱了真实品格,加上作家在缄默与喧哗两极延伸,使散文在"萧条"与"繁荣"之间摇摆。"五四"散文主要是鲁迅所说的"散文小品"和周作人的"美文",强调个人化的抒情性和艺术性。而"十七年"散文强调从集体化的立场出发,以"报告"的姿态呼应现实,叙事性和议论性都得到了极大发展,演化趋势相当明显[1]。

"十七年"以通讯报道为主的特写类散文大批涌现,它们以写人记事为主,追求"实录"风格。在表现内容上,特写类散文主要有两种题材:一种是反映抗美援朝的革命战争题材,突出的作品有魏巍的《谁是最可爱的人》《依依惜别的深情》,刘白羽的《朝鲜在战火中前进》《英雄城——平壤》,巴金的《生活在英雄们的中间》《我们会见了彭德怀司令员》,菡子的《我从上甘岭来》《和平博物馆》,靳以的《祖国——我的母亲》,华山的《远航集》以及集体创作的作品集《志愿军一日》《志愿军英雄传》《朝鲜通讯报告选》等。这些作品燃烧着激情的火焰,以政治宣谕的方式表达出对于历史、现实、国家地位和国际主义等重大问题的关注。另一种题材是刻画社会主义建设过程中不断涌现的在平凡的岗位上做出不平凡成绩的人物,重要的作品有秦兆阳的《王永淮》《姚良成》《老羊工》,沙汀的《卢家秀》,柳青的《王家斌》,肖殷的《"孟泰仓库"》,孙犁的《齐满花》,陆扬烈的《边老大》,魏金枝的《任樟元和三个地主》,等等,体现出社会主义新人应有的才华。

---

[1] 罗长青."十七年文学"概念源起及其研究的合理性问题[J]. 南方文坛,2018,(4):84-90.

经典回眸
20 世纪中国现当代文学的分期探索

20 世纪 50 年代中期，散文把探索的触角伸向杂文和美文，这与 1956 年展开的文艺方针有着密切关系，作家创作观念的解放带来了散文文体的革新，一批作家开创了当代文学体现个人抒情与个性表述的先河。杂文创作颇具规模，并被当成一种散文典型，深受欢迎。在较为宽松的文艺政策下，报刊为散文的复兴起到了推波助澜的作用。1956 年 7 月 1 日，《人民日报》文艺副刊登载"稿约"《副刊需要哪些稿件？》，呼吁"散文的春天"，引起文艺界的强烈反响，作家情绪高涨，散文创作获得很大成功。其中，涌现出广为流传的作品，如魏巍的《我的老师》、姚雪垠的《惠泉吃茶记》、万全的《搪瓷茶缸》、老舍的《养花》、丰子恺的《庐山面目——庐山游记之一》、巴金的《秋夜》、何为的《第二次考试》、艾芜的《忆开罗》、萧干的《草原即景》、徐开垒的《竞赛》、钦文的《鉴赏风景如画》、柳杞的《夫妻船》、黄苗子的《豆腐》等。这些散文大都短小精悍，以千字为宜，以个性化的语言表述和个体性的情感表意为主，实为自然流露，而非造作之词。

实际上，每篇散文都在探讨对生活的热爱，是平常的生活即景或触动人内心世界最为微小的片段的缀连，体现出艺术和生活所存在的构建力量。魏巍的《我的老师》记叙了一位女老师蔡芸芝用点滴的生活事迹去熏陶和培育"心清如水的学生"。老舍的《养花》娓娓道来养花的喜与忧、笑与泪、色与美，逼真动人。丰子恺的《敬礼》刻画了两只蚂蚁慷慨互助的行为，赞美了它们"高不可仰"的崇高精神。黄苗子的《豆腐》以佐餐美味的豆腐展现了多彩的生活风貌和思乡情怀，读来丝丝入扣，为之动容。这些散文可谓篇篇精品，形式灵活，语言流畅，笔意翻新，摆脱了意识形态的束缚与钳制，赋予文学作品的艺术性，在一定程度上恢复了散文的纯净本质。

20 世纪 60 年代初期，散文创作的"专业户"开始涌现，出现了著名的三大散文家杨朔、秦牧和刘白羽。同时，冰心、巴金、李健吾、李广田、徐迟、曹靖华、周瘦鹃等现代名家宝刀不老，加入了散文书写的新时代。其他著名散文作家还有碧野、靳以、袁鹰、菡子、柯蓝、冯牧、秦似、严阵、方纪、郭风、林遐、杨石、陈残云、吴伯箫、翦伯赞、黄秋耘、韦君宜、魏焰钢、林斤澜、马识途等。邓拓的"燕山夜话"和邓拓、吴晗、廖沫沙的"三家村札记"两个杂文专栏颇具锋芒，家喻户晓。此外，许多报纸杂

第四章　1949—1966年间的"十七年"文学

志开辟专栏刊发理论文章,企盼打开新的探索思路和空间,《人民日报》《光明日报》《羊城晚报》《文艺报》和《文汇报》等为其中的代表性平台,它们发表了老舍的《散文重要》、李健吾的《竹简精神——一封公开信》、吴伯箫的《多写些散文》、凤子的《也谈散文》、萧云儒的《形散神不散》等倡导散文创作的文章,寄托了对于散文发展的理论思考。

一批较为成熟和具有影响力的散文集如雨后春笋般出现了,包括杨朔的《东风第一枝》、秦牧的《花城》、刘白羽的《红玛瑙集》、冰心的《樱花赞》、吴伯箫的《北极星》和陈残云的《珠江岸边》等,这标志着散文作家群日渐成熟。在相对宽松的环境下,散文创作达到了巅峰状态,直至1961年被誉为"散文年"的出现,颇具时代色彩的作品竞相如花绽放,包括杨朔的《茶花赋》、秦牧的《土地》、刘白羽的《长江三日》、冰心的《樱花赞》、曹靖华的《花》、吴伯箫的《记一辆纺车》、魏焰钢的《船夫曲》、林斤澜的《龙潭》、李健吾的《雨中登泰山》、杨石的《爱竹》、翦伯赞的《内蒙访古》和宗璞的《西湖漫笔》等。不过,这种探索极为有限。散文创作在演化趋势方面仍有表现,那就是,人物和场景代表了时代的思想,主题和内容传达了时代的概念,发展的深度和广度局限于一定程度的表意言说。

杨朔、刘白羽和秦牧体现了散文创作的最高成就,从中可以管窥"十七年"散文的思想风貌、价值取向和艺术水平。三大主要散文作家的崛起并非空穴来风,但也并非水到渠成,不管是其文学创作还是艺术追求均经历了一个浮浮沉沉的过程,有其特殊的政治原因、时代需要和主体诉求。从历史发展考察,"十七年"散文要求更多体现"社会"和"时代"的宏大面相,表现"身外大事""时代侧影",而非身处自然风景、细腻情感或者风俗文化的人之发现。散文在意识形态的影响下,回到了讲究"文以载道"的传统,散文主体日渐失落,散文演化趋势日益突出。杨朔的《荔枝蜜》《雪浪花》和《香山红叶》的主题很明显,尽管它们都是清晰、简洁而精致的故事,但是杨朔有意地加入了较多的想象,或者说是有意采用浪漫的手法来营造诗意氛围,烙上了革命的现实主义与革命的浪漫主义相结合的痕迹。

刘白羽的《长江三日》通过外在的感官与内在的洞察两方面的意象与意境向读者展示了战争文化心理是其豪迈壮美风格的实际渊源,是作家自己认识世界的萌芽阶段，这种认识使得他保持了在对政治、思想意识及社会学等抽象问题上的明确与坚定。秦牧的《花城》《土地》《古战场春晓》和《社稷坛抒情》对现代文学中的学者散文的书写内容和表现形式进行了一定程度的接棒和延续，但因为种种原因而不得不进行转向和改写。秦牧的学者散文知识性、趣味性和思想性的统一与抒发在"十七年"文学中称得上"独门绝技"，占有相当的地位。

秦牧擅长运用联想和想象揭示生活与当时提倡的革命现实主义、革命浪漫主义相结合的创作方法有着密切关系，显现出鲜明的时代环境影响的痕迹，这是作家保证作品内容顺利展开的重要手段之一。

第五章 1977—1989年间的新启蒙文学

1979年10月30日,第四次全国文代会在北京召开,会议重新肯定"十七年"(1949—1966)的文学成就,调整了文艺的"二为"方针,以"文艺为人民服务,为社会主义服务"作为新的历史时期及今后的文艺方针,重新确立了"文学是人学"这一命题,文学的现实主义精神得以恢复,文学的多元化格局得以形成,文学迎来了"新启蒙时代"。本章主要围绕新启蒙时代的小说文学、新启蒙时代的诗歌文学、新启蒙时代的话剧文学、新启蒙时代的散文文学以及新启蒙时代的报告文学展开论述。

第一节 新启蒙时代的小说文学

新启蒙时代又被人们称为"新时期",这一时期虽然涌现了一大批有为的作家,但作为这一时期的重要作家,王蒙与张贤亮的小说无疑具有积极的先锋意义。在1979—1980年间,王蒙接连以意识流的手法创作出一批令人耳目一新的探索小说,如《风筝飘带》《蝴蝶》《布礼》《春之声》《夜的眼》《海的梦》等,使他的创作进入一个新的历史阶段。这些小说,有对历史的深刻反思,有对现实的理性探索,有对传统思维的大胆突破,有对外来表现技巧的借鉴创新，给当时的文坛吹来了一股清新的风。张贤亮的《邢老汉和狗的故事》力透纸背，深化了"伤痕文学"的创作，而他的"唯物主义启示录"——《绿化树》与《男人的一半是女人》等，以人性撬动历史，轰动文坛，"反思文学"因之转型。

一、王蒙的小说文学

作为新启蒙时代的重要作家，王蒙与张贤亮的小说无疑具有积极的先锋意义。王蒙（1934—　），生于北京，祖籍河北沧州，当代著名作家、学者，曾任《人民文学》主编，中国作协副主席、党组副书记、文化部部长、党组书记等职。著有著名作品《青春万岁》，以及极具艺术性的《活动变人形》等众多作品。据统计，他著名的长篇小说约有一百部，写作最大特点就是能够反映我国近现代发展过程，因此，王蒙也被认为是最具有活力的作家之一。有《王蒙文存》23卷问世。下面以王蒙《春之声》节选为例具体探讨：

春之声（节选）

咣地一声，黑夜就到来了。一个昏黄的、方方的大月亮出现在对面墙上。岳之峰的心紧缩了一下，又舒张开了。车身在轻轻地颤抖。人们在轻轻地摇摆。多么甜蜜的童年的摇篮啊！夏天的时候，把衣服放在大柳树下，脱光了屁股的小伙伴们一跃跳进故乡的清凉的小河里，一个猛子扎出十几米，谁知道谁在哪里露出头来呢？谁知道被他慌乱中吞下的一口水里，包含着多少条蛤蟆蝌蚪呢？闭上眼睛，熟睡在闪耀着阳光和树影的涟漪之上，不也是这样轻轻地、轻轻地摇晃着的吗？失去了的和没有失去的童年和故乡，责备我么？欢迎我么？母亲的坟墓和正在走向坟墓的父亲！

方方的月亮在移动，消失，又重新诞生。唯一的小方窗里透进了光束，是落日的余晖还是站台的灯？为什

第五章　1977—1989年间的新启蒙文学

么连另外三个方窗也遮严了呢？黑咕隆咚，好像紧接着下午便是深夜。门咣地一关，就和外界隔开了。那愈来愈响的声音是下起了冰雹吗？是铁锤砸在铁砧上？在黄土高原的乡下，到处还靠人打铁，我们祖国的胳膊有多么发达的肌肉！呵，当然，那只是车轮撞击铁轨的噪音，来自这一节铁轨与那一节铁轨之间的缝隙。目前不是正在流行一支轻柔的歌曲吗，叫作什么来着——《泉水叮咚响》。如果火车也叮咚叮咚地响起来呢？广州人可真会生活，不像这西北高原上，人的脸上和房屋的窗玻璃上到处都蒙着一层厚厚的黄土。广州人的凉棚下面，垂挂着许许多多三角形的瓷板，它们伴随着清风，发出叮叮咚咚的清音，愉悦着心灵。美国的抽象派音乐却叫人发狂。真不知道基辛格听我们的杨子荣咏叹调时有什么样的感受。旧剧锣鼓里有噪音，所有的噪音都是令人不快的吗？反正火车开动以后的铁轮声给人以鼓舞和希望。下一站，或者下一站的下一站，或者许多许多的下一站以后的下一站，你所寻找的生活就在那里，母亲或者孩子，友人或者妻子，温热的澡盆或者丰盛的饮食正在那里等待着你。都是回家过年的。过春节，我们的古老的民族的最美好的节日，谢天谢地，现在全国人民都可以快快乐乐地过年了。再不会用"革命化"的名义取消春节了。

还真有趣。在出国考察三个月回来之后，在北京的高级宾馆里住了一阵——总结啦，汇报啦，接见啦，报告啦……之后，岳之峰接到了八十多岁的刚刚摘掉地主帽子的父亲的信。他决定回一趟阔别二十多年的家乡。这是不是个错误呢？他怎么也没想到要坐两个小时零四十七分钟的闷罐子车呀。三个小时以前，他还坐在从北京开往x城的三叉戟客机的宽敞、舒适的座位上。两个月以前，他还坐在驶向汉堡的易北河客轮上。现在呢，他和那些风尘仆仆的，在黑暗中看不清面容的旅客们挤在一起，就像沙丁鱼挤在罐头盒子里。甚至于他辨别不出火车到底是在向哪个方向行走。眼前只有那月亮似的光斑在飞速移动，火车的行驶究竟是和光斑方向相同抑或相反呢？他这个工程物理学家竟为这个连小学生都答得上来的、根本算不上是几何光学的问题伤了半天脑筋。

他已经有二十多年没有回过家乡了。谁让他错投了胎？地主，地主！一九五六年他回过一次家，一次就够用了——回家待了四天，却检讨了二十二年！使他惶惑的是，难道人生一世就是为了作检讨？难道他生在中华，就是为了作一辈子的检讨的么？好在这一切都过去了。斯图加特的奔驰汽车工厂的装配线在不停地转动，车间洁净敞亮，没有多少噪音。西门子公司规模巨大，具有一百三十年的历史。我们才刚刚起步。赶上，赶上！不管有多么艰难。哞，哞，哞，快点开，快点开，快开，快开，快，快，快，车轮的声音从低沉的三拍一小节变成两拍一小节，最后变成高亢的呼号了。闷罐子车也罢，正在快开。何况天上还有三叉戟。

尘土和纸烟的雾气中出现了旱烟叶发出的辣味，像是在给气管和肺作针灸。梅花针大概扎在肺叶上了。汗味就柔和得多了。方言的浓度在旱烟与汗味之间，既刺激，又亲切。还有南瓜的香味哩！谁在吃南瓜？×城火车站前的广场上，没有见卖熟南瓜的呀。别的小吃和土特产倒是都有。花生、核桃、葵花籽、柿饼、醉枣、绿豆糕、山药、蕨麻……全有卖的。就像变戏法，举起一块红布，向左指上两指，这些东西就全没了，连火柴、电池、肥皂都跟着短缺。现在呢，一下子又都变了出来，也许伸手再抓两抓，还能抓出更多的财富。柿饼和枣朴质无华，却叫人甜到心里。岳之峰咬了一口上火车前买的柿饼，细细地咀嚼着儿时的甜香。辣味总是一下子就

第五章　1977—1989年间的新启蒙文学

能尝到，甜味却埋得很深很深。要有耐心，要有善意，要有经验，要知觉灵敏。透过辛辣的烟草和热烘烘的汗味儿，岳之峰闻到了乡亲们携带的绿豆香。绿豆苗是可爱的，灰兔子也是可爱的，但是灰色的野兔常常要毁坏绿豆。为了追赶野兔，他和小柱子一口气跑了三里，跑得连树木带田垅都摇来摆去。在中秋的月夜，他亲眼见过一只银灰色的狐狸，走路悄无声息，像仙人，像梦。

《春之声》小说中的故事源于一个联想，主人公通过一次坐车经历，将自己所听到的内容进行了一系列联想，正是这次联想让人们能够感受到新时代的到来。伴随着新时代的到来，人们仿佛从漆黑的世界里看到了光明，在寒冷的冬日感受到了一丝温暖，这就使得人们对生活又充满了向往。《春之声》这部作品在艺术手法上做了大文章，通过此部作品能够感受到人类内心的真实想法，还能够清楚看到人性的弱点以及人类复杂的想法。文章最为精彩的部分是，通过对主人公内心活动的详细描写来突出性格特点，此外，还能够反映一定的社会现象。这种"放射性"的文章结构，不仅能够让人产生丰富的想象，还能够通过多方面、多角度剖析社会。

《春之声》是一部典型的意识流小说，这种小说的类型与传统小说存在着较大差异，意识流小说与传统小说最大的不同是，意识流小说一般不会遵循相对死板的时间发展顺序展开叙述，更多采取跟随人物意识来系统描述，小说的叙述形式相对自由。打破了时间及空间的束缚，通过主人公以及其他人物的意识构成文章的主线，时间变化多端，看似有些混乱，但是通过仔细分析后，能够发现内部的相关性，更具有艺术性、抽象感。意识流小说另一重要特点就是主要围绕当下的事件展开具体论述，以此为中心向四周辐射，这样才能够发散人的思维，并突出意识的重要性，从而达到预期的效果。王蒙意识流小说的特点亦可作如是观。不过，王蒙的意识流小说还是"中国式的意识流小说"，即其逻辑关系较为清楚，有机可寻，而不是天马行空，无拘无束。他的象征手法的运用，如以新的火车头与旧的车厢喻新旧之关系，也具有鲜明的时代特色。这对于久离世界文坛的中国文学界来说，都给人以新鲜感[1]。

二、张贤亮的小说文学

张贤亮（1936—2014），江苏盱眙县人，在他的事业初期，主要负责文学社的编辑工作，在《朔方》杂志社任职一年后，开始了自己的创作之路。他专注于文学作品创作，还担任作协主席一职，著名作品有《肖尔布拉克》《男人的一半是女人》，此外，极具社会影响力并且倍受众多男性读者喜爱的《男人的风格》也出自他手。张贤亮早期主要创作文学作品，后期在影视行业也做出了一番事业，对宁夏的文化产生了重要影响的华夏西部影视就是他的重要产业。下面以《邢老汉和狗的故事》节选为例详细探讨：

邢老汉和狗的故事（节选）

二

邢老汉解放前扛了十几年长工，一直没有能力娶个女人。解放后，他分得了几亩河滩地。那一年他才二十多岁，凭他下的苦力和在农业生产上的技能，那几亩河滩地居然也长出了丰盛的庄稼。那时，他对未来真是满怀信心，而日子也的确一年比一年好起来。到了四十岁那年，别人给他说了个女人。当然，也没有好的姑娘愿意跟一个四十岁的半大老汉。他的女人老是病病歪歪的，结果跟他一起生活了八个月就死了。在这八个月里，连置家带看病，他把几年的积蓄都折腾光了。不过，这一年正是大搞合作化的一年，现实的遭遇真正使他认识到了单干无法抵御不测的天灾人祸，于是他把几亩河滩地、一头毛驴和他自己都投进社里。一两年中，生活真的有了起色，他的希望又在一个坚强的集体中重新萌生出来。

---

[1] 谷鹏飞.现代性启蒙与新时期文学的身份认同[J].云南大学学报（社会科学版），2019，18（6）：81-85.

第五章 1977—1989年间的新启蒙文学

但是，正在他张罗着再娶个女人的时候，他本人被编入炼钢大军拉进山里去"大炼钢铁"了。他准备娶的那个寡妇并没有等他的义务，就又另找了个主儿。

以后，虽然由于在生产劳动上实行了协作与分工，由于在土地上投入了大量的劳动力，由于引进了化学肥料和简单的农机具，土地的产量是比过去有所提高，但交公粮、售余粮、卖贡献粮、留战备粮的数量总是超过提高的部分。有几年，上面派下的收缴任务甚至只有叫农民饿肚子才能完成。这样，邢老汉只好仍旧打他的光棍了。

然而，世界是会变化的，生活也是曲折的，这条简单的哲理在这个乡下老头子身上也体现出来了。

一九七二年，邻省遭了旱灾，第二年开春，就有一批一批灾民拥到这个平川地区。他们有的三五成群，有的拉家带小，也有的独自行乞。他们每个人都背着一条肮脏的布口袋，还准备乞讨一些干粮带给留在家乡的亲人。在城市的饭馆里、街道上、火车站的候车室里，都有像蝗虫一样的灾民。在城市民兵轰赶他们以后，他们就深入到穷乡僻壤里来了。

一天中午，邢老汉正准备做饭，忽然听到门外有个操外乡口音的女人叫道："大爷，行行好，给一点吧！"乞怜的声音打动了他，他把虚掩的门开开，看见外面站着一个三十多岁的蓬头垢面的女人。他把她让了进来，叫她坐在炕上，就忙着做两个人的饭。一会儿，要饭的女人看出了这个老汉做饭时笨手笨脚，就小声地说："大爷，你要不嫌弃，我来做这顿饭吧。"邢老汉高兴地答应了，自己装了一锅子烟弓着腰坐在炕上。女人洗了手就开始做饭，动作又麻利又干净。同样的面，同样的调料，可是邢老汉觉得这是他五十多年来吃得最香的一顿饭。两个人都吃了满满两大碗汤面，邢老汉还嫌不够，看到要饭的女人像是也欠点，又叫再做些。

正在做第二次饭的时候，村东头的魏老汉推门进来了。"嗬！我说你咋还不套犁去呢，闹了半天是来客了。"

"哪……"邢老汉不知为什么脸红了起来，讷讷地说，"要饭的，做点吃的，吃了就走……"

魏老汉是这个生产队队长的本家三叔，又是队上的贫协组长。"唉——可怜见的，妇道人家出来要饭。"他在门坎上一蹲，掏出一支香烟。"老是说啥复辟了咱们要吃二遍苦、受二茬罪哩，我看哪，现时就复辟了，咱庄户人就正吃着二遍苦、受着二茬罪哩。是陕北来的吧？家里还有啥人？"

"就是。家里还有两个娃娃，公公婆婆。"女人低着头腼腆地回答。

"别害臊，这不怪你。民国十八年我也要过饭，我女人也要过饭，遭上年馑了嘛。家里人咋办呢？"

"我们公社一人一天给半斤粮，我出来就少个吃口，省下他们吃。"锅里水开了，女人忙把面条下到锅里。魏老汉看见她切的面又细又长，和城里压的机器面一样。

"啧，啧！好锅灶！"魏老汉灵机一动，爽朗地说，"我看哪，风风雨雨的，要饭遭罪哩。现在要饭又不像过去，每家每户就这么点粮，谁给呢！再说还这里盘那里查的，干脆你就留在这里吧，给邢老汉做个饭干个啥的。邢老汉让你吃不了亏，这可是个老实人，我知道。"

女人背着脸用筷子在锅里搅和，没有答话。魏老汉转向邢老汉说："你先去把犁套上，天贵正找你呢，那几个后生近不到青骡子跟前，套了犁再来吃饭。"天贵就是他那当队长的本家侄儿。

邢老汉把烟袋别在腰上，到马圈去了。抽两袋烟的工夫，魏老汉也到了马圈，喜笑颜开地拍着邢老汉的肩膀说："狗日的，你先人都得谢我啦！人家愿意留下了，跟你过日子。眼下她口还没说死,以后你好好待人家,再生下个一男半女的,她的心就扎下了。有钱没有?没钱的话打个条子,我给天贵说说,先在队上借点,给人家扯件衣服。"

邢老汉咧着嘴笑着,满脸的皱纹都聚在一起了。晚上收工,他一进门,女人就不声不响地给他端上碗热腾腾的"油汤辣水"的面条。她自己也坐在炕下的土坯上吃着。她梳洗了一下,再也看不出是个要饭的乞丐了。吃完晚饭,邢老汉叼着烟锅想说点什么,女人在洗锅抹碗,他才发现整个锅台案板都变得油光锃亮的,油瓶盐罐也放得整整齐齐的了。

"邢老汉呢?恭喜恭喜!"这时,大个子魏队长低头推门进来,他两眼在屋里一打,忍住笑说,"对!这才像一两口子过日子的样子,真是蛐蛐儿都得配对哩!喏,这是十块钱,明天队里给你一天假,领你女人到供销社看买点啥。"

邢老汉忙下了炕,把一锅子烟装好递到队长跟前,一面张罗说:"坐嘛,坐嘛!"魏队长没有坐,掏出自己的香烟,还给了老邢头一支,笑着对那女人说:"是陕北来的?那地方苦焦,我知道。咱这周围庄子上还有你们那里的人,也是逃荒过来的,现时都跟庄子里的人成家了。昨?在家是种庄稼的?会旋筛子不会?"旋筛子算是种技术活,是手巧的女人才会干的。

"会,"女人细声细气地回答。

"那就好,后天你就劳动。咱队上现时正选种,会旋筛子的还不多。别人多少工分你就多少工分,咱这地方不欺负外乡人;再说邢老汉可是个好人,这些年来给队上没少出力。你安心跟他过吧!艰苦奋斗嘛!稀的稠的短不了你吃的。"

邢老汉意想不到在半天之内就续了弦,这并不是什么"天仙配"一类的神话，的确像魏队长说的，他们附近庄子上还有好几对这样的姻缘。在农村，在"文化大革命"的那些年，法制观念是极其薄弱的。一个没有男人的女人和一个没有女人的男人，只要他们愿意在一起生活，人们就会承认他们是"一家子"，这好像并不需要法律来批准，更何况主持这件婚事的又是生产队长和贫协组长呢。

女人真是天生下来就和男人不一样的生物。那个媳妇一双奇妙的手几天之内就把邢老汉房子的里里外外变了样子。原来土坯房墙根一带的白碱一直泛到砖基上面，还侵蚀了一层土坯，现在，屋里干干净净的，又暖和，又干燥，连萧条的四壁也亮堂多了。每天中午晚上他们老两口收工回来，邢老汉劈柴烧火，他女人揉面切菜，这个时候邢老汉真是觉得每一秒钟都意味无穷。要是他赶车出门，回来正赶上吃饭的时候，在庄子外面一看到他房顶上袅袅的炊烟，他会高兴得两条腿都在车辕下甩达起来。

我们中国人有我们中国人的爱情方式，中国劳动者的爱情是在艰难困苦中结晶出来的。他们在崎岖坎坷的人生道路上互相搀扶，互相鼓励，互相遮风挡雨，一起承受压在他们身上的物质负担和精神负担；他们之间不用华而不实的词藻，不用罗曼蒂克的表示，在不息的劳作中和伤病饥寒时的相互关怀中，就默默地传导了爱的搏动。这才是隽永的、具有创造性的爱情。这个女人虽然不言不喘，但她理解邢老汉的感情；她不仅从不拒绝邢老汉的温情，并且用更多的关怀作为回报。而一个贫穷孤单的农村老汉，要求得到精神上的慰藉与满足，也并不需要更多的东西，一碗由他女人的手做出的面条，多加些辣子，一片由他女人的手补的补丁，针细线密，再有晚上在他身边有一个温暖的鼻息，这就足够足够的了。所以，邢老汉在那几个月里就好像一下子年轻了十来岁，走起路来也是大步流星的，引得庄子里一个七十多岁读过私塾的老汉逢人便说："真是古人说得对：'男子无妻不成家'。你们看邢老汉，眼下就是发福了，红光满面，连印堂都放光哩！"

可是，时间一长，就有一片阴影逐渐潜入邢老汉像美梦一样的生活里。本来，庄子里办喜事是绝少不了妇女的，邢老汉结婚的那天晚上，那间狭小的土坯房完全被一群妇女包围了。这个要饭的女人在毫不掩饰的评头品足的眼光下，就像一只丧家犬一样惊惧不安，搭拉着头，手不停地揉弄着衣角。可是，没过多久，她就用她那种谦让的、温顺的、与世无争的态度和对农活质量一丝不苟的劳动赢得了庄子上妇女们的普遍同情。她们开始愿意和她接近了，有的拿着鞋面布来求她剪个样子，有的拿着正在纳的鞋底来想和她聊天。但是，这个女人仍然是心事重重的样子。虽然她憔悴的面孔逐渐丰润起来，衣服上的破洞都补缀得很整齐，再不像过去那样如土话所说的"片儿扇儿"的了，可还是一脸畏怯的、警惕的、好像随时都会遇到伤害的神色。出工收工的路上，她总是独来独往，一手拿着工具，另一只胳膊下面不是夹着捆柴禾就是一抱野菜；在田间休息的时候她也是一人坐得远远的，从不参与妇女们叽叽喳喳的谈话，没有一个妇女能从她嘴里了解到她过去的经历和现在的想法。如果你在农村住过，你就可以知道，一个外乡人，尤其是外乡女人，要叫庄子里的妇女不议论是不可能的。不久，关于这个落落寡合、离群索居的要饭女人的闲话也就在庄子里传开了。妇女们用她们缜密的逻辑推理得出了一个结论：这个女人在老家一定还有个男人。

有一天，邢老汉赶车拉粪，魏队长跟车，坐在外首的车辕上。看着邢老汉扬着鞭子，一副怡然自得的样子，他反而倒起了恻隐之心，不由得拿话点他说：

"邢老汉，你别马虎，你得叫你女人把户口迁来。要不然哪，不保险。"其实，这本来就是邢老汉心里的一个疙瘩。庄子里的一些闲话，他也有些耳闻，不过他并不相信。可是，他也知道，户口不迁来，再没有个娃娃，女人迟早得回老家，庄户人都是故土难离的。他曾经跟他女人商量过，要她开个详细地址把户口和娃娃都迁来，但女人总是低着头简简单单地回答："那哪能成呢……"他不忍心拗了女人的意思，也就不多问了。

"你可不要迷迷瞪瞪。"魏队长又说，"有了地址，我就到公社去开个准迁证。可要是她家里还有一个……那就难办了。"这天黄昏，邢老汉卸车回来吃完饭，见他女人仍然和往常一样，坐在门坎上借着夕阳的一抹余光缝缝补补。一群孩子跑到他们房前的白杨树下玩耍，她才停下手中的活计看着他们，然后头靠在门框上，两眼直瞪瞪地瞅着那迷蒙的远方。邢老汉知道她在想娃娃，但也找不出动听的言辞劝慰她，只得拿件衣裳披在她肩上。"别凉着……"他和她坐在一起，思忖着怎样再次向她提出关于户口的问题。

这个要饭的女人是个细心人。这时，她从邢老汉体贴而又有点紧张和疑虑的神情上看出他有番话要说，于是，在夕阳完全落入西山以后，她收起了手中的针线，进到屋里，把炕扫了扫，上炕跪坐在炕头，低着脑袋，两手垂在两膝之间，像一个犯人在审讯室里一样静等着。

邢老汉先是弓着腰坐在炕上，叭嗒叭嗒地抽烟。飘浮的青烟和一片令人不安的沉静笼罩着这间小屋。他一直抽到嘴发苦，才终于鼓起了勇气：

"娃他妈，你还是开个地址，让魏队长到公社去开个证明，有了准迁证，咱们就去把娃接来。"

女人仍然低着头，没有回答。

第五章 1977—1989年间的新启蒙文学

"喂——"邢老汉长长地嗯了一声,"要是……要是你家还有男人,那……咱们也是讲良心的。"说到这里,邢老汉透不过气来了。实际上,他也不知道这个"良心"应该怎样讲法。"不!"女人虽然是细声细气,却又是断然地说,"没有!"

"那——"邢老汉的眼睛发光了,"那是为了啥呢?"

停了片刻,女人却嘤嘤地抽泣起来了,眼泪大滴大滴地落在炕的旧毡子上。邢老汉慌了神,忙站起来靠到炕跟前。"那……那是不是我待你不好?"

"不,"女人用手背抹了抹眼泪,"我一直想跟你说,可又怕你嫌弃……""你说吧!谁嫌弃你了?你不嫌弃我就是好的。"

"我……我们家是富农。"

"嗨,"邢老汉心里的一块石头落了地,啪、啪两下把烟锅里的烟灰在鞋底上磕掉。"我当是啥大不了的事,现时都劳动吃饭,啥富农不富农的!"

"不,你还不知情。老家里不许地富出来要饭,我不能看着娃受罪,这是偷跑出来的,别说迁户口,就是逃荒的证明也开不出来哩。就这,我还不知公公婆婆在咋挨批哩。"说开了,女人的话就多起来。她擤了一把鼻涕,随手抹在炕沿上。"我看出来了,你可是个好人。到了明年开春,你给我点粮,我还得回去。老家一到开春,日子就更难了。"说完,女人用膝盖跪立起来,恭恭敬敬地在炕上朝邢老汉磕了一个头。

"唉,唉!你这是干啥?"邢老汉忙坐上炕,把女人扶着坐下。"你说这话就生分了,这屋里的东西不是你的?咱们还是想法办户口,回去干啥?那地方苦焦得不行。瞎了眼的麻雀子还饿不死呢,总有办法!"

这一夜,女人抽抽噎噎地哭了好久,也不知什么引起她那样伤心。邢老汉心里倒是踏实了,在旁边劝了她半晚上。

三

第二天，邢老汉还是赶车拉粪，魏队长照旧跟车。他一五一十地把昨天他们老两口的谈话告诉给魏队长。魏队长用纸条卷了邢老汉的一捧子旱烟，两只胳膊支在大腿上，身子随着车摇来晃去，半晌没有说话。

后来，他吐了口唾沫，说："这比她家有个男人还难办！"

"那难办啥，吁、吁！"邢老汉把牲口往里首吆喝着，"穷得都要饭了，咋还是富农？"

魏队长斜眼瞟了他一下，但也知道无法跟这个老汉说明白。邢老汉是向来不参加什么学习开会的。运动一来，这个老雇农就被派到最关键的单独工作岗位上，把别人顶替下来参加运动，所以，邢老汉倒成了最"没有政治觉悟"的社员。

"难办啦，难办！"魏队长摘下帽子，搔搔头皮，"就是这儿开了准迁证过去，那边也不放，反倒招来祸害。我看哪，你就跟她过吧，啥户口不户口的。咱们队上现时还挤得出一个人的口粮，有粮吃就行。可这话你不能跟别人说，就当没这么回事；你还得把她心拴住了，等到明年春上再说。现时都是走一步看一步，谁知道明年又是啥变化。"

这年，生产队决算下来，他们两人的工分共分得五百多斤粮和一百二十元现金。把粮食和钱领回来以后，正巧队里要派大车进城搞副业，给建筑工地拉三天沙子。邢老汉把女人给他烙的饼装在挎包里，就赶车进城了。

这条黄狗就是他这次进城遇见的。那时它还小，野生野长的，从来没有人喂过它。在邢老汉把车歇在工地上吃干粮的时候，它在一旁歪着脑袋盯着他。邢老汉给

第五章　1977—1989年间的新启蒙文学

它撕了两小块饼子。这一来,它就成天在邢老汉的车后跟着。第四天,在邢老汉赶车回家的那个早晨,它还一直跟着大车跑出城外。邢老汉看着不忍心,一念之下就把它抱到车上来了。

中午,大车回了村。还在庄子外面,邢老汉就发现他家的屋顶上没有和别的人家一样冒着炊烟。一个不幸的预感蓦地震动了他。他在马圈里慌慌张张地卸着牲口,魏老汉的老伴就找他来了。"邢老汉,你女人昨天下午说上供销社去,把钥匙给了我,可昨儿一晚上她都没有回来,是咋回事?"

邢老汉接过钥匙,急忙到家用颤抖的手打开房门。屋里比往常还要清洁,被子、褥子和邢老汉的棉衣都拆洗得干干净净地叠在炕上,枕头上还一溜子摆着四双新鞋,可是人已经不见了。一会儿,屋里屋外围了好些人,有人还催邢老汉到供销社去找,其实这真是傻里傻气的建议,大家都明白是怎么回事了。邢老汉失神地弓着腰坐在炕沿上,一点也没有听见别人说的话,心里只反复地念叨着:走了!走了!没等到明年就走了!这时,魏老汉分开众人走了进来说:"邢老汉,别傻坐着了,点点看她带走了些啥?"

大家七手八脚地替邢老汉清点了一遍,才知道她除了随身穿的破旧衣服和一件他们"结婚"时做的新褂子外,还带走了一百二十斤粮和五十块钱。粮食和钱她都没拿够她应得的那一半。"这真是个有良心的妇道人!"大家又啧啧地对她称赞起来。然而这更添了邢老汉的伤心,他还是坐在炕沿上,跟一个木偶一样。快上工的时候,魏队长急忙走进屋里对邢老汉说:"正好公社的拖拉机这就进城拉化肥,你快进趟城,汽车站、火车站都去找一找。一个妇道人带一百多斤粮不容易上路哩。我问了,她是昨儿下午搭三队拉白菜的车进的城,傍黑才到了城里。"魏队长还怕他出意外，又派了个年轻后生跟他一起去。

邢老汉昏昏沉沉地进了城，茫茫的人海，全是陌生的面孔。他们问了汽车站、火车站的工作人员，都说没注意到有这样一个女人。那年轻后生说："她是咋来的还得咋去，她还舍得花钱打票哩！准是爬货车走的。"他们又到铁轨上停的空车皮和货车上找了一遍。也是没有。

第二天下午，他们又搭上顺路的车往回返。在路上，邢老汉想着他女人还给他留下一线希望："这是个有良心的妇道，她兴许还会回来的。"那年轻后生也安慰他："她就是想娃娃，回去看看，没准下次连娃娃一块儿带来呢。"邢老汉就是这样怀着失望和希望的心情又回到村里。正在他拿钥匙开门的时候，一个毛茸茸的东西却在他脚下绊着，并且"呜呜"地叫，原来还是那条小黄狗。在一天半的时间里，它竟一直没有离开它认定了的这个主人的家门口。邢老汉一把把它抱起来，一起进到现在已经是空洞冰冷的屋里。

从此，邢老汉又恢复了十个月以前的生活，只多了一个美好的回忆，一个深切的怀念，一个强烈的盼望和一条小黄狗。在一年之内，邢老汉都抱着她还能回来的希望。他总是把屋里收拾得干干净净的，一切都保持着她在家时的样子，每日每时，只要他在家，他都以为她会突然推门进来。可是，日子一天天地过去，她给他补的补丁又磨烂了，她给他缝的衣服也有了破洞，她给他做的鞋都快穿坏了，她还是没有回来。慢慢地，邢老汉对她的思念和盼望就成了藏在心底的隐痛，上面被失望覆盖着。在以后的日子里，只有这条狗来安慰他的孤独。每在休息时间和夜晚，在他叼着烟锅出神的时候，狗就偎在他身边，使他感到他身边还有一个对他充满着情感的生物。狗不时地用湿漉漉的、柔软的舌头舔他的手，会使他产生一种奇妙的柔情，并联想起和那个要饭女人生活时的种种情景；狗的那对黑多白少的、既温驯又忠实的眼睛，能唤起他对她的一连串回忆，使他进入一个迷蒙的意境，因为那个女人的眼睛同样是那样的忠实，那样的温顺。总之，这条现在长得很大、很壮实的黄狗已经成了他与她之间的一个活生生的联系；因为它正是她走的那天被领回来的，在他的记忆里，他甚至以为这条狗是她临走时留给他的纪念。

然而，这个联系也终于被扭断了。

小说以农村凋敝为社会背景，通过描写邢老汉与他的黄狗的悲剧命运以及讨饭妇女的坎坷遭遇，真实而形象地展现了农民物质与精神的惨境。朴实、本分、善良、勤劳的农民邢老汉精神的痛苦与孤寂令人颤栗。小说叙述平缓，议论简洁，笔墨沉郁，凝重，具有浓厚的悲剧色彩。

不过，同样是反思历史的行程，张贤亮的小说《绿化树》与《男人的一半是女人》别具一格。这是作者"唯物主义启示录"的前两部，也是作者的代表作。作品从人性的角度，食、色、欲的层次，对生活在底层的劳动者寄予了热切的同情和真挚的情谊，对知识分子无论在何种境遇中都不断追求精神的支点，超越的支点予以了积极的肯定与理性的张扬。

《男人的一半是女人》中的主人公章永璘作为一个有思想的知识分子，在历史发生迷误的年代，沦落到为活着而活着的低生存需要阶段，麻木到感觉不出别人对他的蔑视的地步。为了求得生存，他将强壮与羸弱、木讷与精灵放在一个天平上。这是物质的极度匮乏而导致的人的精神的跌落。而一旦在物质条件能够达到精神世界不为物质的贫乏而扭曲心灵时，他脑海中那潜伏的超越自我，与人类的智慧联系起来的意识，便迅速膨胀起来。章永璘从"物质的人"回归到"精神的人"是自觉的，也是逐步完成的。从劳改队到农场成为自食其力的劳动者，是他回归的首要前提；荒原人民粗犷、宽厚的品质熏陶了他；《资本论》的精髓武装了他的思想；马缨花无私的爱冲激了他情感的河流。固然，章永璘的思想中有一种优越感，一种距离感,但不断地超越自我、重塑自我的主脉,还是明晰可辨的。作品以严谨的现实主义手法,深沉的理性主义基调,为哲理化的人生,谱写了一曲凝重而严峻的歌。

小说中,原本作为一个完整的人的章永璘一度丧失了人的本性,黄香久使他回归了人的本性,也使他复活了人的理性,并最终完成了人的创造性本质。他离开黄香久是人性的完整的复归,也是知识分子精神支点的准确把握,也可以说是历史的必然。小说写生理的扭曲与还原只是人性的一方面,写人的本质即创造性的还原与超越才是作品堪称马克思哲学"唯物论者的启示录"的灵魂所在。

第二节 新启蒙时代的诗歌文学

一、归来的诗歌

历史总有一些遗留问题,尤其是当代历史,在政治意识形态的整合过程中,许多诗人相继在不同的历史时期获得了同样的待遇:停止写诗。到了20世纪70年代末期,政治领域的变化又使他们重见天日,重新写诗——实际上是再次获得公开发表诗歌的权利。他们回到了诗坛,开始唱起了"归来的歌",其实,他们的许多诗歌产生于他们苦难的岁月,只是归来于诗歌刊物或者诗歌选本而已,诗歌是另一个可以安顿诗人的世界。同时,这些归来的诗人也是"被归来"的,他们停止写诗与他们重新写诗是基于同样的外在力量。但是,这些归来的诗人,他们将1949年后的经历和思考凝结为诗,使之获得了不同寻常的形式感,以及不同寻常的力量,他们这一阶段的创作,普遍有对人性力量的歌颂,有反思,也有启蒙的主题和风度。归来的歌,不单是诗人的归来,也是诗歌的归来和人性的重临。

下面以三首诗歌为例具体探讨:

第五章　1977—1989年间的新启蒙文学

鱼化石

艾青

动作多么活泼，
精力多么旺盛，
在浪花里跳跃，
在大海里浮沉；

不幸遇到火山爆发，
也可能是地震，
你失去了自由，
被埋进了灰尘；

过了多少亿年，
地质勘察队员
在岩层里发现你，
依然栩栩如生。

但你是沉默的，
连叹息也没有，
鳞和鳍都完整，
却不能动弹；

你绝对的静止，
对外界毫无反应，
看不见天和水，
听不见浪花的声音。

凝视着一片化石，
傻瓜也得到教训：

> 离开了运动,
> 就没有生命。
>
> 活着就要斗争,
> 在斗争中前进,
> 即使死亡,
> 能量也要发挥干净。

艾青"归来"的时候,已经年近七旬,所有的沉痛和思索,都随着艾老的诗情而找到了对应之物,刻写为诗。延安时期,艾青曾在林伯渠那里看到一块鱼化石,六七条活泼游动的鱼凝结为化石,许多年以后,历尽劫波,艾青想起了那块鱼化石,他发现自己的生命与之相似,于是有了《鱼化石》。在生与死之间,在动与静之间,在生命的活泼跃动与命运的强大宰制之间,诗歌展开了广阔的时空,却不像济慈的《希腊古瓮颂》那样唯美地歌咏,鱼化为了石头,石头化为了抒情主人公生命遭遇的喻体,这个喻体不但具有辽远的历史感,也指向具体的中国当代史,指向众多中国人的当代命运。然而,艾青毕竟也是一个革命者,他的诗里依然带着刚刚过去的那个时代的革命和斗争遗风,诗的最后一节表达抒情主人公主体意志的强大。

> 悬崖边的树
> 曾卓
>
> 不知道是什么奇异的风
> 将一棵树吹到了那边——平原的尽头
> 临近深谷的悬岩上
>
> 它倾听远处森林的喧哗
> 和深谷中小溪的歌唱
> 它孤独地站在那里
> 显得寂寞而又倔强

第五章　1977—1989年间的新启蒙文学

　　它的弯曲的身体
　　留下了风的形状
　　它似乎即将倾跌进深谷里
　　却又像是要展翅飞翔……

　　《悬崖边的树》实质上就是作者本人内心的真实写照，对文章仔细品读后，能够感受到作者坚强不屈的人格。单从文字的角度分析，确实能够带给人一种温暖的感觉，诗歌中所提到的那种煎熬就是作者内心的写照，悬崖边的树一个静态、没有任何情感的事物竟然成为作者情感的寄托以及内心的写照，这种静态的事物被作者写活了，被赋予了诗人的内心情感。曾卓并没有直抒胸臆，而是通过借景抒情的方式，将自己的情感全部转移到悬崖边的树的身上，赋予了这棵树特殊的意义。

　　看到悬崖边的树，仿佛就能够联想到作者的遭遇，换言之，作者通过描写将其自身与悬崖边的树合二为一，悬崖边的树就像是千千万万与作者有同样遭遇的人。在旧社会，众多文人墨客实质上就是被时代抛弃、被历史摧毁，他们仿佛被时代这股飓风带到了悬崖边。就如同悬崖边的树一样孤独、无助，但又坚韧不拔、不畏困难。这首诗歌的精髓在于凭借悬崖边的树来抒发自己内心的坚定，那种坚韧不拔、顽强拼搏的精神值得读者仔细体会。

　　　　千树红雾
　　　　唐湜

　　呵，梅占百花先，
　　也别叫占尽了春光，
　　春深一夜桃花放，
　　有千树红雾满江乡！

　　更溪谷中桃花水涨，

— 153 —

> 泛一片滟滟到春江,
> 引白鸟去追逐春帆,
> 上下翻飞着到汪洋;
>
> 波上好一轮红日,
> 岸上好一片霞彩,
> 有昔日少年在徘徊,
> 悄然凝思于大海!

唐湜是所谓"九叶"诗派的代表诗人,在回归诗坛之后,他的诗坚持了诗本身的品格,也坚持了形式探索和自我更新。在这首《千树红雾》里,可以看到纯粹的诗美,而纯粹的诗美可以洗涤人心。在诗中,人们的思路追随着诗人的目光,而诗人的目光追随着诗人的想象,从梅花开到了桃花放,从桃花流水而随白鸟到汪洋,然后在汪洋上看红日和霞彩,看凝思的少年——那是昔日的少年,而今的老者。于是回头,发现这首诗是一次生命的回顾,也许是诗人,也许是那个抒情主人公在抒写自己一生的踪迹。这首诗在明快的语词滑移背后,潜藏着人生的况味,丰富且迷离,普遍却具体,朦胧而唯美,其实唐湜大致达到了他所谓的"单纯的化境",而即便是到了"烈士暮年",唐湜依然在诗歌的探索上锐意精进,令人动容。

归来的诗人群体本身是成分复杂的,他们的诗歌创作也体现出显著的差异。实际上,思考这样一些问题是很有价值的:他们中谁在痛苦过去之后倍感冤屈;他们中谁在痛定思痛之时彻底领悟;他们中谁超越了历史的曲折和自我的荣辱而走向了唯美的世界,企图建构透明而纯粹的人间秩序?诗人涌现于同一个诗潮,但诗人并不同一。

二、朦胧诗

在20世纪七八十年代之交,"朦胧诗"是在被批评之中被命名的新生事物,它是相对于此前盛行的政治抒情诗之类简单、透明、政治正确而情绪激昂的写作而言的,它的"朦胧"是中国当代诗歌的一次崛起,朦胧

第五章　1977—1989年间的新启蒙文学

诗意在表达事物的内外含义时，不倾向于直接表达，朦胧诗最大的特点就是模糊，这种模糊的描写能够带给人无尽的遐想，让人们从多个方面思考之外，模糊性也能改变诗歌的节奏，更具有艺术性，最好能够搭配上抽象的线条、明亮的色彩。朦胧诗打破了传统诗歌的模式束缚，更加自由、抽象地表达诗人内心的想法，传达更为深刻的人生哲理。其实，朦胧诗的影响还不只是"朦胧"的形式探索，朦胧诗创作群体，譬如北岛、舒婷、顾城、芒克、杨炼、江河，等等，他们的诗歌写作里面有相对于此前的新的价值反思和新的人文启蒙，他们写出了新的转机，他们呼应了新的期待。

下面以三首诗歌为例具体探讨：

回答

北岛

卑鄙是卑鄙者的通行证，
高尚是高尚者的墓志铭，
看吧，在那镀金的天空中，
飘满了死者弯曲的倒影。

冰川纪过去了，
为什么到处都是冰凌？
好望角发现了，
为什么死海里千帆相竞？

我来到这个世界上，
只带着纸、绳索和身影，
为了在审判前，
宣读那些被判决的声音：

告诉你吧，世界我——不——相——信！
纵使你脚下有一千名挑战者，

经典回眸 20世纪中国现当代文学的分期探索

那就把我算作第一千零一名。

我不相信天是蓝的；
我不相信雷的回声；
我不相信梦是假的；
我不相信死无报应。

如果海洋注定要决堤，
就让所有的苦水都注入我心中；
如果陆地注定要上升，
就让人类重新选择生存的峰顶。

新的转机和闪闪的星斗，
正在缀满没有遮拦的天空。
那是五千年的象形文字，
那是未来人们凝视的眼睛。

伴随着时代的变迁以及人类认识的不断改变，北岛从众多诗人中脱颖而出，他所表达均为时代主旋律。北岛开启了诗歌的新纪元，能够让人感受到文学的启蒙。北岛的著名作品《回答》，主要反映了旧时代社会的黑暗性，通过比较旧时代以及新时代文化，赋予了时代新的含义，更加侧重于表达一种历史责任感与使命感。从诗歌所表达的情感来看，《回答》具有极强的文化底蕴，没有出现所谓假大空的叙述，而是通过真实事件，来传达时代新生。在此诗歌中，作者剖析了过去很长一段时间人类的本性，即："卑鄙是卑鄙者的通行证，高尚是高尚者的墓志铭"，自有其深刻之处，但是，"卑鄙是卑鄙者的墓志铭，高尚是高尚者的通行证"这样的人间秩序是很难实现的，这是一代人或者历代人为之奋斗的理想。生活的复杂性在于，很可能出现这样的一些情形，"卑鄙是高尚者的通行证，高尚是卑鄙者的墓志铭"，或者"高尚是卑鄙者的通行证，卑鄙是高尚者的墓志铭"，然而，时代的问题实际上未必仅仅是道德范围里的"卑鄙"与"高尚"，

第五章　1977—1989年间的新启蒙文学

甚至这未必是时代的核心问题。北岛一辈于反思和启蒙的努力无疑是真诚而可敬的，但是，如果制度层面的进步悬而不决，则道德的呼唤必将空洞无力——人们的思考也许是苛求诗歌，然而，那个时代、那一代人的诗歌本身的确不只是文学。

一代人

顾城

黑夜给了我黑色的眼睛

我却用它寻找光明

《一代人》里有个"我"，但是由于诗题的提示，从而这个"我"就并非小我，而是一代人这个大我。这一代人心向光明并且寻找光明。"黑色的眼睛"自然是隐喻，只是，由"黑色的眼睛"寻找光明，是否可能，寻找到的，到底是什么样的"光明"。一代人是早被塑造定型，正如顾城在《铁铃》中所言，"我们不去读世界，世界也在读我们／我们早被世界借走了，它不会放回原处"，在被世界改变、定型之后，一代人却毅然试图摆脱自己被塑造的宿命，而采取主动的姿态寻找光明——不管是否能够找到，不管找到的到底是什么，这都显示出一种超越自身和历史的悲剧感，一种永远向善的崇高感。虽然这是特定的一代人，但是，这首诗对于人类而言，依然有深刻的意义，这首诗写的是一代人，放眼看去，也写了每一代人。

弧线

顾城

鸟儿在疾风中

迅速转向

少年去捡拾

经典回眸 20世纪中国现当代文学的分期探索

一枚分币

葡萄藤因幻想
而延伸的触丝

海浪因退缩
而耸起的背脊

《弧线》描画了四个互不相关的事物,它们相聚在一起的唯一理由是"弧线"——鸟儿在风中转向的飞行轨迹,少年俯身捡拾硬币的动作路径,葡萄藤的触丝,海浪的背脊,都是以弧线为形式。语词轻快滑行,或白描或比拟,读者所见即诗人所见。然而,人们不但见到了诗人所见,也看到了凝目于这些单纯形式的诗人,诗人的目光与世界相逢,不需要做貌似深刻的过度阐释。那是有意味的形式,那是唯美的纯诗。

"朦胧诗"其实是不那么朦胧的,只是因为处于一个空洞、肤浅而指涉单一的颂歌时代后面,在习惯了颂歌时代的诗歌表达方式的人们看来,它的确朦胧得令人生气,让人初遇之时无法适应。但是,无法适应的还包括它对前一个时代许多价值观念的反思、怀疑和否定。于今观之,"朦胧诗"的主流还是有价值关切的,甚至是有政治关切的,许多诗人在诗里以自己所理解的理想的价值去批评过去的时代及其价值,于是诗与前一个时代一样,表现了一定程度的工具性,潜藏着对抗的意味。这样的工具性与政治抒情诗的工具性有何种不同,是需要深入探讨的问题。

三、第三代诗歌

在"朦胧诗"盛极一时的20世纪80年代初,有一股诗歌潜流已在酝酿,新的诗歌形式和新的诗人群体逐渐自觉,他们相对于郭小川、贺敬之这一代诚然是一次解构,他们相对于北岛、舒婷这一代同样是解构,他们主张把北岛扔下甲板。也许是为了自身的"崛起",也许是深信自己真理在握,他们以个人写作为号召,他们试图摆脱政治的关切,摆脱文化的约束,摆脱历史的限制，宏大叙事消失了，个人化写作出现了，诗歌获得了形式和语言的自觉。这就是中国诗歌历史上的"第三代"又被称为"后朦胧诗""新生代""后新诗潮""后崛起"，等等。从大历史的视野看去，"第三代"的确是以个人化写作为总体特征，但这些"个人"却是以社团或者诗群的集体形式，以大规模的运动方式出现在历史上的，譬如南京的"他们"文学社，上海的"海上"诗人群，四川的"非非主义""莽汉主义""整体主义""新传统主义"等。此外，还有翟永明等女性诗人以根本不同于舒婷一代的思考、感受和表达崛起。从这一代诗人的知识背景考察，他们并没有后现代主义的哲学准备，但是，他们在对抗他们的前辈的时候，显然大体上是沿着后现代主义的思维路径在开辟现代汉语诗歌的新世界，直到今天。

下面以四首诗歌为例具体探讨：

有关大雁塔
韩东

有关大雁塔
我们又能知道些什么？
有很多人从远方赶来
为了爬上去
做一次英雄
也有的还来第二次
或者更多
那些不得意的人们
那些发福的人们
统统爬上去
做一次英雄
然后下来
走进下面的大街
转眼不见了

> 也有有种的往下跳
> 在台阶上开一朵红花
> 那就真的成了英雄——当代英雄
>
> 有关大雁塔
> 我们又能知道些什么?
> 我们爬上去看看四周的风景
> 然后再下来

有关大雁塔,人们想说的东西大约是很多的,在杨炼的组诗《太阳每天都是新的》中,就有一首《大雁塔》,他说了很多,包括历史、民族、思想等"朦胧诗"一代关注的主题,但是到了韩东这里,大雁塔被还原成了一座砖混结构的建筑物,"我们爬上去,看看四周的风景,然后再下来",仅此而已,不知道,也不需要知道"什么"。写诗之时的韩东,作为大雁塔附近陕西财经学院的教师,经常登临,他对大雁塔显然知道些"什么",但他有意识地将他知道的"什么"排除于诗外,剩下的就是没有任何文化裹脚布缠绕的直接经验。这首诗是反抗"朦胧诗"的标志性作品,明明是知道些什么而显得像一无所知,这是在诗歌领域的革命姿态,也有革命的效果。实际上,韩东所强调的是个人化的写作,而非历史、文化、民族的宏大语词裹挟之下的大而化之的写作。

> 你的手
> 韩东
>
> 你的手搁在我身上
> 安心睡去
> 我因此而无法入眠
> 轻微的重量
> 逐渐变成了铅
> 夜晚又很长

第五章　1977—1989年间的新启蒙文学

你的姿势毫不改变

这只手象征着爱情

也许还另有深意

我不敢推开它

或惊醒你

等到我习惯并且喜欢

你在梦中又突然把手抽回

并对一切无从知晓

如果说《有关大雁塔》代表的是韩东等人的革命姿态的话，那么《你的手》便是他们所真正追求的表达，这是他们所认定的真正的诗歌。这首诗有着"第三代"显而易见的个人化色彩，不宏大，但真诚，纤微的感受、幽微的领会，直入人心。诗里有戏剧性。"诗到语言为止"，"也许还另有深意"。

有一回我漫步林中……
于坚

有一回我漫步在林中

明暗的树林空无一人

突然从高处落下几束阳光

几片金黄的树叶掉在林中空地

停住不动感觉有一头美丽的小鹿

马上就会跑来舔这些叶子

没有鹿只有几片阳光掉在林中空地

我忽然明白那正是我此刻的心境

仿佛只要一伸手

就能永远将它捕获

《0档案》是于坚最引人注目的长诗，纪实、日常、口语化，这几乎成为于坚的标签。但是,"第三代"是以个人化写作作为基本特征的,而《0档案》在一定意义上同样是"一代人"的记录;在个人经验中,最能打动人心的时刻乃在于人与世界单独面对之时的感觉和心绪,那是什么时候呢,那是"有一回我漫步林中"的时候。

麦地(节选)
海子

吃麦子长大的
在月亮下端着大碗
碗内的月亮和麦子
一直没有声响

和你俩不一样
在歌颂麦地时
我要歌颂月亮

月亮下
连夜种麦的父亲
身上像流动金子

月亮下
有十二只鸟
飞过麦田
有的衔起一颗麦粒
有的则迎风起舞,矢口否认。

看麦子时我睡在地里
月亮照我如照一口井
家乡的风

第五章　1977—1989年间的新启蒙文学

家乡的云
收聚翅膀
睡在我的双肩

麦浪——
天堂的桌子
摆在田野上
一块麦地。

收割季节
麦浪和月光
洗着快镰刀。

　　海子是中国当代最重要的抒情诗人之一，他歌颂自然、劳动和收获，赞美麦地、村庄、月亮和太阳。但是他与1949年以降的"生活抒情诗"不同，他的个体经验和原型意味，远远深刻于李瑛和闻捷，这既是由于时代的差异，也是由于意识形态的翻覆，还由于诗人各有天赋。海子的《麦地》是对生命、对本原的抒情，在文字间有收获的欢欣（欢欣以至于幽默，"有的则迎风起舞，矢口否认"），但是在欢欣背后则始终流淌着一种苦难、悲悯的意绪，这正是海子诗歌的复杂之处。海子的诗歌，即使是体量上的"小诗"，也是实质的"大诗"，海子总是从个人经验沿着原型之路奔向根本，故能给人深沉的感受、感染和感动。至于海子诗语的自成系统、独具格式，那自然是天有所禀了。其实，把海子列入"第三代"是有些勉强的，正如很难把柏桦在"朦胧诗"的一代和"第三代"归类一样，也许他们都是这两代之间的过渡形态。当然，重要的不是归类，而是诗。

　　"朦胧诗"的一代在对抗既往，不论是诗歌形式还是意识形态，都是如此；"第三代"也因对抗"朦胧诗"的一代而生，他们在诗歌形式上有的更为奇崛，有的更为日常，有的更为口语，而他们的共同之处则在于抛弃了意识形态关切。那么，在"第三代"之后，是否还有反抗这个所谓"第三代"的诗人和观念存在；"第三代"之后，是否真的再无代际划分的必要，是否以后的诗人都是个人化写作的"第三代"。

第三节　新启蒙时代的话剧文学

　　新启蒙时代的话剧充分体现了这一时期思想解放的社会主题。在题材上，社会问题剧是这一时期话剧最主要的组成部分，如《于无声处》《陈毅市长》《丹心谱》《报春花》等剧作，在当时引起了巨大的轰动；此外，在文化启蒙的角度批判中国传统文化心理中的糟粕思想、从个性自由发展的角度表达青年人的现实苦闷，也是这一时期话剧的重要题材。刘锦云的《狗儿爷涅槃》通过对狗儿爷地主梦的揭示，也对中国社会传统文化心理中的封建思想进行了批判。高行健的《绝对信号》着重描写了现实制度对青年人自由发展的压抑和束缚。在艺术手法上，新启蒙时代的话剧占据主流的依然是现实主义话剧，不过随着思想解放的深入，表现主义、黑色幽默、魔幻现实主义等现代主义手法也在某些先锋话剧中被采用。

一、现实主义话剧的深化

　　现实主义话剧成为话剧复苏的先声，现实主义话剧的开端是一批社会问题剧，如《枫叶红了的时候》以及《曙光》，除了这两部代表话剧外，《丹心谱》在现代主义话剧中也扮演着至关重要的角色，这些作品均富有现实主义，掀起一波现代主义话剧的新思潮。随着我国经济的飞速发展以及人民生活水平的日益提升，众多话剧创作者不再描绘历史，而是将创作重心转移到了社会问题上，这导致一大批具有批判价值的话剧的出现。人们所熟知的《报春花》就是一部典型的具有现实批判意味的现实主义话剧。下面以《陈毅市长》（节选）为例具体探讨：

陈毅市长（节选）

沙叶新

　　（故事梗概：剧本发表于1980年《新剧作》第3期、

第五章　1977—1989年间的新启蒙文学

《剧本》第5期,由上海人民艺术剧院首演于上海。同年由上海文艺出版社出版单行本。1981年摄制成电影。剧本取材于中华人民共和国成立初期陈毅担任上海市长时期的斗争生活。全剧共10场。分别描写陈毅在率领部队解放上海的前夕以及就任上海新市长之后,以无产阶级革命家的气度和胆识改造上海、建设上海的几个故事。剧本从不同的生活侧面,再现了历史的真实,反映了作者对于现实的感受和思索。)

（齐仰之又请陈毅坐下。）

陈毅：好,我是说齐先生对我们共产党人的化学全然无知。

齐仰之：共产党人的化学？唷,这倒是一门新学问。

陈毅：不,说新也不新。从《共产党宣言》算起,这门化学已经有一百年的历史了。

齐仰之：那么请问,所谓共产党人的化学,研究些什么？

陈毅：社会。

齐仰之：社会？

陈毅：正是。就以中国而言,这门化学就是要把半殖民地、半封建化的社会,变化成为新民主主义化的社会；就是要把封建主义、官僚资本主义、帝国主义统治压迫的旧中国,变化成为民主、自由、繁荣、富强的中华人民共和国。这个,就是共产党人的化学,社会变化之学。

齐仰之：这种化学,与我何干？不知亦不为耻！

陈毅：先生之言差矣。孟子说："大而化之谓之圣。"社会若不起革命变化,实验室里也无法进行化学变化。齐先生自己也说嘛,致力于化学四十余年,而建树不多,啥子道理哟？并非齐先生才疏学浅,而是社会未起变化之故。想当初，齐先生从海外学成归国，雄心勃勃，一心想振兴中国的医学工业，可是国民党政府腐败无能，毫不重视。齐先生奔走呼告，尽遭冷遇，以致心灰意冷，躲进书斋，闭门研究学问以自娱，从此不再过问世事。齐先生之所以英雄无用武之地，岂不是当时腐败的社会所造成的吗？

齐仰之：（深有感触）是呀，是呀，归国之后，看到偌大一个中国，举目皆是外商所开设的药厂、药店，所有药品几乎全靠进口：S.T 来自美国礼来药厂，叶酸全是日本武田药厂所出，酒精是荷兰的，盘尼西林是英国的。这真叫我痛心疾首。我也曾找宋子文当面谈过兴办中国医药工业之事，可是他竟说外国药用也用不完，再制中国药岂不多此一举？我几乎气昏了……

陈毅：（激情地）可是如今不一样了。你推开窗子往外看一看嘛，窗外的世界已经发生了翻天覆地的变化。十月一日，中华人民共和国成立，中国人民从此站起来了，科学也有了光明的前途。如今建国伊始，百废待举，不正是齐先生实现多年梦想，大有作为之时吗？所以我特地前来，请齐先生出山，为发展中国的医药事业做出贡献！

齐仰之：你们真的要办药厂？

陈毅：人民非常需要。

齐仰之：希望我也……

陈毅：否则我怎会深夜来访？

齐仰之：（兴奋得不知如何回答）这……

陈毅：我知道齐先生是学者，是专家，只可就见，不可屈致，所以我才亲顾茅庐，如一顾不成，我愿三顾。

齐仰之：不不不，陈市长一片赤诚，枉驾来访，如此礼贤下士，已使我深为感动。在此以前我之所以未能从命，一是我对共产党人的革命化学毫无所知，二是……

二是我这个知识分子身上还有着不少酸性……

陈毅：我的身上倒有不少碱性，你我碰在一起，不就中和了？

齐仰之：（大笑）妙！妙！陈市长真不愧是共产党人的化学家，没想到你的光临使我这个多年不问政治、不问世事的老朽也起了化学变化！

陈毅：我哪里是什么化学家哟！我只是一个剂，是个催化剂。

齐仰之：（笑）但不知陈市长对发展医药工业有什么设想？

陈毅：我们打算在上海建立全国第一个盘尼西林药厂。

齐仰之：（大喜）哦？这可是我多年的愿望！

陈毅：市政府决定聘请齐先生主持筹划。

齐仰之：好，我一定效力，一定效力！

陈毅：至于详细计划，改日再与齐先生细谈吧。

齐仰之：不，不，现在就谈！现在就谈！

陈毅：（看表）已经谈了三十分钟了。

齐仰之：没关系，没关系。

陈毅：（指墙上的条幅）喏，喏！

（齐仰之解嘲地大笑。电灯突然熄灭。）

齐仰之：咳，又停电了！

陈毅：停电倒不怕，怕就怕敌人破坏电厂，那就要一片漆黑了。

（齐仰之点燃蜡烛。）

齐仰之：没关系，我们可以秉烛夜谈。

陈毅：再谈多久？

齐仰之：（扯下"闲谈不得超过三分钟"的字条，撕得粉碎）三天三夜！

（陈毅与齐仰之大笑。）

经典回眸

20世纪中国现当代文学的分期探索

> 陈毅：不，我马上要赶到发电厂去，连三秒钟也不能耽搁，刻不容缓！

"化学"在化学家齐仰之的眼里是纯粹的自然科学，而在市长陈毅的眼里却是地道的社会科学，他们都没有错，只是两人认识的角度不一样而已。角度，在这个精彩段落里成为戏剧矛盾的分界点。齐仰之认为中国共产党不懂化学，因此闭门谢客，将自己在新社会中孤立起来；陈毅市长重视人才，用幽默的话语说明中国共产党不仅懂化学，而且懂更大的化学，最终让齐仰之茅塞顿开。中华人民共和国建设的初期，类似场景可能层出不穷，剧作家运用机智的思维，将这一问题用喜剧的形式表现出来，既塑造了陈毅市长幽默风趣、务实智慧的人物形象，又启迪社会，知识分子不能固守一隅，只有拥有大视野，才可能更好地服务于社会和人民。

在戏剧艺术上，《陈毅市长》采用了开放式的结构方式：剧本不以中心事件而以主要人物陈毅贯穿始终，每场戏自成一体，展示众多的事件和冲突；但场与场之间仍有一定的联系，使全剧不乏整体感，从而塑造了较为丰满的陈毅形象。

《陈毅市长》是文学作品表现革命领袖的佳作，它塑造的"陈毅市长"既是陈毅本人的人格体现，也是知识分子理想中的领袖人物；它既是书写历史，也是在表达理想。

整体而言，新启蒙时代的现实主义话剧呈现出如下特征：

（1）集中反思了中国社会引起的诸多矛盾，率先传达了社会的先声，为思想解放运动和人的觉醒起到了呐喊和号角的作用。

（2）话剧的现实性和理想性天然地交织在一起，戏剧家在直面社会矛盾的同时，掺杂了知识分子和民间社会的诸多社会理想，譬如正义终将战胜邪恶、真理终将压倒愚昧，等等。这些理想可以帮助新启蒙初期压抑的人们宣泄情感，却成为这一时期话剧思想和艺术的限度[1]。

---

[1] 台静农. 中国文学史[M]. 上海：上海古籍出版社，2017.

二、现代主义话剧的探索

新启蒙时代的话剧在话剧的艺术形式上也进行了大胆的探索，最典型的表现是出现一批具有探索性的现代主义话剧，如锦云的《狗儿爷涅槃》，高行健老先生的著名作品《车站》《野人》，以及具有现代化色彩的《天才与疯子》等众多话剧。新启蒙时代现代主义话剧的现代派色彩主要表现在形式上，其普遍的特征是在戏剧叙事中采用了"主观化"的叙事方式，或者以主人公内心世界的变化为线索，或者在现实的场景中加入内心独白、回忆、想象的情景，从而使人的内心世界得到充分的展示。现代主义戏剧的探索，不仅拓展了中国话剧的艺术视野，也丰富了剧作家表现现实的可能性，在现代派技巧的帮助下，中国人在社会转型期的内心矛盾、民族心理，以及刚刚萌芽的现代性感受，在现代戏剧中都被深刻地表现了出来。

下面以《狗儿爷涅槃》（节选）、《绝对信号》（节选）为例具体探讨：

狗儿爷涅槃（节选）
刘锦云

（脚下是陈家坟地。新月投下一片朦胧。有秋虫二三鸣唧）

（狗儿爷跟跄走来）

狗儿爷：看看地去，看看地去，看看我的地，看看我的地去！撒手不由人，这是最后一趟啦……一壶酒满满儿一壶酒，他一杯，我一杯，我一杯，他一杯，小酒壶一打跟头，酒净了人醉了，菊花青没了，气轱辘车没了地没了……

（一左一右光环里，现出祁永年和陈大虎的面孔）

祁永年：十年河东十年河西，老阳儿不能总晌午。瞧三天好日子没过，就乱了。乱吧，乱吧，叫你们乱成一锅粥！

陈大虎：（同时）还是这些陈芝麻、烂谷子！爸爸，您就不能说点新鲜样儿的？说吧，说说也好。说说你就知道为什么您撅着屁股拜了一辈子财神奶奶土地爷，临了儿也没发了财。谢天谢地，我没有随您——眼珠子没有长在后脑勺儿上！

（左右二人隐去）

狗儿爷：咱的地没啦，爹！那不是我的酒。是他的——李万江的酒，他提来的，满满儿一壶。李村长是好人，是恩人，给咱这么大脸，不能不喝。他一杯，我一杯，我一杯，他一杯，小酒壶一打跟头，酒净了，人醉了，就都没了！不是没了——李村长说——乡长指示，咱村要"一片红"，人家都红了，你狗儿爷不能当"黑膏药"！不当，打仗之前，土改分田，咱没落过后——我说——可是，把那人马土地，说声归，就归了大堆堆儿，你一人浑身是铁捻多少钉？一人指挥几百条锄把子，能行？别忘了，亲哥儿俩为一垄青苗，还打出花红脑子来呢！可是行观——他说——你就擎好儿吧，傻老爷们儿，眨眼之间，咱就楼上楼下，电灯电话，喝牛奶，吃饼干。我说："我不情愿。"他说：你就是财黑子，地虫子，三斧劈不开的死榆木头，脑袋瓜子赛石头。我急了：当"黑膏药"，俺认了。他说：那就揭"黑膏药"！我问怎么个"揭"法？他说：把你新买的"大斜角"，还有（指脚下）这坟地葫芦嘴儿，都拢过来，划出那边边沿沿、零零星星的来跟你换，是膏药也贴在脚指头上，不能胸脯上来块黑。——别蒙我啦，谁不知道"远女儿近地无价之宝"啊！再说那都是薄碱沙洼，种一斗，收八升，不换！——不换就得归堆儿，一片红，乡里还等着报喜哪，来喝！——喝喝！这工夫，我媳妇，小金花插嘴啦，逢自庄稼主儿过日子，就得随个大潮儿，图个顺气，人家都那样，独独儿咱像个花"虎拨拉"（一种灰绿色鸟）——个色！人家万江兄弟没日没夜地跑动是

— 170 —

第五章 1977—1989年间的新启蒙文学

为谁，还不是为咱好？丑话说前头，你要不入，咱就分家，虎儿俺们娘儿俩入，俺们可不跟着你当那个"膏药"户。听听，敢情她们老娘儿也开会了。——还是嫂子明白，狗儿哥，别二心不定啦，眼看这就楼上楼下——话攻耳朵酒攻心，家神招外鬼，内外夹攻，走投无路，我就归堆儿啦堆儿啦——爹！菊花青，那菊花青舍不得走啊，舍不得离开我刚给它做好的三夹板儿拼成的新柳木槽啊！这地，也没了，爹，小狗儿——你白吃啦！我对不起你……（失声伏地）

（祁永年走来）

（站定，拍了拍他）

祁永年：都后半夜了，秋风可凉，紧自趴着，留神冻着。

狗儿爷：（昏沉沉地）爹，爹，我是狗儿，来了！

祁永年：狗儿兄弟……

狗儿爷：（看不清）你是谁？

祁永年：兄弟怎么样？这把土儿还没攥热乎儿，就奶妈子抱孩子——人家的啦！我早就说过，这狼肉贴不到狗身上，当初……

（远处射来一束手电光，照在他二人身上）

狗儿爷：（认出）是你？臭地主！你是瞧出殡的不嫌嫔大，看着火的不嫌火苗子高，地没了——你解恨，你……滚！（一巴掌打在祁永年的脸上）

《狗儿爷涅槃》是对中国农民文化意识进行深入剖析的一出戏剧。剧中的狗儿爷对于地主既有阶级的仇恨，又有文化的依恋，两厢交织构成了他疯癫痴狂的精神世界。本节选择的片段，是狗儿爷在父亲坟前独白的场景：当他面对自己的祖先时，眼前出现了地主祁永年和儿子陈大虎的影子，这是他精神的两极：他排斥祁永年但又摆脱不了祁永年对他的精神影响；他认可陈大虎，但不甘心子孙对自己的抛弃。狗儿爷的这种精神结构，正是中国社会在现代化进程中的必然产物。戏剧对狗儿爷精神的剖析，让人们依稀感受到鲁迅的国民性批判。

从艺术的角度分析《狗儿爷涅槃》这部作品，能够深刻体会到作品的创新性以及作者所富有的创新意识。这部作品叙述方式十分独特，主要围绕狗儿爷展开具体论述，话剧中所提到的一系列人物或者事件均没有特定的时间顺序，记叙相对自由，不受空间以及时间的限制。深入了解剧本，不难看出狗儿爷的遭遇与回忆息息相关，通过主人公自我叙述的方式，更能凸现出作者的内心想法，剧本中用到了第一人称与第三人称交替出现的手法，完美呈现出狗儿爷这一形象。剧本中将主人公的内心活动、真实事件、联想、回忆穿插进行描写，这种呈现形式较为新颖，将故事情节不断推入高潮。

狗儿爷虽然是出现在戏剧中的虚拟人物，但是这也是对日常生活中千千万万如同狗儿爷的人的真实写照。剧本的点睛之笔在于第三人称的插入，将狗儿爷的生活一分为二，一部分讲述狗儿爷的现实生活；另一部分描写狗儿爷的回忆，剧本则是从老年时期的狗儿爷回忆年轻时期的自己展开，给人产生一种时光倒流的错觉，仿佛将时光退回到了四十年前，为人们营造出一种进入戏剧世界的氛围。

综上所示，新启蒙时代的现代主义话剧呈现以下特色：

（1）注重挖掘人物的潜意识和人物内心的多元性和不确定性。《狗儿爷涅槃》侧重挖掘了狗儿爷心中的"地主情怀"，这是中国农民的集体无意识，也是狗儿爷不能摆脱的"潜意识"；表现。

（2）采用了主观化的叙事方式，戏剧结构呈现出前所未有的开放性。主观化叙事即以人物的内心世界作为推动戏剧发展的主要线索，现实的场景只是围绕着人物心理变化而展开。用传统的眼光看，现代主义话剧的叙事都具有凌乱化、无序化的特征，而如果进入人物的内心世界，无序中又存在着有序。

（3）现代主义的特征重在形式而非内容。《狗儿爷涅盘》都侧重了形式的创新，丰富了现代话剧的表达方式，因为现代主义体验在新启蒙时代还未能为社会普遍觉察，因此难以表达出具有中国特色的内容。

第五章 1977—1989年间的新启蒙文学

第四节　新启蒙时代的散文文学

一、巴金的散文

巴金被称为"一个有热情的有进步思想的作家，在屈指可数的好作家之列的作家"，是最有影响的现代作家之一。1927年完成第一部中篇小说《灭亡》，1944年8月与萧珊在贵阳结婚，1978年巴金在香港《大公报》上开始连载散文《随想录》，为中国散文留下宝贵的财富。此外，著名的代表作有"激流三部曲"——《家》《春》《秋》，"爱情三部曲"——《雾》《雨》《电》及大量小说、散文、译著等。巴金散文的文学史价值至少包含了以下四方面：

（1）以《随想录》为代表的巴金散文是中国当代散文的重要收获，这部散文集耗时七年之久，字数达四十多万，是他文学道路的最后建树，在当代文坛产生了极大的影响。抒发真情实感是巴金散文的一个重要特征。他的散文多是由回忆性的文章组成，语言质朴、叙事平实，可谓天然去雕饰，清水出芙蓉。

（2）巴金的散文以情见长，以情取胜，从不刻意去找寻华章丽句，伟辞奇语，而是用平实、朴素、流畅的语言将自己的全部情感倾注到纸上，将自己的心窝子掏给读者，达到一种平中见奇、情透纸背的独特效果。读他的散文，你甚至不觉得是在阅读一代散文大家的作品，而是在和一位年长的睿智老人促膝长谈。

（3）巴金的散文有一种扑面的真实，崇尚一种卢梭式的自我忏悔与自我解剖的精神，巴金写作，也就是在挖掘，挖掘自己的灵魂。而且深入挖掘，才能理解得更多，看得更清楚。

（4）巴金散文的另一特点是"无技巧"。在写作上他以白描为主，文字平淡自然，结构平实巧妙，追求一种明白、朴素的语言来表达自己的思想，他认为艺术的最高境界是真实，是自然，是"无技巧"。其实，这却是一种最高的技巧。《怀念萧珊》中巴金说到："……我写作的最高境界、我的理想绝不是完美的技巧，而是高尔基草原故事中的勇士丹柯——'他用手抓开自己的胸腔，拿出自己的心来，高高地举在头上'"。用朴素的文字写出普通人的情感，正是巴金散文的一大艺术特色，他用痛苦的文字书写一个泣血的灵魂，让灵魂接受精神上的拷问，表现了一种大气、勇气与正气，引起了一代人在精神上的共鸣。

二、杨绛的散文

杨绛（1911—2016）出生在北京，祖籍为江苏省无锡市，原名杨季康。杨绛与钱钟书曾在1935年至1938年间于法国、英国留学，留学归国后曾在上海震旦女子文理学院与清华大学教学，主教外语。1949年中华人民共和国成立后，调至中国社会科学院文学研究所以及外国文学研究所工作，主要工作为翻译。著作有长篇小说《洗澡》；短篇小说《璐璐，不用愁！》《小阳春》《大笑话》《玉人》《ROMANESQUE》《事业》；散文代表作有《干校六记》《记钱钟书与〈围城〉》《将饮茶》《我们仨》以及《杂写与杂忆》和《钱钟书离开西南联大的实情》等，著名翻译作品有《堂吉诃德》《一九三九年以来英国散文作品》及《吉尔·布拉斯》和《小癞子》等；另外，还有一些剧本等相关作品，例如，《弄真成假》《风絮》《称心如意》以及相关论集《关于小说》和《春泥集》等。

下面以杨绛的散文《干校六记》为例，具体探讨：

干校六记

杨绛

五（节选）

她们不过是偶然路过。一般出来拣野菜、拾柴草的，往往十来个人一群，都是七八岁到十二三岁的男女孩子，由一个十六七岁的大姑娘或四五十岁的老大娘带领着从村里出来。他们穿的是五颜六色的破衣裳，一手挎着个

第五章 1977—1989年间的新启蒙文学

篮子，一手拿一把小刀或小铲子。每到一处。就分散为三人一伙、两人一伙，以拣野菜为名，到处游弋，见到可拣的就收在篮里。他们在树苗林里斫下树枝，并不马上就拣；拣了也并不留在篮里，只分批藏在道旁沟边，结扎成一捆一捆。午饭前或晚饭前回家的时候，这队人背上都驮着大捆柴草，篮子里也各有所获。有些大胆的小伙子竟拔了树苗，捆扎了抛在溪里，午饭或晚饭前挑着回家。

我们窝棚四周散乱的黍秸早被他们收拾干净，厕所的五根木柱逐渐偷剩两根，后来连一根都不剩了。厕所围墙的黍秸也越拔越稀，渐及窝棚的黍秸。我总要等背着大捆柴草的一队队都走远了，才敢到"威虎山"坡的食堂去买饭。

一次我们南邻的菜地上收割白菜。他们人手多，劳力强，干事又快又利索，和我们菜园班大不相同。我们班里老弱居多；我们斫呀，拔呀，搬成一堆堆过磅呀，登记呀，装上车呀，送往"中心点"的厨房呀……大家忙了一天，菜畦里还留下满地的老菜帮子。他们那边不到日落，白菜收割完毕，菜地打扫得干干净净。有一位老大娘带着女儿坐在我们窝棚前面，等着拣菜帮子。那小姑娘不时地跑去看，又回来报告收割的进程。最后老大娘站起身说："去吧！"

小姑娘说："都扫净了。"

她们的话，说快了我听不大懂，只听得连说几遍"喂猪"。那老大娘愤然说："地主都让拣！

我就问，那些干老的菜帮子拣来怎么吃。

小姑娘说："先煮一锅水，揉碎了菜叶撒下，把面糊倒下去，一搅，可好吃哩！"

我见过他们的"馍"是红棕色的，面糊也是红棕色；不知"可好吃哩"的面糊是何滋味。我们日常吃的老白菜和苦萝卜虽然没什么好滋味，"可好吃哩"的滋味却是我们应该体验而没有体验到的。

我们种的疙瘩菜没有收成；大的像桃儿，小的只有杏子大小。我收了一堆正在挑选，准备把大的送交厨房。那位老大娘在旁盯着看，问我怎么吃。我告诉她：腌也行，煮也行。我说："大的我留，小的送你。"她大喜，连说"好！大的给你，小的给我。"可是她下手却快，尽把大的往自己篮里拣。我不和她争。只等她拣完，从她篮里拣回一堆大的，换给她两把小的。她也不抗议，很满意地回去了。我却心上抱歉，因为那堆稍大的疙瘩，我们厨房里后来也没有用。但我当时不敢随便送人，也不能开这个例。

六（节选）

我在菜园里拔草间苗，村里的小姑娘跑来闲看。我学着她们的乡音，可以和她们攀话。我把细小的绿苗送给她们，她们就帮我拔草。她们称男人为"大男人"；十二三岁的小姑娘，已由父母之命定下终身。这小姑娘告诉我那小姑娘已有婆家；那小姑娘一面害羞抵赖，一面说这小姑娘也有婆家了。她们都不识字。我寄居的老乡家比较是富裕的，两个十岁上下的儿子不用看牛赚钱，都上学；可是他们十七八岁的姊姊却不识字。她已由父母之命、媒妁之言，和邻村一位年貌相当的解放军战士订婚。两人从未见过面。那位解放军给未婚妻写了一封信，并寄了照片。他小学程度，相貌是浑朴的庄稼人。姑娘的父母因为和我同姓，称我为"俺大姑"；他们请我代笔回信。我举笔半天，想不出一句合适的话；后来还是同屋你一句、我一句拼凑了一封信。那位解放军连姑娘的照片都没见过。

村里十五六岁的大小子，不知怎么回事，好像成天

第五章　1977—1989年间的新启蒙文学

都闲来无事的，背着个大筐，见什么，拾什么。有时七八成群，把道旁不及胳膊粗的树拔下，大伙儿用树干在地上拍打，"哈！哈！哈！"粗声訇喝着围猎野兔。有一次，三四个小伙子闯到菜地里来大吵大叫，我连忙赶去，他们说菜畦里有"猫"。"猫"就是兔子。我说：这里没有猫。躲在菜叶底下的那头兔子自知藏身不住，一道光似的直窜出去。兔子跑得快，狗追不上。可是几条狗在猎人指使下分头追赶，兔子几回转折，给三四条狗团团围住。只见它纵身一跃有六七尺高，掉下地就给狗咬住。在它纵身一跃的时候，我代它心胆俱碎。从此我听到"哈！哈！哈！"粗哑的訇喝声，再也没有好奇心去观看。

有一次，那是一九七一年一月三日，下午三点左右，忽有人来，指着菜园以外东南隅两个坟墩，问我是否干校的坟墓。随学部干校最初下去的几个拖拉机手，有一个开拖拉机过桥，翻在河里淹死了。他们问我那人是否埋在那边。我说不是；我指向遥远处，告诉了那个坟墓所在。过了一会儿，我看见几个人在胡萝卜地东边的溪岸上挖土，旁边歇着一辆大车，车上盖着苇席。啊！他们是要埋死人吧？旁边站着几个穿军装的，想是军宣队。

我远远望着，刨坑的有三四人，动作都很迅速。有人跳下坑去挖土；后来一个个都跳下坑去。忽有一人向我跑来。我以为他是要喝水；他却是要借一把铁锹，他的铁锹柄断了。我进窝棚去拿了一把给他。

当时没有一个老乡在望，只那几个人在刨坑，忙忙地，急急地。后来，下坑的人只露出脑袋和肩膀了，坑已够深。他们就从苇席下抬出一个穿蓝色制服的尸体。我心里震惊，遥看他们把那死人埋了。

借铁锹的人来还我工具的时候，我问他死者是男是女，什么病死的。他告诉我，他们是某连，死者是自杀的，三十三岁，男。

冬天日短，他们拉着空车回去的时候。已经暮色苍茫。荒凉的连片菜地里阒无一人。我慢慢儿跑到埋人的地方，只看见添了一个扁扁的土馒头。谁也不会注意到溪岸上多了这么一个新坟。

第二天我告诉了默存，叫他留心别踩那新坟，因为里面没有棺材，泥下就是身体。他从邮电所回来，那儿消息却多，不但知道死者的姓名，还知道死者有妻有子；那天有好几件行李寄回死者的家乡。

不久后下了一场大雪。我只愁雪后地塌坟裂，尸体给野狗拖出来。地果然塌下些，坟却没有裂开。

整个冬天，我一人独守菜园。早上太阳刚出，东边半天云彩绚烂。远远近近的村子里，一批批老老少少的村里人，穿着五颜六色的破衣服成群结队出来，到我们菜园邻近分散成两人一伙、三人一伙，消失各处。等夕阳西下，他们或先或后，又成群负载而归。我买了晚饭回菜园，常站在窝棚门口慢慢地吃。晚霞渐渐暗淡，暮霭沉沉，野旷天低，菜地一片昏暗，远远不见一人，也不见一点灯光。我退入窝棚，只听得黍秸里不知多少老鼠在跳踉作耍，枯叶窸窸窣窣地响。我舀些井水洗净碗匙，就锁上门回宿舍。

人人都忙着干活儿，唯我独闲；闲得惭愧，也闲得无可奈何。我虽然没有十八般武艺，也大有鲁智深在五台山禅院做和尚之概。

我住在老乡家的时候，和同屋伙伴不在一处劳动，晚上不便和她们结队一起回村。我独往独来，倒也自由灵便。而且我喜欢走黑路。打了手电，只能照见四周一小圈地，不知身在何处；走黑路倒能把四周都分辨清楚。我顺着荒墩乱石间一条蜿蜒小径，独自回村；近村能看到树丛里闪出灯光。但有灯光处，只有我一个床位，只

第五章　1977—1989年间的新启蒙文学

有帐子里狭小的一席地——一个孤寂的归宿，不是我的家。因此我常记起曾见一幅画里，一个老者背负行囊，拄着拐杖，由山坡下一条小路一步步走入自己的坟墓；自己仿佛也就是如此。

杨绛的《干校六记》共分为六章，是为六记。记叙的是杨绛、钱钟书夫妻从1969年底到1972年春在河南"五七"干校的生活经历。以白描的方式进行描写，是公认的散文中的代表之作。六章内容分别为：第一章，下放记别；第二章，凿井记劳；第三章，学圃记闲；第四章，"小趋"记情；第五章，冒险记幸；第六章，误传记妄，描写的是钱钟书先生和她到干校后的种种情形。杨绛的《干校六记》记录的是生活中的细小事件，文本以一种平和、宁静、自然、荣辱不惊、处惊不变的叙述模式对事件进行冷眼描绘，风格淡定、宁静大气。同样，文中描绘七旬老人排队下干校，姑娘小伙子累得睡着了还发出呼唤。然而，在这平静的背后隐藏着作者乃至一个时代的深深悲痛，作者无意渲染自身的悲剧，而是恰似一种局外人一样冷眼旁观，在恬淡中展现真情，平实中尽显波澜。

综上所述，杨绛散文的文学史价值至少包含了以下三方面的内容：

（1）冷眼观人生，以一种温和、节制、自我超脱的方式在非正常的历史语境下营造了一个"正常"的境界。这在众多文本中是少见的，也是别具一格的。

（2）杨绛散文对于苦难的所有表达都建立在个人的睿智含蓄与达观冲淡之上。这种高远的人生境界使她对于一些事情能用一种平和的口吻一一道来。的确，真正的悲哀未必是用哭声来表白的，高明者往往以一种相反的方式来抒写人类的苦难，杨绛正是以一种喜剧的方式来营造悲剧的气氛，这样做，更让人感到那个时代的悖谬及人处于那种境遇中的无奈与无助。

（3）从总体上看，杨绛的散文创作心态平和，创作视角独特新颖，文字轻盈灵动，用语轻松诙谐，以睿哲的胸怀对历史的荒谬进行调侃，让人初读要笑，细读想哭。如她客观地叙述了她看守菜园和钱钟书看管工具兼取报送信的往事，夫妻不能团聚的人生苦难经她的笔也变得超脱、轻松起来,例如描写夫妻偶尔相见的情景:"这样,我们老夫妇就经常可在菜园相会,远胜于旧小说、戏剧里后花园私相约会的情人了。"文如其人,杨绛散文的淡泊、睿智与她高尚的情操与人格境界分不开。

第五节　新启蒙时代的报告文学

徐迟(1914—1996),浙江南浔人。我国当代著名的诗人、作家和翻译家。1931年开始写诗,1934年开始发表作品,20世纪30年代有诗集《二十岁人》《最强音》,散文集《美文集》以及小说集《狂欢之夜》,其诗作受现代派影响很大;同时,还翻译有《伊利阿德选译》《巴黎的陷落》《明天》《帕尔玛宫闱秘史》《托尔斯泰传》等。徐迟是一位能够深入生活的作家,他先后两次到朝鲜战场,四次到鞍钢,六次到长江大桥工地,写下了《我们这时代的人》、报告文学集《庆功宴》、论文集《诗与生活》等。

1957—1960年担任《诗刊》副主编,1960年定居武汉,以主要精力从事报告文学创作,写下了《火中的凤凰》《祁连山下》《牡丹》等。1978年之后,徐迟迎来报告文学创作的第二春,创作了一批问津科技战线、描写自然科学家、反映自然科学领域的优秀报告文学,《地质之光》《生命之树常绿》《在湍流的涡漩中》《刑天舞干戚》《哥德巴赫猜想》就是这一时期的代表之作。其中《哥德巴赫猜想》与《地质之光》获全国优秀报告文学奖。

哥德巴赫猜想

徐迟

(1978年第1期《人民文学》发表了徐迟的《哥德巴赫猜想》,同年2月17日《人民日报》转载了这篇文章。并加了按语:"我们怀着激动的心情,向读者推荐徐迟同志的报告文学《哥德巴赫猜想》……它以生动的文笔,生动地反映了我国著名数学家陈景润不畏艰苦、勇攀高

第五章 1977—1989年间的新启蒙文学

峰的动人事迹,受到广大读者的欢迎。"《哥德巴赫猜想》震动了文坛,轰动了全国。)

自从陈景润被选调到数学研究所以来,他的才智的蓓蕾一朵朵地烂熳开放了。在圆内整点问题,球内整点问题,华林问题,三维除数问题等等之上,他都改进了中外数学家的结果。单是这一些成果,他那贡献就已经很大了。但当他已具备了充分的依据,他就以惊人的顽强毅力,来向哥德巴赫猜想挺进了。他废寝忘食,昼夜不舍,潜心思考,探测精蕴,进行了大量的运算。一心一意地搞数学,搞得他发呆了。

有一次,自己撞在树上,还问是谁撞了他?他把全部心智和理性奉献给这道难题的解题上了,他为此而付出了很高的代价。他的两眼深深凹陷了。他的面颊带上了肺结核的红晕。喉头炎严重,他咳嗽不停。腹胀、腹痛,难以忍受。有时已人事不知了,却还记挂着数字和符号。他跋涉在数学的崎岖山路,吃力地迈动步伐。在抽象的高原,他向陡峭的巉岩升登,降下又升登!善意的误会飞入了他的眼帘。无知的嘲讽钻进了他的耳道。他不屑一顾;他未予理睬。他没有时间来分辨;他宁可含垢忍辱。餐霜饮雪,走上去一步就是一步!他气喘不已;汗如雨下。时常感到他支持不下去了。但他还是攀登。用四肢,用指爪。真是艰苦卓绝!多少次上去了摔下来。

就是铁鞋,也早该破了。人们嘲笑他穿的鞋是破了的:硬是通风透气不会得脚气的一双鞋子。不知多少次发生了可怕的滑坠!几乎粉身碎骨。他无法统计他失败了多少次。他毫不气馁。他总结失败的教训,把失败接起来,焊上去,作登山用的尼龙绳子和金属梯子。吃一堑,长一智。失败一次,前进一步。失败是成功之母;功由失败堆垒而成。他越过了雪线,到达雪峰和现代冰川,更感缺氧的严重了。多少次坚冰封山，多少次雪崩掩埋！他就像那些征服珠穆朗玛峰的英雄登山运动员，爬呵，爬呵，爬呵！而恶毒的诽谤，恶意的污蔑像变天的乌云和九级狂风。然而热情的支持为他拨开云雾；爱护的阳光又温暖了他。他向着目标，不屈不挠；继续前进，继续攀登。战胜了第一台阶的难以登上的峻峭；出现在难上加难的第二台阶绝壁之前。他只知攀登，在千仞深渊之上；他只管攀登，在无限风光之间。一张又一张的运算稿纸，像漫天大雪似的飞舞，铺满了大地。数字、符号、引理、公式、逻辑、推理，积在楼板上，有三尺深。忽然化为膝下群山，雪莲万千。他终于登上了攀登顶峰的必由之路，登上了（1+2）的台阶。

他证明了这个命题，写出了厚达二百多页的长篇论文。

……

刚过国庆，十月的阳光普照。书记还只穿一件衬衣，衰弱的陈景润已经穿上棉袄。

"李书记谢谢你，"陈景润说，他见人就谢。"很高兴，"他说了一连串的很高兴。他一见面就感到李书记可亲。"很高兴，李书记，我很高兴，李书记，很高兴。"

李书记问他，"下班以后，下午五点半好不好？我到你屋去看看你。"

陈景润想了一想就答应了，"好，那好，那我下午就在楼门口等你，要不你会找不到的。"

"不，你不要等我，"李书记说。"怎么会找不到呢？找得到的。完全用不到等的。"

但是陈景润固执地说，"我要等你，我在宿舍大楼门口等你。不然你找不到。你找不到我就不好了。"

果然下午他是在宿舍大楼门口等着的。他把李书记等到了，带着他上了三楼，请进了一个小房间，只有六

第五章　1977—1989年间的新启蒙文学

平方米大小。这房间还缺了一只角。原来下面二楼是锅炉房。长方形的大烟囱从他的三楼房间中通过，切去了房间的六分之一。房间是刀把形的。显然它的主人刚刚打扫过清理过这间房子了。但还是不太整洁。窗子三福，糊了报纸，糊得很严实。尽管秋天的阳光非常明丽，屋内光线暗淡得很。纱窗之上，是羊尾巴似的卷起来的窗纱。窗上缠着绳子，关不严。虫子可以飞出飞进。李书记没有想到他住处这样不好。他坐到床上，说："你床上还挺干净！"

"新买了床单。刚买来的床单。"陈景润说。"你要来看看我。我特地去买了床单。"指着光亮雪白的兰格子花纹的床单。"谢谢你，李书记，我很高兴，很久很久了，没有人来看望……看望过我了。"他说，声音颤抖起来。这里面带着泪音。霎时间李书记感到他被这声音震撼起来。满腔怒火燃烧。这个党的工作者从来没有这样激动过。不像话，太不像话了！这房间里还没有桌子。六平方米的小屋，竟然空如旷野。一捆捆的稿纸从屋角两只麻袋中探头探脑地露出脸来。只有四叶暖气片的暖气上放着一只饭盒。一堆药瓶，两只暖瓶。连一只矮凳子也没有。怎么还有一只煤油灯？他发现了，原来房间里没有电灯。"怎么？"他问，"没有电灯？"

"不要灯，"他回答，"要灯不好。要灯麻烦。这栋大楼里，用电炉的人家很多。电线负荷太重，常常要检查线路，一家家的都要查到。但是他们从来不查我。我没有灯，也没有电线。要灯不好，要灯麻烦了。"说着他凄然一笑。

"可是你要做工作。没有灯，你怎么做工作？说是你工作得很好。"

"哪里哪里。我就在煤油灯下工作；那，一样工作。"

"桌子呢？你怎么没有桌子？"

经典回眸

20世纪中国现当代文学的分期探索

> 陈景润随手把新床单连同褥子一起翻了起来，露出了床板，指着说，"这不是？这样也就可以工作了。"

徐迟以报告文学的形式，将一个执拗的、羸弱的、病痛的、缄默的，同时又是顽强的、勇敢的、沉着的科学家陈景润活灵活现地呈现在读者眼前。在一个知识分子饱受双重戕害的时代，写作陈景润无疑需要一定的勇气，徐迟以匹夫之勇不但写了而且写得如此深入人心。他通过描写陈景润的不幸童年将他内向性格的形成作了交代，接着写他对数学的兴趣，私下里的决心及之后将整个生命都交给了数学，交给了哥德巴赫猜想的生命历程。一个淡泊名利、一心为学、一心想为祖国四化建设做出贡献的科学家跃然纸上。

其实，徐迟对陈景润的认同更是一种对自我的认同，一种对知识分子群体的整体认同。《哥德巴赫猜想》是文学与数学的一次亲密接触，同时也是人文社科与自然科学领域的一次越界联谊，徐迟的诗人气质与文学才华使数学这门高雅学科为世人所共识，使陈景润这一数学家的形象深入人心，在一代读者的内心激起了强烈的共鸣。徐迟的功劳在于，他将一个知识分子从那个知识分子群中带离了出来，让人们从这个缩影的身上看到理性的光芒。

归纳起来，徐迟报告文学的文学史价值至少包含以下五个方面的内容：

（1）创作题材更加丰富，徐迟在题材创作时融合了科技与报告文学，开拓了文学探索题材新领域。代表作《地质之光》《在湍流的涡漩中》以及《生命之树常绿》都将科技与报告文学合为一体。其中，《哥德巴赫猜想》是徐迟的最具代表的作品，《哥德巴赫猜想》的意义在于：它不仅是一个璀璨的文本，使得报告文学这一体裁迅速风靡，更重要的是它经由自身，令人信服地证明了这一体裁的尊严[1]。

（2）徐迟的报告文学作品里用生动的比喻来营造一个崭新的意境。如他在描写陈景润攀登科学高峰时就用了登山运动员的情景来比喻："他

---

[1] 刘复生."新启蒙主义"文学态度及其文学实践[J].文艺理论与批评，2004，(1)：15-20.

跋涉在数学的崎岖山路。吃力地迈动步伐。在抽象思维的高原,他向陡峭的巉岩升登,降下又升登。""餐霜饮雪,走上去一步就是一步!他气喘不已;汗流如雨下。时常感到他支持不下去了。但他还是攀登。用四肢,用指爪。""他无法统计他失败了多少次。他毫不气馁。他总结失败的教训,把失败接起来,焊上去,作登山用的尼龙绳子和金属梯子。"

(3) 语言典雅凝重,具有昂扬之气,如在引用了一系列晦涩的数学公式后,立刻出现这样一段文字:"何等动人的一页又一页篇章!这些是人类思维的花朵。这些是空谷幽兰、高寒杜鹃、老林中的人参、冰山上的雪莲、绝顶上的灵芝、抽象思维的牡丹。"

(4) 善于通过细节描写和简洁典型的话语来刻画人物性格,如通过书记送苹果写陈景润性格的木讷,写他的拒绝,收下,再次追出,又送出,最后又默然收下,然后说出了三个"头一次","从来所领导没有把我当作病号对待,这是头一次;从来没有人带了东西来看望我的病,这是头一次。""这是水果,我吃到了水果,这是头一次。"

(5) 机智幽默的对话设计也是徐迟报告文学的艺术特点,如孩子们在运算过哥德巴赫猜想后去向老师请教时的师生对话:

"你们算了!"老师笑着说,"算了!算了!"

"我们算了,算了。我们算出来了!"

"你们算了!好啦好啦,我是说,你们算了吧,白费这个力气做什么?你们这些卷子我是看也不会看的,用不着看的。那么容易吗?你们是想骑着自行车到月球上去。"

此外,《哥德巴赫猜想》还镶嵌了大量的数学符号、公式、演算过程等,使文章有一种诱人的逼真,同时又使用了生动的语言描写,如在形象地说明哥德巴赫猜想的内涵的时候,写到:"老师又说,自然科学的皇后是数学。数学的皇冠是数论。哥德巴赫猜想,则是皇冠上的明珠。"这样,就使得文学的形象与数学的抽象相互结合、相映生辉。

第六章 1989—2000年间的新世纪文学

20世纪90年代以来，中国社会进入一个新的历史时期，与之相对应，中国文学也进入一个新的历史时期。从20世纪80年代末到90年代初，世界局势发生了急剧的变动，面对世界格局的风云变幻，文学也制定了新目标、新状态。鉴于此，本章主要围绕文学事件与新现象、文学创作的兴起、小说的文学繁复状态、诗歌文学的分歧与喧闹以及散文与话剧创作的市场化展开论述。

第一节 文学事件与新现象

20世纪90年代文学在市场化、多元化的转型过程中，出现了许多重要的文学事件与现象，不仅关系到作品自身，也会由此引申出更丰富的问题，折射出这一时期复杂的文化冲突。20世纪90年代的文学事件与现象包罗万象，比如对王朔小说的争议、女作家的"私人写作"以及散文热等。这里着重探讨20世纪90年代特有、影响广泛、前后有联系的事件与现象。通过这些典型的文化事件与现象，会发现它们虽然发轫于20世纪90年代初，却与前后文学现象有着深刻的内在关联，在单一集中的表象背后总有着复杂多面的背景原因，启发人们在具体感受风云变化的 20 世纪 90 年代文学的同时，反思其中蕴含的丰富意味。

一、从"新写实"到"冲击波""底层文学"

1990 年《钟山》第 1 期继续在"新写实小说大联展"专栏发表相关作品。比如程乃珊的中篇小说《供春变色壶》、梁晓声的长篇小说《龙年：一九八八》（上篇）等。同期还刊登了董健、黄毓璜、陆建华、丁帆等人的"新写实小说"笔谈。作为 20 世纪 80 年代文学浪潮的余波，"新写实"小说在 20 世纪 90 年代和其他各种以"新"命名的文学创作现象，经历了短暂的"回光返照"式的挣扎后，在市场经济的分化下，一起宣告了文学"共名"时代的结束。"新写实小说"与传统的"现实主义"文学创作是一种怎样的关系，《钟山》曾在"新写实小说大联展"专栏中提到此种小说，并进行了概述：更加重视描写生活现实与生态环境，描写出了现实与人生百态。这和传统意义上的现实文学不同，简单地说便是和传统原有的现实主义以及现代已存在的现代主义均存在不同，对于目前我国小说创造低潮期，这种文学创造的出现代表一种新的文学形成。

《钟山》中涉及的"新写实"的界限及特性虽然存在一定的抵触，而且描述的也并不流畅全面，但是其中存在两个非常清晰的概念：第一，新写实依然和传统的现实主义概念相统一，它内在所蕴含的含义和现实主义相吻合；第二，新写实和所说的传统写实也存在一定区别，即增加了"生活原生态的还原"，突出强调个体的生活状况。其中，"还原生活"是不同于其他的显著特性之一。20 世纪 80 年代后至 20 世纪 90 年代中期以前，还原生活的创作方式一直在持续。在各种小说体系之中，它的延续时间最长。此类小说作品有很多的代表作，比如说池莉的《不谈爱情》与《太阳出世》以及《你是一条河》和《烦恼人生》；刘震云的著名作品《一地鸡毛》《单位》和《新兵连》《塔铺》；方方的《风景》以及《桃花灿烂》《落日》《祖父在父亲心中》；刘恒的《伏羲伏羲》以及《苍河白日梦》等。

"新写实"可以说是一种文学命名，甚至是一次文学策划。"新写实"小说可能象征了当代文学的一个重要拐点。它是 20 世纪 80 年代文学走向

经典回眸　20世纪中国现当代文学的分期探索

终结的一个标志，其发生正好横跨20世纪八九十年代前后，体现了当代文学创作的某种"告别"的勇气与"开创"的努力。关于"民族国家"的集体想象开始失落，文学不再像20世纪80年代那样纯真而热情地追逐意识形态，在更深层次上反映了当代文学试图突破现实生活的某种"开创"，但这种努力又无法完全挣脱传统现实主义的强大引力与束缚，因此，"新写实"作品到20世纪90年代中期很快就因为出现重复而无法继续。

"新写实"小说兴起以及消亡的速度都比较快，产生此种情况有很多原因，其中最主要的原因是其在还没有完整且成熟的指导体系的时候便想要成为一种新形式的文学，站点太高，基础太低。"新写实"的这种缺陷同样存在于20世纪90年代中期的另一个重要文学现象"现实主义冲击波"中，甚至延续到21世纪的"底层文学"。

"现实主义冲击波"是在20世纪90年代中期出现的一种文学社会效应，当时的代表人物刘醒龙、谈歌以及何申和关仁山等，将作品与社会生活现实融合。后期此种情况也有扩大的形势，主要因为90年代后期很多"现实主义"作家，他们的作品更多描写城市乡镇以及工厂生活等，以各阶层和社会矛盾为主体，对当时的文学界有很大的影响。本时期的小说主题大多为社会生活描述，例如普通工人以及社会底层生活、农民以及城镇生活对比，侧重表达平民生活以及情感。当然，除了描述以上生活阶层矛盾外，还描述出了当时社会经济的变动情况以及政治变革冲突。

"现实主义冲击波"的命名准确地揭示了它的本质：只是强烈但短暂的瞬间效应。和之前的主旋律现实主义作品相比较，"现实主义冲击波"显然更具批判性，同时也正因为这种"有限"的批判性不能冲破更加强烈的"解释"功能，这种"批而不破"的写作悖论让他们的作品在底层立场和主流话语之间摇摆不定，表现出一种暧昧的写作姿态来。

可见"新写实""现实主义冲击波"和21世纪出现的"底层文学"之间存在着某些现实主义的传承关系，将他们联系起来考察，更利于人们做出全面客观地评断。认为这些现象不过是"文学的底层"另一种说法，都是"现实主义"文学观念在时代列车上的一种现象。20世纪90年代后的"冲击波"以及"底层写作"等开始崛起，并被深入探索，它的快速发展离不开当时社会环境与结构的影响，以及阶层利益分化的作用。

第六章　1989—2000年间的新世纪文学

对于文学来说，各个阶段有独特的魅力与现实主义精神，这种精神体现的是当时创作者的思想与艺术、真理相融合后的时代精神，将作用在创作者的作品之中。由于作者思想不同，所表现的内容也有所差异，因此并无雷同重复，更多的是顺应时代的文化探索。

新写实与现实主义冲击波和"底层文学"均存在一定缺点，它的理论指导与后期的创作实践均涉及较少。但是对于文学创作来说"底层写作"的形式不会突然消失，后期也可能会出现此类作品的代表作。随着对文学探索的深入，"底层写作"已经开始多方向发展，不局限于原有的展示与道德同情；理论批评界也开始更新，新的观念以及思考开始进入人们的视野，写实类文学开始走向发展之路。

二、两岸文学与女性文学的格局

三毛是较早把港台文学与大陆文学连接起来的台湾地区作家之一，为人们理解大陆与港台文学关系提供了一个很独特的角度。理解三毛及其"热"象，人们以为"三毛热"应该被纳入20世纪八九十年代，台湾地区与大陆文学的交流互动以及20世纪90年代中期中国大陆女性主义兴起的格局中，才能更清楚地展示其中的意义。改革开放使中国重新打开国门接纳世界，在20世纪八九十年代其实经历了许多种"热"的现象。当人们从这些自然或人造的"热"象中抽离出本质特征后就会发现："热"的背后往往站着另外一些词汇，比如需求、缺乏、压抑、封锁、保守、不平稳、不开放等。而"热"象则往往代表原来倾斜的力量在短时间内得到了平衡，当"落差"得到了饱和，复归平衡，"倾斜"形成的不满足和压力得到了满足与释放后，"热"象也就接近结束。20世纪70年代中期的台湾，经济上已进入小康社会，政治气氛也趋于松弛，"自由"的气氛开始弥漫在每个领域，三毛作品正是满足了当时台湾地区女性的期待与想象。20世纪80年代中期以后的中国，改革开放带来的经济发展、思想解放，也让压抑的中国年轻女性有了对于情感和生活的想象和需求。相对于台湾地区来说，现实和想象的距离更大，现实"落差"就会在文学"想象"里得到更为强烈的扩张，因此，大陆表现出的"三毛热"可能要比台湾地区更明显和强烈一些。一个作家的成功有时候除了艺术本身的属性外，和"天时""地利""人和"也往往密不可分。目前，信息化的高速发展，中国经济的迅速崛起，不论是中国与世界，还是普通老百姓与世界的关系都已得到极大的缓冲，难以再出现因为"封闭"导致的巨大"落差"，以及当这种"落差"得到平衡时形成的"热潮"。从某种意义上讲，"三毛热"可以理解成20世纪90年代后中国女性文学兴起的前奏，以流行作品的方式对女性进行了"自由与平等"观念的启蒙。

尽管具有女性意识的写作在现代文学比如丁玲、萧红等人的作品中就有体现，在20世纪80年代的张洁、舒婷等女作家的创作中也有表现，然而20世纪90年代中国社会现实的整体变化，经济的繁荣，政治意识形态的松绑，相对自由、多元文化环境的出现等，为真正意义的群体性的女性意识勃发提供了合适的土壤。1995年世界妇女大会在北京的召开，更是这种自觉意识的一个标志事件。20世纪90年代女性写作最突出的特征便是女性自我意识充分与大胆地"浮出地表"——不是个别的，而是整体性的。诗歌仍然是女性文学的"先锋"队。比如，20世纪80年代翟永明的大型组诗《女人》宣示了女性自觉写作的开始，其他女诗人如唐亚平的组诗《黑色沙漠》、伊蕾组诗《独身女人的卧室》等。小说方面则主要体现在20世纪90年代确立地位的几位女作家，如陈染的长篇小说《私人生活》，林白的长篇《一个人的战争》《说吧，房间》等。

"三毛热"的背后其实隐含着大陆女性和台湾地区女性相似的文化诉求。当社会经济稳定发展，政治环境相对宽松，生活水平不断改善，文化日益多元时，女性意识的自觉就不再被"压抑"而浮出地表，中国大陆三毛热现象其实就是这些社会变化在文学上的直接表现。三毛的作品给予当时的台湾地区和大陆读者除了流浪、异域、爱情等因素外，从本质上讲更是一种女性主义的自觉——是一种深刻的自由与平等观念的形象普及，甚至可以认为这是中国20世纪90年代中后期女性主义理论迅速发展之前的作品启蒙。

三、"陕军东征"与人文精神

"陕军东征"和"人文精神的危机"讨论则构成了当时及以后一个重要的文学甚至是文化事件。尤其是"人文精神的危机"大讨论,几乎覆盖了当时许多重要文学事件与现象。可以说,"人文精神"大讨论是20世纪90年代文学最重要的精神事件。虽然发生在1993—1995年左右,但引发这场讨论的原因、讨论本身以及讨论的结果却贯穿了整个20世纪90年代甚至之前、之后的时代。

"陕军东征"的说法应该源自1993年5月25日,新闻记者、散文作家韩小蕙在《光明日报》刊发《文坛盛赞——陕军东征》一文。具体指贾平凹的《废都》、陈忠实的《白鹿原》、高建群的《最后一个匈奴》、京夫的《八里情仇》,四部作品的出版在文学界反响较大,受到好评,当然也引发了争议,并专门举行过作品讨论会,很受普通读者欢迎,发行量也一涨再涨。在"文学失去了轰动效应""边缘化"的20世纪90年代,正当文坛为"陕军东征"欢欣鼓舞、大加好评时,另一股更强烈、尖锐的"批评"意见迅速形成话题,引发更加激烈的讨论,这就是"人文精神的危机"。

人文精神讨论的直接缘起是1993年《上海文学》第6期,刊发了王晓明等人的谈话录《旷野上的废墟——文学和人文精神的危机》一文。这篇文章从王朔的小说批判开始,讨论了包括张艺谋电影、先锋小说、新写实小说等一系列文学、文化现象。该文引发了一系列的讨论,极大地触动了很多人内心的挣扎和敏感神经,激烈的争论随之展开,成为20世纪90年代最重要的文化事件。人文精神讨论的内容与话题非常广泛,因为参与讨论的人数众多,且又来自不同领域,几乎牵涉到社会生活的各个方面。探讨的视角从文学开始,扩散到哲学、伦理学、历史学、政治学、经济学、社会学、人类学等众多社会科学领域,随着问题的不断深入,引起各方面的极大关注。

文学有其自身的发展规律,在各种独立事件的背后往往具有一些共通的背景。当作家贾平凹写出《废都》这样一部反映当时知识分子精神颓败的小说时,学者王晓明等人也以《旷野上的废墟——文学和人文精神的危机》一文直接呼应和批判了这种现象。总之,1993年的作家描述了一个精神的"废都",而学者们也看到了一片更大的精神"废墟"——20世纪90年代的中国文化界都感受到了一种没落的"废"气。贾平凹遭受的批评,或者说《废都》表现出来的知识精神,也许正是王晓明等所担忧的"人文精神危机"的直接表征——中国当代文学给中国当代学术进行了一个非常形象、有力的注脚。

四、"下海"及文学商业化

1992年7月30日《文学报》头版有两则报道,第一则是《亦文亦商——广东作家寻常事》。该文报道的是广东作家"下海"现象,整体上对这一现象是支持论调。以目前的情况来看当年下海的那些作家,能在中国文坛留下优秀作品,或者降一个层次能产生有点影响的作品其实并不多。具有影响的,比如王朔、梁凤仪以及创办"宁夏艺海实业发展有限公司"的张贤亮,创办"快乐影视中心"的谌容一家,创办"老苏州弘文有限公司"的陆文夫等,其文学影响力基本上都不是靠"下海"经商获得的。另外一则是《王朔先行一步:找了版权代理人》。王朔有着良好的文学感觉,对市场也极为敏感,他应该是中国当代文坛第一个把文学与市场有效结合并取得双赢的中国作家。面对当时日益激烈的盗版现象,王朔在1992年6月23日的《中国青年报》"名人开口"栏上表示想找个经纪人。王朔在中国当代文坛创造了多个"第一",他的商业头脑更是当时一般作家难以超越的。王朔将全部作品的出版权委托中华版权代理总公司全权代理,要付出版权收益的10%作代理费。王朔算是有先见之明的作家,越来越"市场化、商业化"的社会,他掘取了文学市场的第一桶金,也贡献了一个非常富有建设力量的"王朔现象"。

围绕着"文人下海",在20世纪90年代初期,可以说争论不断,事件众多,牵扯的人物或者可资分析的案例有很多,如王朔的"议价说"和王蒙的"养不养作家"论等。具体到"作家下海",张贤亮创办"宁夏艺海实业发展有限公司"也是比较典型的一例。在与《财富人生》主持人叶蓉的一次谈话中,张贤亮讲述了自己当年"下海"创办影视文化产业的原因。张贤亮说他是不小心变成私有制的。宁夏文联当初没有资金创办镇北堡西部影城，作为宁夏文联的主席和法人代表，张贤亮想创办企业，就只好拿自己在海外译作的版税外汇存单去银行抵押，这就是资金的来源。可是第二年中央文件要求事业行政单位都要和第三产业脱钩，这就造成了张贤亮极大的困难，全部的债务都压在他一个人身上，如果不办企业的话他就破产了，这就是他全力以赴要去办企业的原因。在这种利益机制的驱动下，产权明晰使他无形当中不自觉地建立了一个现代企业制度。可见张贤亮"下海"在偶然性之外也存在着某种必然性的命运。这种必然性除了作家敏锐的艺术感受外，当然更和20世纪80年代的改革开放和1992年以后掀起的文人"下海"热潮分不开。

市场经济体制建立，允许民间经济成为公有制经济的补充，又渐渐上升到和公有制经济共同繁荣的地位。这意味着张贤亮选择开始第三产业和镇北堡西部影视城的崛起，和中国社会发展的潮流是一致的。根据"科学技术是第一生产力"，张贤亮把文化艺术作为"第二生产力"。

目前，人们如何理解和看待"文坛"与"商海"，如何理解1992年以来商业化对于中国当代文学的影响，"文坛"其实并不是一个核心问题，讨论与争议，成功或失败，那不过是一段历史与往事。然而，"商海"却是直到现在能引发争议和思考的一个有效话题。20世纪90年代商业化对中国当代文学的冲击，相当彻底和深刻地改变了之前文学的方方面面。与商业化浪潮相伴随的就是知识分子的逃散，例如1993年的《废都》的争议以及"人文精神"的危机的开始。人们对文学"价值"的评价方式、期待、理解等都会在"经济利益"与"艺术思想"之间发生复杂的碰撞。

文学曾经被过多地政治化，背负太多的东西；同时文学在松绑政治的过程中，也承受了太多来自经济的压抑。文学之于一个时代正常的功能依然没有有效地发挥出来，仍然需要人们从各种现实、坚硬、软弱的浮云中静下心来，慢慢打量并且继续生活与写作、阅读和思考。

五、互联网文学时代

1995年前后中国的互联网开始兴起，但仅限于少数用户，之后在各大城市飞速发展。作为面向大众的网络文学，互联网的出现与普及为中国网络文学的兴起奠定了广泛的群众基础，随着中国网民的迅速增加，才有了之后几年各类大型原创文学网站的建立以及各类网络小说。所以，把1995年视为中国本土网络文学的"兴起"之年应该有其合理性。

如何理解1995年前后出现并迅速兴起的网络文学？如果从一个更宏大的时空体系中来看网络文学之于中国文学的意义，就会发现20世纪90年代是中国文学开始走向"古典传统与现代科技"相结合的时代。这是新的希望与挑战。新技术条件不仅仅会对古老的艺术形式产生作用，它同样对艺术的内核——诸如审美、思维等也产生较大的影响，诱发新的艺术观和艺术种类。在这新与旧、虚拟与现实、古典与现代、创新与保守、融合与碰撞等一系列的关系中，1995年兴起的中国本土"网络文学"将会带给人们更多思考。

网络文学的概念经过早期的争论与流变已渐渐澄清起来，简单指以互联网为载体和传播媒介，借助超文本链接和多媒体演绎等手段来表现的文学作品、类文学文本及含有一部分文学成分的网络艺术品，以网络原创作品为主。创作主体通常是网络作家、网络写手。形式包括类似传统文学的小说、诗歌、散文等，也可以是博文、帖子、日志等新形式或基于网络技术的"超文本"等。和传统文学相比，网络文学最突出的特点是表现自由、平等，每个人可以是作者，也可以是读者，在充分体现网络自由平等主旨的同时，也表现出混乱杂、多样性、互动性、传播便捷、知识产权保护困难等特点。需要注意的是，网络文学与传统文学不是对立的两极，而是互相渗透的有机体系。

如果说1995年是中国本土网络文学的"兴起"之年，那么它的第一个高潮大约出现在1999年前后，主要表现为出现大量公认的、有影响力的网络文学作品；传统媒体和学界也开始大量讨论该现象。1999—2000年，在《北京晚报》《南方周末》《中华读书报》《北京日报》《中国图书商报》《光明日报》《文艺报》等多家报纸上先后出现了一大批文章对网络文学展开的热烈讨论。与此同时，网络文学迅速地蔓延开来，充斥于各个网站。

网络文学的创作实绩并不能以质量赢得信任和尊重，人们对它的价值和前景产生怀疑，靠媒体的突围而没有艺术品质的确认和审美价值的自证，任何文学都无从取得存在的合理性。直到20世纪末，网络文学整体上还

第六章　1989—2000年间的新世纪文学

是时尚意义大于审美意义，媒体革命多于艺术创新，传播方式胜于传播内容。它需要的不是历史的尊重，而是通过自己的创作确立其艺术价值。对于网络文学的理论指导应以完全不同于传统文学的"超文本"为基础而构建，网络文学作家身份的网民化，创作方式的交互化，文本载体的数字化，流通方式的网络化和欣赏方式的机读化等基本特征，决定了其存在方式、创作模式和欣赏、审美都会有变化。而这种变化也将影响网络文学作品从"生产"到最后被"消费"的整个体系的运作。

当文明快速发展时，人类的艺术理念、人文精神表现得似乎不适应自己的发展速度了。网络文学正是科技与艺术"整合"的产物，其他新型艺术种类也有相似的处境，只不过相对于这些艺术种类而言，网络文学因其传播速度与范围及影响而倍加受到人们的关注，并对传统文学形成了直接的压力。

如果说文学有其永恒不变的文学性，它必然要和每个具体的时代结合然后才能形成那个时代的文学。文学有其继承和变异的发展特点，这种变异包括诸如反映内容、自身形式、记录与传播方式、表现方式、审美变化等。而情感的真挚、想象的奇特、作家的良知，以个性化、心灵化的方式反映人与现实的基本关系，以艺术进入人的心灵深处、精神内核，实现人对现实世界的最终超越等方面则依然是其不变的追求。网络文学作为一种新的艺术形式逐渐地进入人们的视野，并且迅速地完成着自己的分化与调整，试图以一种独立的姿态进行自己的进化历程。然而，网络文学与摄影文学、影视文学一样，更像是一种艺术。网络文学和传统文学是否有区别，其审美特征又将发生哪些"位移"和"断裂"，只有等网络文学进一步发展后才能找到合适的答案。

综上所述，网络文学整体上似乎更多是在和传统文学"合谋"来取得利益而非"艺术价值"，它的价值自足性和历史合理性都处于悬置状态。事实上，网络文学的理论研究其实是在缺少作品状态下的一种超前研究，它需要真正成功的网络作品来证明其独特的艺术魅力。

第二节　文学创作的新起

一、新世纪诗歌文学

20世纪90年代诗歌发表和出版的状况有了新的变化。专门的诗歌刊物《诗刊》《星星》《诗选刊》仍然继续出版，综合性文学刊物如《人民文学》《山花》《上海文学》等发表诗歌的热情却已锐减。"民刊"成为诗人赖以存在、诗歌的思想艺术探索得以展开的主要阵地。此外，因正常出版渠道难度加大，个人自印诗集成为普遍现象。

20世纪90年代，虽然诗歌在整个社会的文学生活中成为边缘，可是诗界内部却仍然热闹。在诗的传播上，20世纪90年代后期，一些诗人在城市的书店、咖啡馆、茶室等场所，举办小型诗歌朗诵会。一些大学定期举办诗歌节。随着互联网进入中国，"网络诗歌"的兴起成为划时代事件。

20世纪90年代诗歌，"个人化""个人写作"成为最重要的诗歌象征。20世纪90年代诗歌的"个人写作"，它并不是私人写作，也不体现个人风格。伴随着新诗的飞速发展，进入了一个新层次，在此种文化背景下诗人对于生活的认识以及生活方式发生了一定改变，在一定程度上影响了创作题材的选择与使用，"个人写作"更突出体现诗人的思想和立场，对生活及生命有了更深刻的体会。

女性诗歌写作也是20世纪90年代诗歌中一道亮丽而不可遗漏的风景。女性诗歌其实是20世纪80年代中期后兴起的，指包括"女性作者""女性意识""性别特征"在内的诗歌写作，一般认为以翟永明、唐亚平等为其中的代表。20世纪90年代女性诗歌的转型与发展，突出表现在女性整体意识的淡化和个人化的加强。

叙事也是20世纪90年代诗歌的一个重要关键词，它不同于新诗中"叙事诗"的文类划分，而是指诗与现实关系的修正，新的诗歌建构手段。它根植于20世纪八九十年代中国社会语境的深刻转变，是对20世纪80年

第六章　1989—2000 年间的新世纪文学

代单向度抒情性的"青春期写作"的补正。

20 世纪 90 年代的重要诗人，既包括还保持着创造活力并不断有新开拓的"老一辈"诗人如郑敏、牛汉、昌耀、蔡其矫等；也包括 20 世纪 80 年代初已形成创作风格，到 20 世纪 90 年代成就显著的"新诗潮"代表人物，如有张曙光、臧棣、伊沙和孙文波等。

西川在上大学的时候开始写诗，当然还有很多诗论随笔和译文，比如翻译庞德、博尔赫斯等人的作品。20 世纪 80 年代的文学作品均较为古典，1989 年后，其作品被广泛传播，"语言的大门必须打开"的思想以及诗的写作形式，"人道的诗歌、容留的诗歌、不洁的诗歌，是偏离诗歌的诗歌"进入人们的视野。这一时期，他的作品与其中所蕴含的精神思想给当时社会带来了深远的影响。20 世纪 90 年代后，西川的创作特点开始改变，作品更加豁达厚重，将目光延伸至历史以至更远的时期，将想象与认知相结合，文学与哲学相融合，开拓诗中所描写的事与物，形成了更多代表性诗作。"语言炼金术"的作用开始发挥，无论何种题材、事项，均可以运用各种抒情手法来描述，将其融为一体，相得益彰，创作能力极强。后期很多作品均以新的诗歌构建形式展现，成为历史经典之作，代表作有《厄运》《致敬》《近景和远景》等。

王家新也是 20 世纪 90 年代的著名作家，代表作有《瓦雷金诺叙事曲》和《帕斯捷尔纳克》等。他诗中所体现的大多是时代、命运等相关的思想与情感，他的文学创作目标侧重于对命运以及历史的思考。

孙文波在 20 世纪 90 年代参与了多种诗歌"民刊"的创办，他的写作路向是从身边的事物中发现需要的诗句。他的诗具有平易、亲切和坚实的道德感等可信赖的性质。他的重要作品《在无名的小镇上》《聊天》《散步》《铁路新村》等最主要的元素就是当代社会诸方面的日常情境与细节，因而也被称为"风俗诗"。但孙文波不是"日常经验"的崇拜者，他强烈而执着的历史关怀和人文视角，对生活与自我的严格审视，提升了"日常经验"的诗意质量。有人称他是 20 世纪 90 年代知识分子诗人中最擅长于叙事也是叙事实验中最有成就的一位。

20 世纪 80 年代中期，张枣赴德国求学，并在那里的大学任职。他的"抒情方式"趋向复杂，主要一点，是以"对话式"来取代独白式的抒情。诗中常漂浮着某些隐秘的信息，它的传递得到一些读者会心的领悟与参与，但因时空际遇的不同，和对想象方法的陌生，对于局外的读者而言却是某种阻隔。张枣的诗数量并不多，除20世纪80年代初的名作《镜中》《何人斯》，重要作品还有《楚王梦雨》《灯心绒幸福的舞蹈》《秋天的戏剧》《云》《跟茨维塔耶娃的对话》等。

张曙光大学时期开始写作，受到注意则要迟至20世纪90年代初。相对而言，他的诗没有复杂的技巧，某个场景，某一回忆，一些言论，靠联想、思索和语调加以组接。诗意连贯、自然，注重深思、冥想氛围的营造。作品有《岁月的遗照》《尤利西斯》《边缘的人》《这场雪》等。

臧棣曾强调与中国新诗"宏大"的主流格调偏离，专注小而从容于精的向度。臧棣的诗，具有清晰、简洁的形态，表现他对现代汉语在声音、词义、句法上的"可能性"发现的敏感。臧棣的诗歌道路自有其风险，受到的评价褒贬不一。

作为民间写作的一员主将，伊沙在20世纪90年代初《饿死诗人》中发出了惊世骇俗的宣言，充分显示了他的先锋性。《结结巴巴》则把诗推向了非诗的绝境，无论是从内容还是语言上，都显示出了自由狂欢的姿态，肆意反叛他所认为的一切传统诗意和诗美。

20世纪90年代的优秀诗人诗作难以一一列尽。面对20世纪90年代诗歌，人们心存感激，在这一个"非诗"的年代，面临物质、市场化多重打击的诗歌生存环境里，老中青三代诗人坚守阵地，孜孜以求地创作与探索，发出心声，这样的激情与虔诚是可贵的，也是文学的希望与命脉所系。或许它还没有产出伟大的作品，但在诗歌题材的开掘，诗歌自由精神之张扬，诗歌艺术表现形式的创新等方面仍然达到了一个新的高度。诗虽是古老的技艺，仍亟待年轻而常新的春天。

二、新世纪小说文学

"长篇小说热"是能代表20世纪90年代文学成就最突出的一个创作现象。20世纪90年代众多的长篇小说中，一些作品已经在文学史或历史的沉淀中以某种经典化的形式固定下来。比如张承志的《心灵史》、张炜

第六章　1989—2000年间的新世纪文学

的《九月寓言》《家族》、莫言的《酒国》《丰乳肥臀》、王安忆的《纪实与虚构》《长恨歌》、贾平凹的《废都》《白夜》、陈忠实的《白鹿原》、余华的《活着》《许三观卖血记》、苏童的《我的帝王生涯》、格非的《敌人》《欲望的旗帜》、李锐的《旧址》《无风之树》、史铁生的《务虚笔记》、陈染的《私人生活》、韩少功的《马桥词典》、叶兆言的《一九三七年的爱情》、林白的《说吧，房间》、王小波的《黄金时代》、铁凝的《大浴女》、阿来的《尘埃落定》、霍达的《穆斯林的葬礼》、阎连科的《日光流年》以及王蒙的"季节系列"、刘震云的"故乡"系列等。人们对20世纪90年代一些重要的作家作品进行探讨。

莫言获得2012年诺贝尔文学奖毫无疑问奠定了他的经典地位，同时也成为中国当代文学史上一个重要而伟大的标志作家。20世纪90年代莫言创作了两部很重要的长篇小说：《酒国》和《丰乳肥臀》。1992年的《酒国》是一部集先锋性与批判性于一体、但一直被批评界和文学史低估的小说。之所以称为先锋性是因为文体结构表现突出，小说共分为十章，整体分为四个部分，三部分集中于前九章。第一部分主要写"莫言"的小说作品，主要描写侦查员丁钩儿在酒国时候的生活，第二部分主要描写通信内容，均为李一斗与"莫言"的对话，第三部分以李一斗为主，第四部分也就是第十章，以"莫言"和李一斗的会面为主。小说叙事在先锋和传统之间自由穿越，主旨则上接鲁迅的启蒙思想，下启20世纪90年代之后知识分子的命运，思想容量极为丰富，是一部很有解读难度的作品。《酒国》看似荒诞不经的酒之欲望、高价出售孩儿等酒国"奇观"虽不是现实实有，但文本有着揭示现代人"欲望疯狂病"的批判意识与思索深度。

余华20世纪90年代的写作出现了明显的变化。1991年的《在细雨中呼喊》是余华第一部长篇小说，被认为是一部绝望的心理自传，某种程度上是对当时小说革命的一次全面总结，标志着一个时期的结束。小说以平静、温和的笔调讲述了福贵的故事，在极简化的艺术表达中渗透了普遍的人类情感和生死体验，其中大量的细节描写更是直抵人心最为柔软的部分。《活着》在20世纪90年代经历了一个由争议到经典的过程，小说整体上回归传统现实主义的方法让注重"创新"和"特别"的批评家们产生了犹疑，简洁之中蕴含的丰富性也很难一下子从相似的文学表达中脱颖而出。

经典回眸　20世纪中国现当代文学的分期探索

1995年出版的《许三观卖血记》以幽默、简洁、富有音乐性的方式讲述了许三观多次依靠卖血度过人生难关的故事，博大宽容的温情渗透在众多细腻真实的人生苦难中，以简洁的笔调写出精深的内涵。《许三观卖血记》在叙事方面非常明显的标志是重复和对话的大量使用。《活着》和《许三观卖血记》都以极简化的方式，把生活的悲惨和人性的温暖表达得简单有力，充分深刻。

贾平凹作品以描写农村见长，但也喜欢刻画知识分子。"农民"和"知识分子"是贾平凹小说创作的两大人物体系，在中国当代作家中系统、及时地反映中国当代农民与知识分子作品，贾平凹无疑是最重要的作家之一。1993年出版的《废都》是贾平凹第一部城市题材之作，反映了急剧变革的中国社会现实，由于其独特而大胆的态度以及出位的性描写，引起社会各界的广泛关注。作品以作家庄之蝶和几个女性的关系为核心故事，表现了包括画家、书法家、商人、政客等社会各阶层人物的心态沉浮。语言方面力求吸收明清白话小说的特点，形成含蓄而富有内在韵味的小说格调，表达有关世纪末知识分子感受到的悲凉"废都"意识，被作者自称为安妥自身的作品。

王安忆是一位能在多种题材和领域内都有较大创造力的女作家。20世纪90年代发表的《长恨歌》写出了上海市民一个时代精神的整体隐喻，在叙述方式、语言感觉以及人性的深刻等方面都做出精细的探索。王安忆在这部作品中充分地展示了一位女作家的细腻与物感，以一种很"慢"的笔调将这个人生故事写得哀婉动人，其中对女性心理的刻画与上海市井生活的理解令人印象深刻。《长恨歌》的写作笔调舒缓苍凉，表现出一种阅尽沧桑，淡然远观的优雅风度，是中国城市文学与女性写作的一个巨大收获。

苏童在20世纪90年代的主要长篇小说有《米》《城北地带》《武则天》。《米》是苏童的第一个长篇小说，写了一个人具有轮回意义的一生，是一个关于痛苦、生存和毁灭的故事，在作品中思考和面对人及人的命运中黑暗的一面。《米》被认为是最具寓言性的新历史主义小说，是运用新历史主义小说手法的典范。

格非在20世纪90年代的小说主要有《敌人》《边缘》《欲望的旗帜》

第六章 1989—2000年间的新世纪文学

等。1994年《欲望的旗帜》写了一次重要的全国性哲学会议被迫由三个欲望事件推迟或中断的故事：学术巨擘贾兰坡之死；商人邹元标被捕；作家宋子衿发疯。贾兰坡之死一直以一个扑朔迷离的谜题贯穿小说的始终，且最终作者也没有公布答案。这种模糊性与不确定性恰恰给故事的发展创造了无限生发的可能性。在后记中说明了他的写作目的，格非是一个敏感而富有责任感的思想者，他不断试图碰撞处于人类生存核心地带的矛盾，痛苦于时代与社会的某种堕落。

张承志的《心灵史》是20世纪90年代文学的一个重要收获。作者有感于20世纪90年代已经出现的转型社会经济对人们精神的冲击与腐蚀，试图通过强烈的个人体验来追问或昭示终极的人生价值与生命意义。《心灵史》以一种历史的眼光、审美的情趣表达了人生价值的哲思，体现出一种奇异神圣的牺牲与信仰之美。虽然个别观点略显偏激，但这种异质性的写作充满了某种重塑和构建的力量。

张炜于20世纪90年代的小说创作和知识分子的精神状态密切相关，比如《九月寓言》《家族》《柏慧》。《九月寓言》是20世纪90年代一部非常有力度的长篇小说，正如题目所称，小说讲述了一个叫挺鲅的小村在土地上不断迁徙和定居的故事来表达浓重的寓言色彩。"道德理想主义"与诗意生活的想象是张炜作品的一个显著标志，因此也构成了其作品与现实社会之间某种强烈的紧张甚至对抗关系。比如《家族》《柏慧》中的"我"与"葡萄园"，表达了作者对精神家园、道德生命的守护而不得的惶惑。20世纪90年代张炜的写作依然继承了20世纪80年代《古船》里就开始的那种人类生存价值意义的追索，表达了一种强烈的社会文化现实批判立场，并试图构建一种理想的人文道德精神"大地"。正因如此，在20世纪90年代人文精神危机的争论中，他和张承志以笔为旗，写下了许多批判世俗的随笔。

陈忠实在写《白鹿原》之前已经有了十多年的创作经历，长期的中短篇小说写作训练为长篇创作积累了丰厚的经验。1993年出版的《白鹿原》是他迄今最重要、最成功的作品。小说通过白、鹿两个家族两代人的复杂纠葛，反映了从国民革命到全国解放时期中国农村的广阔面貌和社会生活。其中对"史诗性"的自觉追求和对中国农业文明的家族史、中国社会现代史全景、透视式的描写令人震撼。评论界对它的评价颇高，视之为当代文学的"扛鼎之作"，对民族文化与现代历史有独到思考，代表着现实主义艺术高度的史诗式作品，是一部既有可读性又有审美价值的好作品，也是茅盾文学奖的获奖作品。

史铁生是一位用残缺的身体写出了健全而丰满的思想，以文学的精神照亮了人们幽暗内心的作家。20世纪90年代创作的《务虚笔记》是史铁生最重要的一部长篇小说。小说的主要人物都以英文字母代替，这种符号化的人物和距离感的叙述方式让小说阅读变得复杂和困难起来。因此也是一部广受好评却很少有人能真正把它从头到尾都读完的作品。

韩少功《马桥词典》对民间文化和方言的呈现，对小说文体的创新再次体现了作家的努力，尽管后来引发"笔墨官司"，仍然是20世纪90年代不可忽略的重要作品。

刘震云在20世纪90年代的文学力量主要集中于表现乡村生活的系列长篇上，先后出版了《故乡天下黄花》《故乡相处流传》《故乡面和花朵》，只是比起21世纪后各类"触电"作品，这些带有艺术探索的小说似乎没有获得期待的反响。

阎连科在20世纪90年代的中国当代文坛正式崛起，尤其是长篇小说《日光流年》受到好评。小说描绘了豫中山区三姓村人如何挣脱活不过40岁的命运的故事，对乡土底层的生存状况与"苦难"极力渲染，在惨烈的情节设计中体现了作家的焦灼与批判精神，由此也拉开了阎连科21世纪以后小说创作的"爆发"大幕。

毕飞宇的代表作《青衣》发表于世纪之交，也是一位在20世纪90年代末崛起、在21世纪后迅速发展的作家，其创作别有风味，成绩斐然，值得持续关注。

三、新世纪散文文学

散文热首先是20世纪90年代文学景观中最引人注目的文学现象之一。随着大众文化的兴盛，报业的迅速发展，"晚报""周末"类报纸几乎都开始辟出散文、随笔专栏；其次，小说家、诗人，乃至评论家、学者的加盟，

第六章 1989—2000年间的新世纪文学

使20世纪90年代的散文创作队伍空前鼎盛;最后,读者对于散文的消费欲望高涨。随着市场经济的环境中人们的生存压力逐渐增加,他们需要在最短的时间内,用最为经济的方式处理个人的情感体验,因此篇幅短小、容易进入的散文成了人们的首选。20世纪90年代散文的繁荣,不仅仅体现在创作者与读者的人数众多,还体现在强化了审美性娱乐性、可读性及结构模式、文体形态呈现多样化的趋势,并形成了各具特色的各种流派。

(1)以余秋雨为代表的文化大散文,又被人称为"学者散文"。余秋雨、季羡林、林非、萧干、雷达、宗璞、杨绛、谢冕、张中行、黄秋耘等就是其中翘楚。关于文化散文的内容,可以做三方面概括:第一,书写传统文化精神,寄托于古文化与风土人情,找寻中国传统文化的内在体现及格调;第二,重塑当代人对于文化的认识,作品以时代高度出发,表达出现代人们的文化认识与审美思想,同时抒发对于生命与宇宙,社会与人类的感想;第三,表达作者的文学素养以及品格修养,创作者通过将自己的思想与感受融合在文学创作里面,写出所要体现的时代精神或者生活品格。20世纪90年代学者类型的作家如雨后春笋,散文作品也飞速增加,所表达的文化厚度也空前增进。如余秋雨的散文集《文化苦旅》《山居笔记》《文明的碎片》《霜冷长河》等,便堪称其间代表。

(2)以张承志、史铁生等为代表的体现人文关怀的散文。20世纪90年代散文创作的一大亮点是大批小说家、诗人、艺术家加入散文创作行列,散文创作队伍空前壮大,兼治散文的"双栖作家""多栖作家"明显越来越多。铁凝、张抗抗、史铁生、张伟、陈忠实、汪曾祺、李国文、高晓声、王蒙、张承志、刘心武、冯骥才、贾平凹、何士光、梁晓声、韩少功、邓刚等都写出了不少有影响的散文佳作。

史铁生的作品最为震撼读者的地方,在于他从个人特殊的生命体验出发,思索生命的困境,艰难地探索人生的意义与价值。《我与地坛》引来文坛诸多好评,这篇散文代表作写他的双腿残疾之后,每天摇着轮椅去地坛,"去它的老树下或荒草边或颓墙旁,去默坐,去呆想,去推开耳边的嘈杂理一理纷乱的思绪,去窥看自己的心魂。"[1] 张承志成名于小说创作,

---

[1] 张振金. 中国当代散文史[M]. 北京:人民文学出版社,2003.

散文集有《绿风土》《荒芜英雄路》《洁净的精神》等。张承志的散文创作中表现出一种生存理想和生存精神，惯于从历史文化的视角来探索人生与社会。在当代散文的多元格局中，张承志的散文个性格外突出，显示出一种独立不羁、庄严深邃、冷峻热烈的审美品格。

（3）林贤治、王小波、筱敏等人的思想随笔。在20世纪90年代，大批有思想、有批判意识的新老学者、人文社会科学家等开始了散文创作，钱理群、王小波、林贤治、筱敏、严秀、王充闾、李锐、徐友渔、潘旭澜、王学泰、蓝英年都堪称其间翘楚。他们的文字，洋溢着深厚的人文精神，闪烁着犀利的理性智慧，为散文阵地注入了蓬勃的生命活力。

王小波以小说见长，但他的散文同样出色，可以在幽默的言说中蕴藏深刻的思想见解，嬉笑怒骂皆成文章。林贤治是诗人、散文家，同时是以研究鲁迅见长的学者，他的《人间鲁迅》深得鲁迅研究界的认可与赞赏。林贤治的散文创作，无疑深受鲁迅的影响，他的文笔犀利冷峻，继续着批判国民灵魂的工作。从历史到文人，林贤治对奴性文化给国人带来的深重戕害，有着深刻的剖析与批判。《平民的信使》等思想散文集，将一切批判泛道德化可能是林贤治散文的问题所在，思想的深刻性和尖锐性也使其独树一帜。女作家筱敏，则是思想随笔写作群体中的另一名佼佼者。她的散文集《成人礼》，以深刻的思想洞见、沉稳的理性智慧而为人称道，她的文字和思想在当今中国女散文家中堪称独一无二。

（4）以素素等作家为代表的女性散文的发展。20世纪90年代，随着女性文学的进一步发展，女性散文也逐渐成为一股不可忽视的潮流，斯妤的《心灵速写》，素素的《女人书简》，筱敏的《西睡五题》《家》《规矩》，张抗抗的《牡丹的拒绝》，苏叶的《车辚辚马萧萧》等，都是当时颇有代表性的女性散文佳作。因为这些优秀女性散文作者的出现，现代女性散文也得以跻身20世纪文学景观，成为20世纪90年代散文园地当中的瑰宝。

（5）出现新一代的散文形式并得到快速发展。新生代也被称为晚生代，所代表的是在20世纪50年代末以及20世纪六七十年代初期出生，同时在20世纪90年代盛名，并在社会有一定影响的散文作家。他们大多是受过高等教育，基本处于本科学历以上，博士硕士也不在少数，因此他们对于文学创造的探索精神以及创作素养更高，创作起来也相对容易。此时期有很多代表人物出现,例如,祝勇、洪烛、周晓枫、田晓菲、老愚、彭程、瘦谷、于君、止庵等。

综观20世纪90年代的散文创作,可以说那是一个百花竞艳的时代,20世纪90年代的"散文热"构成了"世纪末的狂热"。

第三节　小说的文学繁复状态

20世纪90年代是中国文学向市场化过渡与转型的年代。由于意识形态的回调,知识分子的身份认同也分化为不同的路向,他们淡化了原有的一元化的政治社会理想,在渐至生成的多元文化格局中构建个人的文化立场与书写方式,虽然也有受政府宣传部门的倡导而创作的主旋律作品,但只在政府部门得以价值的确认,并非在特定的文学圈内以及研究机构中得以呼应。

同样,消费型的通俗小说也多在市民阶层中得以扩展,网络小说则以其杂芜的形态顽强地生长,并竭力谋求文学的"合法化"。这种多元的文化结构,使得20世纪90年代的小说创作呈现出多种走向与可能,也使得这一时期的小说创作从繁荣走向平实。这其中,最具成就的是长篇小说,张承志的《心灵史》、余华的《许三观卖血记》、陈忠实的《白鹿原》、邓一光的《我是太阳》、项小米的《英雄无语》、张炜的《九月寓言》、阿来的《尘埃落定》、王安忆的《长恨歌》、史铁生的《务虚笔记》、韩少功的《马桥词典》等,都是这一时期可圈可点的优秀之作。其中,陈忠实的《白鹿原》是这一时代最重要的文学收获,很难想象,没有《白鹿原》,20世纪90年代的小说将会以怎样的轻飘回报历史。1993年,《当代》杂志社和人民文学出版社分别刊载和出版了陈忠实的长篇小说《白鹿原》,使陈忠实这个名字和《白鹿原》一起走进中国文学史。

陈忠实(1942—2016)陕西西安人,1965年开始发表作品,1993年以长篇小说《白鹿原》一举成名。曾任中国作家协会副主席,陕西省作协主席。《白鹿原》获第四届"茅盾文学奖"。这本小说以文化的层面来说,立意的核心描述了家族史的变迁,对比了历史和现实的矛盾,并对历史进行了不断的反思和评价,从而体现出中华文化的独特,并对民族命运进行了深入的思考和反思,这也是再启蒙的意义;同时,这篇小说对民族文化环境中人们的生活和封建礼教对人们思想的禁锢都进行了入木三分地刻画,也突显出了中国人民在反对礼教束缚所付出的惨痛经历和征程的长期性,从而对人们的心灵产生了深深的震撼。

其实,作家陈忠实在创作《白鹿原》前就已经写出了中篇小说《蓝袍先生》。这部小说创作于1985年秋。通常情况下,一般作者在完成一部作品后会结束创作情绪,但陈忠实却在《蓝袍先生》完成后很久都不能从这部作品中走出来,对民族命运的思考使他有了前所未有的兴奋状态,而这完全是受到主人公许慎行的影响而产生的。许慎行是《蓝袍先生》中的男主人公,他生于耕读世家,从小受到耕读思想的浸染,这使他的天性被压迫,欲望被限制,成为一个私塾教书先生。1951年他参加了师范速成的学习。新生活、新思潮的发展,对他的思想和行为造成了非常大的影响,使得他开始逐步向着新生活转变,穿上新时代的列宁装,和同样反对封建礼教的田芳一起学习,并逐渐产生了爱情,使得精神和风貌都有了较大的改变。但是最后面对家族的威逼,在两个人的抗婚中,田芳勇于和封建婚姻的束缚做斗争并获得最终的自由,但许慎行最终却屈从了现实。

许慎行经历了两个时代的发展。在旧社会,他深受封建礼教的侵蚀,新社会,封建礼教思想他的观念中已经生根发芽。虽然他用新时代的列宁装取代了蓝袍,但是要真正从内心清除掉封建观念的影响却是艰巨的任务。许慎行在封建思想的影响下已经变得没有意识、信念,完全被他人主宰,而革命也未能解救他,使得他变成了一个时代牺牲品。同样让人同情的还有田芳的父亲。他出身贫寒,在1951年由于贫苦将女儿许配了人家,之后更是坚守这一规定,强迫田芳履行婚约。他没有接受过封建教育,但却誓死捍卫封建礼教。陈忠实对这个时代的悲剧故事进行了非常真实地刻画,也批判了传统文化的负面影响造成人们的悲惨遭遇,从而让更多麻木不仁的人们想要冲破世俗的束缚,获得自由和解放。

其实,陈忠实在《尤代表轶事》中就体现了思辨思想。该小说讲述的是在"四清"时期,尤喜明仗着工作组长老安的信任和工作之便在村中作恶多端,将劳动者扣上地主分子的帽子,将游手好闲之人化为两极

第六章 1989—2000年间的新世纪文学

分化的典型,甚至还为自己挣得了两间房屋,并将自己的窑洞当成阶级教育展览馆,负责接待需要接受教育的人员。他还摇身一变成为了专职讲解员,不用劳动还能挣满分,为自己博得了非常多的同情和财物,让他非常洋洋得意。不过他还是觉得不满足,认为没有当上一官半职。这时,他听到了"文化大革命"的风声,非常兴奋,虽然他并不知道这是一个什么样的运动,不过他却希望农村也能尽快加入运动中,这样才能给他创造升官发财的机会。

随后陈忠实又创作了《尤代表轶事》的姐妹篇《梆子老太》,讲述了一个农村妇女由于脸型像梆子而得名"梆子老太"的故事。因为家里没有男孩,所以从小开始就培养她参加田间劳动,需要付出男人付出的辛劳,这也使得她没有时间来学习女工。而且婚后才发现她也无法生育,这让她在封闭的梆子井村常常受到他人的鄙视。中华人民共和国成立后,由于她的劳动非常出色而被评为"劳动模范",并被当成男女平等的典范,村里也兴起了一股向她学习的风气,村里还让她担任照顾烈士军属和孤寡老人的任务。但是这却引起了很多年轻姑娘的排斥,害怕传染上她的不育症,这也一度让梆子老太失去了生活的勇气。为此她开始关注哪个姑娘不会女工,哪家媳妇不能生育,以此来找到心理的平衡,这也使得众人更加讨厌她。在封建社会,不能生育成为妇女的一大枷锁,这也是导致梆子老太畸形心理产生的原因,由此可见,梆子老太的悲剧不仅仅是个人原因造成的,更是时代和历史铸成的。

《灞桥区民间文学集成》的编撰工作在1990年终于完工,陈忠实在看到书稿时也对这块土地上的乡民文化心理进行了重点关注。正是因为这样的心理影响,写成了很多的悲剧故事。当然这也是一个民族必然经历的发展过程。为此,陈忠实融合了这个时期的妇女、时代、心理、文化和社会的悲剧,并作为反映当时社会和历史痼疾的出发点,这一创作理念也同样应用在《白鹿原》中。

鲁迅创作的祥林嫂、巴金创作的觉新等,都是封建礼教下的牺牲品,他们的故事也影响着一代又一代的人们。鹿三是被东家信赖的、有自信、有尊严的劳动者。他和东家之间关系融洽,相互信任。虽为主仆,却也似亲人,是一个"非正式的,但却不可或缺的"成员,并非只是单纯的奴仆。

东家甚至称他为三哥,并让孩子叫他三叔,鹿三也可以直呼东家的名字。东家有时还请他坐到尊贵的座位上进行事情的商讨。小说中描述了主仆之间非常温情的画面,东家白嘉轩养好被土匪打断的腰后和鹿三一起耕种的场景,被称为小说的点睛之笔:

> 当鹿三再犁过一遭在地头回犁勒调犍牛的时候,白嘉轩扔了拐杖,一把抓住犁把儿一手夺过鞭子,说:"三哥,你抽袋烟去!"鹿三嘴里大声憨气地嘀嗒着。"天短求得转不了几个来回就黑咧!"最后还是无奈放下了鞭子和犁杖,很不情愿地蹲下来摸烟包。他瞧着嘉轩把犁尖插进垄沟一声吆喝,连忙奔上前抓住犁杖:"嘉轩,你不该犁地,你的腰……"白嘉轩拨开他的手,又一声吆喝:"得儿起!"犍牛拖着犁铧趄前走了。白嘉轩转过脸对鹿三大声说:"我想试火一下!"鹿三手里攥着尚未装进烟末的烟袋跟着嘉轩并排儿走着,担心万一有个闪失。白嘉轩很不喜悦地说:"你跟在我旁边我不舒服,你走开你去抽你的烟!"

这种主仆之间温情脉脉的关系似乎不太正常,其实这也反映了问题的所在。中国的阶级关系就是在这种看似正常的宗法关系的掩盖下光明正大地发展、延伸着。统治阶级思想既侵蚀着统治者,也腐蚀了被统治者的心智,尤其是没有接受过教育的小农生产者,非常顽固地维护封建礼教。比如,劳动者鹿三就是如此,不但被封建文化和礼教所侵害,甚至不惜杀害儿媳来捍卫这种畸形的宗法关系。

鹿三的儿媳田小娥长相漂亮并接受了一定的教育,但是命运的不公使得她成为年迈的郭举人的小妾,生活非常艰难。之后她和黑娃互生好感,产生了爱情,为此她被郭举人逐出家门,和黑娃过上了贫苦却幸福的生活。但是好景不长,她被禁止进入祠堂,并由于一场"风搅雪"的运动而失去了丈夫黑娃,从此以后生活得更加艰难。鹿子霖的出现导致她的生活更加难捱,将她置于了封建宗法社会的悲剧中。她也变成了众人指责、唾弃的对象。这个时候，她的公公鹿三直接给予了她致命的一击。她死前的呼喊充满绝望、凄凉，这正是所有被封建礼教所束缚的妇女的呐喊声。

鹿三去谋害田小娥没有受到任何人的挑唆，为此田小娥死之前的绝望呼喊也极大地震撼了鹿三的封建礼教观念，也是导致她崩塌的导火线。

第四节　诗歌文学的分歧与喧闹

在诗歌领域，20世纪八九十年代之交存在一个深刻的变化。在那样一个时间节点上，新旧诗歌之间出现了一个很大的裂缝，代表着一个时代的诗歌写作开始接近尾声，很多作品被割断开来，任何的尝试和努力都好似白费了，不但缺乏创作更缺乏阅读者。在对民间写作进行总结时，与20世纪80年代的变化有着很多的相似之处，各种社团、自办以及流派刊物也逐渐走向衰亡，不过诗人的创作却从未终止，而只是以个人特色取代了集体特色。20世纪80年代，民间诗人开始分化，涌现出很多的年轻诗人坚决拥护民间立场，这也是20世纪90年代所兴起的一股民间写作风[1]。

无论是"民间写作"还是"知识分子写作"，20世纪90年代的"变化"都是确定无疑的事实，要弄清楚这场变化，不妨回顾一下1999年发生在北京的"盘峰论争"，比较一下这次论争与20世纪80年代初关于"朦胧诗"的论争和20世纪80年代中期关于"第三代"的论争。从当代诗歌历史看，发生在20世纪80年代的两次论争几乎都是诗歌领域的"代际战争"，是新旧美学原则之间的论战，论战的结果是诗歌向前推进了。然而"盘峰论争"则不是这样，粗分为两个阵营的诗人们是同一代人，虽然各自的旗号不同，一是"知识分子写作"，一是"民间写作"，论争的表面原因似乎与美学观念的差异有关，但是论争的核心却是争夺现实的话语权，争夺历史的代表权，这从论争之后他们发表的一系列文章可以看出来。本来，不同的美学观念是可以并存的，这是多元化时代的正常状态，但是他们发生论争，

---

[1] 齐凯. 现代性：新文学视阈下的旧体诗评价及其问题[J]. 广西社会科学，2019，(2)：164-168.

做表面上的是非判断、真伪判断、高下判断，实则是以诗歌作者的身份做诗歌外行的事情，在诗歌边缘化的时代，征战蜗角。在论争过去多年之后，可以发现，它的确不像 20 世纪 80 年代的两次论争那样推进了现代汉语诗歌的写作，而现实利益和历史地位的争夺，延续至今。

当然，应当承认，不论是所谓的"知识分子写作"，还是所谓的"民间写作"，在 20 世纪 90 年代都有值得注意的作品，而分析这些作品，也许有助于理解中国当代诗歌历史上特定的"知识分子写作"，以及"民间写作"。

西川的写作通常被归入"知识分子写作"。西川有对前代诗人的清醒认识，也有对口语写作的明确批判，他有纯诗理想。在"第三代"或"新生代"的诗人们开始清算"今天派"诗歌语言中沉重的历史感，而改用口语来写市民生活、市民情感之后，西川"甄别"了口语，认为"一种是市井口语，它接近于方言和帮会语言，一种是书面语言，它与文明和事物的普遍性有关"，西川"当时自发地选择了后者"，他强调"如果中国诗歌被大众庸俗无聊的日常生活所吞没，那将是件极其可怕的事"，西川随即提出了"诗歌精神"和"知识分子写作"等概念，首先想要有效地校正各种各样的平民诗歌；其次也是出于阐明自己对意识形态的正统文学和依附于意识形态的朦胧诗的不同态度，诗歌的展出更加多层次化，而且也有节制地表达了自己的情感，具有纯粹、高尚的修辞手法，表达出既反映生活又远离生活的矛盾心态。

20 世纪 90 年代的诗歌景观自然不只是"知识分子写作"与"民间写作"的分歧和喧闹而已，还有不少诗人并未卷入其间，而是以独立的姿态躬耕于自己的田园。在这段时间，以及之后，一些 20 世纪 80 年代有过成就的诗人或者继续探索，或者兼写小说，譬如于坚、韩东等人，新一代诗人也不断涌现。诗歌的叙事性在增强，诗歌的身体写作也在强化，诗歌的"废话"和"减法"也在探索，方向万千，这正是 20 世纪 80 年代后期以降中国诗歌个人化写作合乎逻辑的延伸，而从这合乎逻辑的延伸可以合乎逻辑地延伸出这样的思考：当诗的个人化方向确定下来之后，对于诗人自身有着必要性和重要性的写作是否还需要某种诗歌行业的普遍标准来衡量和判断；诗歌是否需要又是否存在哪些标准，都是需要解决的问题。

第六章 1989—2000年间的新世纪文学

第五节 散文与话剧创作的市场化

一、散文创作的市场化

20世纪90年代,国内的市场经济体制正经历着重要的变革时期,经济和社会的发展也进入了一个全新的时期。这个时期以利益的最大化为目标,因此也催生了很多商业化的大众文化;随着社会氛围越来越轻松,人们更倾向自主写作,倡导个人情感和观念的文章也越来越多。市场经济推动文化消费热潮,出现了20世纪90年代的"散文热"。

市场经济下的文学总是呈现两极发展的趋向:一方面,在经济利益的诱惑下,文学不断抛弃自己高高在上的姿态,积极向市场靠拢;另一方面,一部分不满于文学市场化的作家,又不断打破文学的媚态,开辟出新的文学天地。20世纪90年代初期,散文向市场靠拢使日常生活从容不迫地走进了散文,"小女人散文""生活散文"正是这一潮流下的产物。与之对应,一部分探究心灵,表现人文思想与人文理想的散文写作也日趋活跃,张承志、张炜关于人文精神的散文,余秋雨的"文化大散文",季羡林、张中行等的"学者散文"也迅速引起了文坛的注意。而随着20世纪90年代中期"文化散文"再一次市场化,一批新生代散文家又进行了新的散文试验。市场化下的散文创作,正是在这种两极走向下曲折前进。

下面以史铁生的《我与地坛》(节选)为例具体探讨:

>   设若有一位园神,他一定早已注意到了,这么多年我在这园里坐着,有时候是轻松快乐的,有时候是沉郁苦闷的,有时候优哉游哉,有时候栖惶落寞,有时候平静而且自信,有时候又软弱,又迷茫。其实总共只有三个问题交替着来骚扰我,来陪伴我。第一个是要不要去死?第二个是为什么活?第三个,我干嘛要写作?

现在让我看看，它们迄今都是怎样编织在一起的吧。

你说，你看穿了死是一件无需乎着急去做的事，是一件无论怎样耽搁也不会错过的事，便决定活下去试试？是的，至少这是很关键的因素。为什么要活下去试试呢？好像仅仅是因为不甘心，机会难得，不试白不试，腿反正是完了，一切仿佛都要完了，但死神很守信用，试一试不会额外再有什么损失。说不定倒有额外的好处呢是不是？我说过，这一来我轻松多了，自由多了。为什么要写作呢？"作家"是两个被人看重的字，这谁都知道。为了让那个躲在园子深处坐轮椅的人，有朝一日在别人眼里也稍微有点光彩，在众人眼里也能有个位置，哪怕那时再去死呢也就多少说得过去了，开始的时候就是这样想，这不用保密，这些现在不用保密了。

我带着本子和笔，到园中找一个最不为人打扰的角落，偷偷地写。那个爱唱歌的小伙子在不远的地方一直唱。要是有人走过来，我就把本子合上把笔叼在嘴里。我怕写不成反落得尴尬。我很要面子。可是你写成了，而且发表了。人家说我写的还不坏，他们甚至说：真没想到你写得这么好。我心说你们没想到的事还多着呢。我确实有整整一宿高兴得没合眼。我很想让那个唱歌的小伙子知道，因为他的歌也毕竟是唱得不错。我告诉我的长跑家朋友的时候，那个中年女工程师正优雅地在园中穿行；长跑家很激动，他说好吧，我玩命跑，你玩命写。这一来你中了魔了，整天都在想哪一件事可以写，哪一个人可以让你写成小说。是中了魔了，我走到哪儿想到哪儿，在人山人海里只寻找小说，要是有一种小说试剂就好了，见人就滴两滴看他是不是一篇小说，要是有一种小说显影液就好了，把它泼满全世界看看都是哪儿有小说，中了魔了，那时我完全是为了写作活着。结果你又发表了几篇，并且出了一点小名，可这时你越来越感

第六章　1989—2000年间的新世纪文学

到恐慌。我忽然觉得自己活得像个人质，刚刚有点像个人了却又过了头，像个人质，被一个什么阴谋抓了来当人质，不定哪天被处决，不定哪天就完蛋。你担心要不了多久你就会文思枯竭，那样你就又完了。凭什么我总能写出小说来呢？凭什么那些适合作小说的生活素材就总能送到一个截瘫者跟前来呢？人家满世界跑都有枯竭的危险，而我坐在这园子里凭什么可以一篇接一篇地写呢？你又想到死了。我想见好就收吧。当一名人质实在是太累了太紧张了，太朝不保夕了。我为写作而活下来，要是写作到底不是我应该干的事，我想我再活下去是不是太冒傻气了？你这么想着你却还在绞尽脑汁地想写。我好歹又拧出点水来，从一条快要晒干的毛巾上。恐慌日甚一日，随时可能完蛋的感觉比完蛋本身可怕多了，所谓不怕贼偷就怕贼惦记，我想人不如死了好，不如不出生的好，不如压根儿没有这个世界的好。可你并没有去死。我又想到那是一件不必着急的事。可是不必着急的事并不证明是一件必要拖延的事呀？你总是决定活下来，这说明什么？是的，我还是想活。人为什么活着？因为人想活着，说到底是这么回事，人真正的名字叫作：欲望。

可我不怕死，有时候我真的不怕死。有时候，——说对了。不怕死和想去死是两回事，有时候不怕死的人是有的，一生下来就不怕死的人是没有的。我有时候倒是怕活。可是怕活不等于不想活呀？可我为什么还想活呢？因为你还想得到点什么，你觉得你还是可以得到点什么的，比如说爱情，比如说，价值感之类，人真正的名字叫欲望。这不对吗？我不该得到点什么吗？没说不该。可我为什么活得恐慌，就像个人质？后来你明白了，你明白你错了，活着不是为了写作，而写作是为了活着。你明白了这一点是在一个挺滑稽的时刻。那天你又说你不如死了好，你的一个朋友劝你：你不能死，你还得写呢，还有好多好作品等着你去写呢。这时候你忽然明白了，你说：只是因为我活着，我才不得不写作。或者说只是因为你还想活下去，你才不得不写作。是的，这样说过之后我竟然不那么恐慌了。就像你看穿了死之后所得的那份轻松？一个人质报复一场阴谋的最有效的办法是把自己杀死。我看出我得先把我杀死在市场上，那样我就不用参加抢购题材的风潮了。你还写吗？还写。你真的不得不写吗？人都忍不住要为生存找一些牢靠的理由。你不担心你会枯竭了？我不知道，不过我想，活着的问题在死前是完不了的。这下好了，您不再恐慌了不再是个人质了，您自由了。算了吧你，我怎么可能自由呢？别忘了人真正的名字是：欲望。所以您得知道，消灭恐慌的最有效的办法就是消灭欲望。可是我还知道，消灭人性的最有效的办法也是消灭欲望。那么，是消灭欲望同时也消灭恐慌呢？还是保留欲望同时也保留人性？

  我在这园子里坐着，我听见园神告诉我：每一个有激情的演员都难免是一个人质。每一个懂得欣赏的观众都巧妙地粉碎了一场阴谋。每一个乏味的演员都是因为他老以为这戏剧与自己无关。每一个倒霉的观众都是因为他总是坐得离舞台太近了。

  我在这园子里坐着，园神成年累月地对我说：孩子，这不是别的，这是你的罪孽和福祉。

  《我与地坛》是市场经济时代最个人化的生命探索，这缘于作家特殊的生命机遇：在他的生命刚刚成年，在改革开放让整个国家展现生命活力的时候，他却丧失了行走的能力，成为社会彻底的边缘人。只有边缘人才会如此执着地检验生命、体味生命。"地坛"与"我"在精神上具有一致性——都是一个废弃的存在，因此在地坛，"我"能够更直观地感受到生命的奥秘。本节选取的片段，是作者对于生命存在的思考：我要不要死；我为什么活；

我干嘛要写作。这些问题在平常人看来都是不存在的问题——只有在生命边缘线上徘徊的人才会作如此的思考。散文对这些问题并没有进行哲学的追问，而是从中发掘出"生"的勇气和动力，当死亡长时间近距离的靠近一个人，它便失去了恐惧的意义，反而成为人对于生之渴望的动力。这种边缘生存的体验对于一个正常人来说，无疑是一种震撼。

《我与地坛》是一篇介于散文和小说之间的文体，有人将之视为散文，有人将之视为小说，这正说明了它在艺术上的创新性。在这篇作品中，"我"的情感历程是主要的书写对象，这也是散文最典型的文体特征，然而"我"既是作品的叙述者，又常常是被作品叙述的对象，这使得作品呈现出小说文体虚构的特征；而且，在作品中，作家叙述的很多场景既像是现实的描写，又像是作家的虚构，这些因素都极大地推进了散文艺术的发展。

综上所述，市场化下的散文创作呈现出如下特点：

（1）散文的消费性和个人性同时得到发展，而且这两种面目常常纠结在一起。余秋雨的"文化大散文"以个人化的方式感受民族文化，既传达了个人的文化体验，又迎合了民族复兴期的大众文化心理，从而实现了高雅文化和通俗文化的对接。

（2）艺术散文在边缘化中朝深刻化发展。《我与地坛》中的生命是一个被边缘化的存在，但他对生命内涵探索和追问的深刻性却超越了常人。这说明，文学的市场化导致了快餐文化的盛行，但艺术散文在边缘化中依旧执着地发展，边缘也给予散文艺术走向更加纯粹的机会。

二、话剧创作的市场化

1990年以来，市场经济的兴起使物质主义日渐在中国社会占据了统治地位，在大众文化特别是电子文化产品的侵袭下，戏剧艺术受到关注的程度相对降低，戏剧舞台表面繁荣，实则平庸。概括这一时期话剧文学的总体特征，主要呈现四个特点：①改编名著之风盛行，直面现实人生具有原创力的话剧作品不足；②话剧舞台形式包装华丽，戏剧精神内涵相对贫弱；③话剧导演、表演得到重视和强化，戏剧文学创作受到贬抑；④追求娱乐性和市场性的休闲喜剧流行，戏剧需要的讽刺性和精神震撼性不足。

不过，在戏剧总体平庸的境况下，一些坚持艺术理想和精神探索的剧人也创作出不少优秀的作品，如过士行的"闲人三部曲"（《鸟人》《鱼人》《棋人》）、沈虹光的《同船过渡》和《临时病房》、杨利民的《地质师》和《厕所》、黄纪苏的《切·格瓦拉》、姚宝瑄与卫中的《立秋》、李六乙的《非常麻将》等。此外，先锋戏剧和实验戏剧大量出现也是市场化时代话剧创作呈现的一个典型特征。先锋戏剧和实验戏剧反叛传统，强化戏剧表现形式的创新，其代表性作品有孟京辉等的《思凡》《我爱×××》《恋爱的犀牛》，牟森等的《彼岸》《零档案》等，林兆华等的《哈姆雷特》《三姊妹·等待戈多》等，张广天的《圣人孔子》《左岸》《圆明园》等。

下面以《我爱×××》为例进行详细探讨：

我爱×××
孟京辉

《我爱×××》是孟京辉20世纪90年代初自编自导的先锋话剧，全剧共分为四个部分，每一部分都由一系列不同的"我爱×××"的台词组成。戏剧既没有主要人物，也没有主要情节，只有众人集体朗诵的台词和个人朗诵的台词的差别。

第一部分

（灯光由暗至亮，众人身穿医生的白衣）

（三遍）我爱光

我爱于是便有了光我爱你

我爱于是便有了你我爱我自己

我爱于是便有了我自己

我爱一九零零年

我爱一九零零年的新年钟声

我爱一九零零年这个美丽新世纪的开始

（三遍，声音由低至高。）我爱一九零零年这个无

第六章　1989—2000年间的新世纪文学

忧无虑的社会这个摆脱重负的社会这个异常快乐的社会这个踌躇满志的社会

（站成一横排，面向观众。）

我爱一九零零年阳光普照大地

我爱一九零零年雨露滋润万物

我爱一九零零年的阳光雨露二十世纪的美丽新世纪

我爱一九零零年的开始

我爱一九零零年开始的光辉荣耀和富于浪漫的气息

我爱一九零零年开始时的所有时间上午下午晚上深夜一点两点三点四点

我爱一九零零年开始时的每个地点纽约伦敦巴黎哈瓦那北京罗马柏林莫斯科

我爱一九零零年开始时的全部人物汤姆玛丽彼得米歇尔亨利乔治拉夫斯基诺维奇

我爱一九零零年开始时的时间地点人物事件起因结果

我爱一九零零年一九零零年我爱一九零零年的新年钟声新年钟声

我爱一九零零年这个美丽新世纪的开始这个美丽新世纪的开始

我爱一九零零年这个美丽新世纪开始时那些大师们死了那些大师们都死了那些大师们全都死了

我爱德国哲学家弗里德里希·尼采死了（说完依次低头。）

我爱法国作家爱弥尔·左拉死了

我爱俄国剧作家安东·契诃夫死了

我爱捷克作曲家安东·德沃夏克死了

我爱美国作家马克·吐温，欧·亨利和杰克伦敦死了

我爱俄国大文豪列夫·托尔斯泰死了

我爱俄国社会主义理论家弗拉基米尔·普列汉诺夫死了

我爱法国大画家保罗·高更死了

我爱挪威作曲家爱德华·格里格死了

我爱法国雕塑家奥古斯都·罗丹死了

我爱德国细菌学家罗伯特·科赫死了

我爱法国科幻小说家儒勒·凡尔纳死了

我爱那些大师们死了那些大师们都死了那些大师们全都死了（慢慢抬起头）而那些明星们出生了那些明星们都出生了那些明星们全都出生了

我爱这是一个大师们死去明星们出生的时代

我爱一九零零年出生的明星们

我爱美国电影明星克拉克·盖博和加利·古柏出生了

我爱英国小说明星格雷厄姆·格林出生了

我爱法国哲学明星让·保尔·萨特出生了

我爱美国体育明星杰西·欧文斯出生了

我爱巴西足球明星里约热内卢·贝利出生了

我爱法国戏剧明星塞缪尔·贝克特出生了

我爱英国电影明星劳伦斯·奥利佛出生了

我爱中国皇帝明星爱新觉罗·溥仪出生了

我爱罗马尼亚戏剧明星尤金·尤涅斯库出生了

我爱罗马尼亚政治明星齐伯里安·齐奥塞斯库出生了

我爱美国电影明星罗纳德·里根出生了

我爱美国政治明星约翰·肯尼迪出生了

我爱美国石油明星约翰·洛克菲勒出生了

我爱美国战争明星西点·巴顿出生了

我爱西班牙和平明星巴勒罗·毕加索出生了

我爱印度政治明星英迪拉·甘地出生了

我爱德国指挥明星冯·卡拉扬出生了

我爱美国动画明星沃特·迪斯尼出生了

我爱美国健美明星简·方达出生了

我爱法国世界观明星阿尔贝·卡缪出生了

第六章 1989—2000年间的新世纪文学

我爱瑞士喜剧明星查理·卓别林出生了

（做动作）我爱中国舞台明星梅兰芳出生了

我爱那些明星们出生了那些明星们都出生了那些明星们全都出生了

（轻轻的）我爱你们这些观众男观众女观众

我爱让你们观看一出戏观看一出无可奈何的戏

我爱大幕拉开开始演出

我爱向观众公布一九零零年世界十大新闻

我爱一九零零年世界十大新闻

4月14日，1900年世界博览会在巴黎开幕。这个博览会占地547英亩，比欧洲以往任何一次博览会规模都大

纽约市长范威科挥动银锹，往该市第一快速地铁的开工典礼上撮了第一锹土，中国爆发义和团起义，八国联军开进北京

工程师约翰·勃朗宁发明勃朗宁手枪。瑞典化学家阿尔弗雷德·诺贝尔发明了诺贝尔奖，一个名叫探戈的男人声称自己发明了探戈舞

在发生了两起死亡事件后，俄亥俄州通过法律，禁止大学高年级学生戏弄低年级学生

11月1日，巴塞罗那一群医学博士发表声明：可用X光治疗乳腺癌并提高母牛的产奶量

1900年5月4日，在伦敦上演了话剧《罗密欧与朱丽叶》，在巴黎上演了歌剧《罗密欧与朱丽叶》，在华沙上演了舞剧《罗密欧与朱丽叶》

（黑灯）

《我爱×××》没有串联整个话剧的人物，甚至根据演剧条件的不同，出场人物都可以灵活安排。整场话剧也没有传统意义的戏剧冲突，只有如朗诵诗般的"我爱×××"。这些新鲜的话剧形式是对传统意义"话剧"

的极大颠覆。

"我爱×××"的句式可以分成两个部分：第一部分是不变的"我爱"，它由"我""爱"两个概念组成，"我"代表了一种个人主义的倾向，"爱"代表了人道主义的倾向，两者的结合揭示了剧作家的主题："我爱光／我爱于是便有了光／／我爱你／我爱于是便有了你／／我爱我自己／我爱于是便有了我自己"。也就是说，只有个人主义和人道主义两种因素的结合，真理（光）、社会（你）、个体（我）才可能出现，否则便是一片混沌。第二部分是变化的"×××"，它由集体记忆和个体记忆两部分组成，集体记忆是20世纪60年代生人的成长史，个体记忆是一代人集体记忆中具有的朦胧的个人意识，它们的流动性和变动性塑造了一代人没有自我、暧昧不清的集体形象。总体而言，"我爱"是对"×××"的认同和反叛，认同是对逝去岁月的缅怀，反叛是一个自我诞生的个体对集体记忆的嘲讽和调侃。

《我爱×××》并不是一种成熟的戏剧形式，它的思想性大于了它的艺术性，概念化大于了形象化。无可非议，该剧对戏剧表现形式的探索具有重要的意义，但这种探索也无法摆脱哗众取宠的嫌疑，毕竟在市场化的整体文化环境下，先锋也是市场宣传的一种噱头。

《我爱×××》只是市场化时代话剧试验的一种方式，其中可以看出实验话剧的以下诸多特点：

（1）颠覆了传统话剧注重人物塑造和戏剧冲突的传统，强调了话剧的舞台形式、导演、表演系统，戏剧文学相对贫弱。这反映出市场化时代观众对话剧的新要求：追求新颖刺激的直观感受，弱化了戏剧内涵的诉求。

（2）概念化倾向明显。除了《我爱×××》，孟京辉的其他剧作如《两只狗的生活意见》《恋爱的犀牛》《像鸡毛一样飞》，张广天的《切·格瓦纳》《孔子》等，都重在表现一些概念，相对弱化了传统戏剧要求的形象化。

（3）强调了戏剧的娱乐性和市场性，在戏剧中穿插了大量具有时代色彩的元素，以拉近戏剧与观众的距离。

结束语

文学和时代的发展与人们的现实生活总是息息相关的，在推陈出新的过程中也获得了不断前进的力量，人们对于阅读的需求也会随之不断地发生改变。虽然这个时间在历史发展中只是惊鸿一瞥，但是却对中国文化和中国文学产生了意义非凡的影响。回顾20世纪以来中国当代文学的发展得知：有的作品流传影响了一代又一代人，而有些却如风过境、一闪而过。不同的时代、社会条件和文化环境都会对文学产生不一样的作用，文学成为经典也需要一定机缘和一定社会历史背景来推动。

国内对文学阅读的要求也越来越高，随着20世纪文学的大力发展而涌现出了很多著名的作家如沈从文、张爱玲等，他们作品的价值随着时代的发展也被重新定义和估价。这也是深入进行文化解放的一种重要体现，更反映了人们阅读趣味的不同要求。20世纪以来，人们的自觉自强意识逐渐地苏醒，这也在文学上有了深入体现，使文学创作更具有理想主义和现实主义色彩，并在时间的沉淀中影响着一代又一代人。21世纪，国学热、网络文化、精英文化以及草根文化大行其道，这是中国改革开放不断发展对文学作用的体现，也在一定程度上促进了中国当代文学的发展。

参考文献

[1] 洪子诚. 中国当代新诗史 [M]. 北京：北京大学出版社，2005.

[2] 高玉. 中国现当代文学史教程 [M]. 上海：上海人民出版社，2018.

[3] 高玉. 中国现当代文学史（上册）[M]. 杭州：浙江大学出版社，2013.

[4] 高玉. 中国现当代文学史（下册）[M]. 杭州：浙江大学出版社，2013.

[5] 康赫. 语言、文体、史诗及中国古典戏剧 [M]. 福州：海峡文艺出版社，2003.

[6] 台静农. 中国文学史 [M]. 上海：上海古籍出版社，2017.

[7] 袁行霈. 中国文学史 [M]. 北京：高等教育出版社，2003.

[8] 张振金. 中国当代散文史 [M]. 北京：人民文学出版社，2003.

[9] 郑振铎. 中国文学史 [M]. 西安：陕西师范大学出版社，2009.

[10] 李怡，干天全. 中国现当代文学 [M]. 重庆：重庆大学出版社，2010.

[11] 刘江. 革命文学文学史意义新识——谈20世纪20年代革命文学的"文学史行为"[J]. 河南工程学院学报（社会科学版），2018，33（02）：74-77.

[12] 黄健，杉本颂马. 中国新文学抒情话语的价值建构 [J]. 江汉论坛，2020，(1)：85-91.

[13] 刘绪才. 青年问题与"五四"时期傅斯年的新文学观 [J]. 中南大学学报（社会科学版），2020，26（2）：159-165.

[14] 王本朝. 思想的优胜：新思潮与五四新文学 [J]. 湖北大学学报（哲

学社会科学版），2019，46（5）：113-119.

[15] 齐凯．现代性：新文学视阈下的旧体诗评价及其问题 [J]．广西社会科学，2019，（2）：164-168.

[16] 鲁雪莉．论周作人新文学思想与越文化精神之关系 [J]．杭州师范大学学报（社会科学版），2018，40（6）：92-97.

[17] 张继红，张学敏．新文学传统与当代中国文学的女性话语 [J]．当代文坛，2018，（6）：124-130.

[18] 郭冰茹．文学如何讲述"革命"——"后革命"语境中的"革命"叙事 [J]．上海文学，2020，（3）：126-136.

[19] 祁志祥．形式革命与思想革命："五四"文学的复合审美追求 [J]．东北师大学报（哲学社会科学版），2019，（3）：37-44.

[20] 杨洪承．主体结构与现代中国革命文学发生的关联——重读现代作家成仿吾、郭沫若 [J]．安徽师范大学学报（人文社会科学版），2019，47（5）：37-44.

[21] 宋剑华．从"启蒙文学"到"民族文学"——关于中国现代文学史架构的另一种解读 [J]．山东师范大学学报（人文社会科学版），2020，65（1）：1-11.

[22] 宋剑华．从"我"到"我们"——对"五四文学"转向"革命文学"的深度思考 [J]．暨南学报（哲学社会科学版），2019，41（7）：8-15.

[23] 汪正龙．文学与战争——对战争文学和文学中战争描写的美学探讨 [J]．中山大学学报（社会科学版），2010，50（5）：25-31.

[24] 具香．战争小说叙事研究 [J]．福建茶叶，2019，41（12）：238-239.

[25] 妥东，张丽军．论郭澄清文学创作兼及"十七年"文学的"当代性" [J]．当代作家评论，2019，（5）：46-58.

[26] 周荣，孟繁华．"十七年"现实主义文学批评的内在建构与冲突——以《创业史》《红旗谱》《青春之歌》《百合花》的批评活动为例 [J]．当代文坛，2020，（3）：84-92.

[27] 路交彬．论"十七年"文学的唯物主义历史观 [J]．当代文坛，2018，（5）：118-123.

[28] 罗长青."十七年文学"概念源起及其研究的合理性问题[J].南方文坛,2018,(4):84-90.

[29] 肖进.重述"十七年"文学的制度框架与批评视角[J].当代作家评论,2018,(2):106-114.

[30] 徐勇.十七年文学选本编纂与新时期文学的发生学考察[J].人文杂志,2016,(6):44-50.

[31] 贺仲明."十七年文学"评价与文学经典性问题[J].首都师范大学学报(社会科学版),2014,(6):93-100.

[32] 江涛."十七年文学"研究的疑问及学术突围[J].西南民族大学学报(人文社科版),2017,38(3):210-216.

[33] 杨利景.十七年文学:如何进入文学史?[J].北京师范大学学报(社会科学版),2007,(5):57-63.

[34] 李新."十七年文学"的历史重构[J].江西社会科学,2012,(10):95-98.

[35] 谷鹏飞.现代性启蒙与新时期文学的身份认同[J].云南大学学报(社会科学版),2019,18(6):81-85.

[36] 李志孝.启蒙视角下的新世纪乡土文学[J].当代文坛,2013,(2):66-68.

[37] 刘复生."新启蒙主义"文学态度及其文学实践[J].文艺理论与批评,2004,(1):15-20.

[38] 韩文淑.时代巨变下新世纪长篇小说的选择与走向[J].学习与探索,2020,(8):156-161.

[39] 李心释.新世纪以来中国诗歌介入写作综观[J].学习与探索,2020,(8):149-155.

[40] 刘涛.论新世纪"中国文学"的复兴[J].南方文坛,2019,(5):13-19.